ABDULRAZAK
GURNAH

Abdulrazak Gurnah
古 尔 纳 作 品

Gravel Heart

砾 心

〔英〕阿卜杜勒拉扎克·古尔纳——著

赵挺——译

上海译文出版社

献 词

"回想真主赐福的事，这是爱的源头：接下来就看受众的资质，也就是根据受众的自身功过。"

阿布·赛义德·卡哈兹（《真理书》）(899)

亚瑟·J.阿贝里　英译（1937）

目　录

第一部分

1
一支棉花糖

我父亲不想要我。我很小的时候就意识到了这一点，小到我还不知道自己的哪些东西正在被夺走，至于我能猜出其中缘由，则是后来很晚的事了。从某种意义上说，蒙在鼓里也是一种幸运。如果我大一点才知道父亲并不想要我，说不定我就学会如何更好地和这种境遇周旋。那样的话，我很可能要借助伪装并心生憎恶。我可能会假装不在乎，也可能在背后痛骂他，把一切都怪罪于此，并设想如果他要我的话，情况又会如何。我或许会苦涩地想，在生活中没有父亲的爱，也没什么了不起。没有父亲的爱，说不定还是一种解脱。父亲并不总是那么好当的，尤其当他们自己在成长过程中也缺乏父爱时。因为那样一来，他们所知道的一切会令他们懂得，不管怎么说，身为父亲，必得照自己的意思办事。况且，和其他人一样，父亲也要和无情的生活规则打交道，他们也有胆小怯懦的自我需要抚慰，需要支持。很多时候，他们都没有足够的力量做到这一点，更不用说还有多余的爱去匀给他们心中无足轻重的孩子。

不过在我脑海中还有别样一番回忆。我和父亲待在同一间小房子里，他对我并不冷若冰霜，故意回避；他和我一起大笑，一起打滚，爱抚我。在这别样的回忆里，没有语言和声音，是我藏在心里的小小财富。从时间上讲，这种别样的回忆一定在我很小的时候，幼儿时期。因为自打我能清楚记事起，父亲已经变成一个沉默寡言的人。身体胖嘟嘟的幼儿其实能记住很多东西，这会成为日后的麻烦。但并不一定每件事情幼儿都能如实地记住。我有时会怀疑，那些和爱抚有关的记忆，是我为了安慰自己凭空想象出来的。还有些我记得的事情，可能并不是我本人经历过的。有时我怀疑它们是外人强塞给我的。他们中的有些人待我很好，想利用这些记忆填补他们和我生命中的空白。还有些人这样做，是想给乏味无常的生活增加条理性和戏剧性，并相信将来发生的事在过往中皆有征兆。当我悟到这一层，便开始疑惑，自己是否真的了解自己，因为很有可能关于我幼儿时期的事情，都是出自他人之口，而且众说纷纭，最后迫使我接受更为执拗的那一派叙述。当然，偶尔我也会选择年轻的自我更喜欢的说法。

这些充满负罪感的念头有时在我脑海中十分荒唐地挥之不去。但即便如此，我印象中依旧有这样的画面，和父亲一起坐在房前台阶上晒太阳。他举着一支粉色棉花糖，我还想把脸埋到棉花糖里。对我来说，这种记忆是不请自来，没头没尾，也没方向。我怎么可能会凭空想象出这样一件事？我只是不确定它是否真的发生过。父亲看着我，用他那特有的上气不接下气的方式大笑着，好像永远停不下来似的。他的两只胳膊紧贴在胸前，搂住自己。他还对我说着什么，可惜现在我听不到了。也许他压根不是在和我说，而是和在场的

另外某个人说话，说不定他是在对我母亲说话，边说边笑着
直喘气。

我猜我当时穿着一件小背心，刚刚盖住肚脐眼，下面则
什么都没有。我相信情况大致如此。也就是说，我相信小背
心下面很可能什么也没穿。我曾见过自己这副模样的照片，
呆呆地站在街上，一身标准的热带地区男童打扮。女孩则
不允许这样穿着出去溜达，担心会招来意外麻烦，伤及她们的
贞洁和体面。但这并不意味着她们能免于注定会发生的事。
我确信我见过这张照片，很可能是用方镜箱照相机照的，由
于显影不足，照片模模糊糊。照片上的男孩一看就是本地的，
大概三四岁，光着膀子，眼睛盯着相机，一副怯生生、可怜
巴巴的样子。当时的我可能有点惊慌。我小时候胆子小，对
着照相机会让我不自在。在这张褪色的照片上，看不清我的
五官轮廓，只有对我外表熟悉的人才会认出是我。这张照片
发白，显示不出我膝盖上的伤疤、胳膊上蚊虫叮咬的包，或
者挂在脸上的鼻涕。不过两腿之间鼓鼓的小玩意倒是照得清
清楚楚，上面没有疤痕，没有瑕疵。我那时年龄不可能超过
四岁。因为过了四岁，再拿小鸡鸡开成年人的玩笑，说什么
小鸡鸡要丢掉帽子之类的话，就能被听懂。小男孩们一想到
即将到来的割礼就不寒而栗。一名上了年纪的妇女攥着小男
孩的睾丸，发着抖，打着喷嚏，故作疯癫状，这种场面非但
不有趣，倒让人觉得像闹剧。

其实我敢肯定这张照片是我五岁之前照的，因为那年我
还没上《古兰经》学校。我爸妈有一次带着我坐出租车。那
时坐出租车还是稀罕事，主要是我妈的主意，让我有种郊游

的期盼，觉得到了地方后会有米面烙饼、炸土豆肉泥、脆皮馅饼在等着我。途经一所医院时，出租车停下来。要不了多长时间，我爸说，完事后我们继续赶路。我牵着他的手，跟他走进医院的那栋建筑。我还没反应过来，我的小鸡鸡就丢掉了帽子。切包皮是一种噩梦般的体验，夹杂着痛苦、背弃、失望等情绪。我遭到了背叛。割礼结束后很长一段时间，我坐着时都要将双腿分得很开，好让我摘了帽子的阴茎接触空气，这样会愈合得快一些。我爸妈和邻居则咧着嘴大笑着过来看我。小鸡鸡的帽子终于掉了①。

经历这次创伤和带有欺骗性质的事件后不久，我正式去了《古兰经》学校。上学时我要穿一件到小腿肚的康祖长袍，戴一顶科菲帽②。不用说里面肯定要穿一条短裤。穿了短裤后，我的手就不能像小男孩习惯的那样摆弄下面的东西。我一旦知道要掩盖赤身裸体，特别是那地方刚刚被戏弄摧残，现在成了显著部位，我就不能再像过去那样放任它暴露在外，也不能像过去那样，浑身上下只穿一件小背心，坐在房前的台阶上。所以我和父亲马苏德坐在一起晒太阳，他喂我棉花糖，那时我肯定是四岁左右。很多年过去了，我的身体还能体验到那个瞬间的快乐。

我在台阶后面那栋房子里出生，度过童年时光，最后又在别无选择的情况下离开。在其后的岁月里，身为一名游子，我在脑海中一寸一寸地对房子进行重构。我不知道这到底是

---

① 原文为斯瓦希里语。
② 此处的康祖长袍和科菲帽都是东非黑人穆斯林经常穿戴的服装和帽子，长袍和帽子原文皆为斯瓦希里语。

一种虚幻的怀旧，还是痛苦而正常的渴念。但即使离开之后多年，我依旧感觉自己在屋内各个房间走动，并能闻到里面特有的气味。一进门是厨房：没有电源插座，没有定制的橱柜，没有电烤炉，甚至连水槽都没有。这是一个简陋落后的厨房。虽然在晦暗的光线下，厨房显得质朴自然，但四周的墙壁却被煤烟熏得脏兮兮的。用我妈的话说，像一头野兽的口腔。后来虽然用石灰粉刷过几次，但墙上还是映出淡淡的煤灰痕迹。离门最近的角落有个水龙头，用来刷碗碟、洗衣服。由于用的是劣质水泥，水龙头附近的地面被水冲刷得坑坑洼洼，布满裂痕。门的左边有一块地垫，多少年了还散发着菜蔬味。这就是我们吃饭的地方，我妈也在这里见客人。男客进门后就不再往里进了，至少我妈年轻时是这样；或者起码不是所有男客都允许进里面。反正我小时候厨房基本上是这个样子。再后来我们把地垫撤去，又添置了一张桌子和几把椅子，还做了许多其他修缮，令厨房看起来更整洁、更现代。

　　一扇门将这间门厅兼厨房和房子其他部分、也就是我们的里间隔开。里间包括两个卧室、一条小过道和一间浴室。两个卧室中较大的一间是爸妈和我睡觉的地方。我享有一张宽大的幼儿床，这张床是我的钟爱之物。这床还有一块可以上下滑动的嵌板，当我在床上时，嵌板向上拉起，并塞起蚊帐，我感觉像在一个飞行器里，假想自己在空中飞行。睡在蚊帐里，我总是很有安全感。我妈要是忙起来，嫌我碍事，就会把我放进幼儿床。她知道我在里面会自得其乐。有时我主动要求到床上去，拉上侧面嵌板。我会一连几个小时假装躲在自己的秘密房间里，避开一切危险。我到了十岁，睡在这张小床上还感到惬意。后来这张床给我妹妹穆里娜睡了。

我妈的兄弟，阿米尔舅舅睡在另一间卧室。过道有一扇门通向后院，后院很狭窄，仅够拴一根晾衣绳。后院的围墙毗邻屋后邻居家的院子。这户人家只有一个男人和他的母亲。他们平时生活得悄无声息，以至于很长一段时间我都不知道这个男人叫什么名字，因为没人和他说话或谈论他。他的母亲足不出户，我不知道她是因为身体不好，还是因为长期孤僻，对外界有恐惧感。他家屋子没通电。有一次我给他们送一碗李子作为礼物——那时候李子还是稀罕物——结果屋内昏暗，我连老太太的长相也看不清。我也几乎听不到任何从他家院子里传来的声响，偶尔有一两声轻微的咳嗽或罐子碰撞的声音。晚上不得不起夜时，我尽量不睁开眼睛，凭感觉在黑暗中摸索到卫生间。一到夜里，我从不敢朝后门看，但脑子里总有一个挥之不去的阴影。这个阴影借着一盏调暗的油灯发出的光，越过围墙阴森森地逼近。

我家房前既没有花园，也没有人行道，所以来客一下马路就长趋直入。天热时，朝外的大门敞开着，微风将门帘向内吹，门帘起伏宛如轻柔的波浪。既然是在台阶上晒太阳，手里还举着棉花糖，那就说明父亲和我的脚贴着马路，想必那时我的双腿已经长得能够到地面了，有人经过都被我们看在眼里。说是马路，其实是一条僻静的小巷，宽度仅够两辆自行车并排错行，而且还得小心翼翼。我家房子的铁皮屋顶和正对面人家的屋顶几乎要碰到一起，晨昏时分，形成一个安静凉爽的小隔间。这一私密封闭的空间会让路过的陌生人吓一跳。白天只有一小会儿太阳能透过重叠的屋顶照在门前台阶上。这一小会儿大概就是我享受棉花糖的时刻。

这样的小巷是不会有汽车开进来的，它们也从不屑于开进来。这种小巷是供人们拖着双脚啪嗒地走着，肩并肩贴身而过，互相低声打招呼、问候，有时也会有咒骂声和吼叫声在巷子里回荡。运货的要想经过这条巷子，就不得不依靠手推车和人力。巷子里虽然也铺着石板，但不像正规的马路那么直。而且由于时间久远、日晒雨淋、人来车往，石板也变得老旧不堪。偶尔夜深人静时，石板上会传来沉重的脚步声，咔嚓作响，令小巷阴森可怖。巷子从我家门前经过之后，很快就朝右拐，延伸一段后再右拐。除了那些通往乡下的通衢大道，我们这里的路都是七拐八弯的，和附近居民的生活非常合拍。我家所在的城里这片区域，没有豪宅大楼、深户院落或垣墙花园，都是小家小户过日子。我小时候的生活环境就是这样，那时的巷子宁静空荡，不像后来那样拥挤肮脏。

我家对门的邻居是马森·玛亚姆和碧·玛亚姆夫妇。他们的房子和我家的一样小，我们两家门对门。大伙都对马森直呼其名，不带任何称谓，对碧却总是叫她的全名碧·玛亚姆。马森是市政厅的一名信使，个头矮小，瘦骨嶙峋，估计小时候没少挨欺负。"信使"是他工作的官方而颇有迷惑性的名称，因为他并不真的送信。他主要替那些大小官员、办事员跑腿，取一份文件，送客，买冷饮、香烟或面包，去市场买东西，把坏掉的电扇送给电工去修。说白了，就是在办公室里没完没了地打杂。

有些官员或办事员的年龄只有马森年龄一半的一半，但马森从不抱怨。他的性格总是那么温顺，说话柔声细语，脸上挂着笑容，礼数上无微不至，在信仰上出奇虔诚。下班的路上，他逢人就主动打招呼，谁要是和他一有目光接触，他就朝人微笑、挥手或握手，至于具体采用哪种形式，则视与对方的亲密程度、年龄和性别而定。寒暄时，他会问候对方的健康、家庭，并交流一下路上听来的新闻。他每天黎明即起，去清真寺做晨祷，能做到这一点的人不是太多。但马森每天五次祷告，次次不落。他做这些宗教仪式毫不声张，仿佛刻意保持沉默。如果他不那么低调的话，肯定会被别人讥讽为爱出风头。哪怕对孩子，马森也彬彬有礼，而很多成年人对孩子说话时都是恶语相向，充满猜疑，好像很讨厌他们，觉得他们是坏孩子，想挑战成年人的权威。马森的名声可以说没有一丝污点，但也有不厚道的人散布他们内心的怀疑，认为马森有点智力低下。

马森的妻子碧·玛亚姆就不在乎那么多了。她在很多方面和马森都不一样。她胖墩墩的，疑心重，争强好斗，逮着机会就向人展示她丈夫如何虔诚慷慨，生怕大家不相信似的。碰到合适的时机，她就声称马森是个"有信仰的人，上天的宠儿。看看上天赐予他的健康和长相。等到真主召唤他回去时，他一定会有好报的，会令你们眼红"。

她平时给当地小餐馆做小圆饼和烤饼。凡事她都能也都要说上两句，而且说话时总是大嗓门，故意想让邻居和有心的路人听到。遇到别人生灾害病，她会献计献策；别人出门旅行的计划，她都会表示看法；还有如何烤鱼最好吃，某桩传闻中的的保媒拉纤成功可能性有多大。孩子们经过她家门口都会加快步伐，生怕给她叫进去，被派个任务。马森和碧·玛亚姆没有生儿育女。她最大的心病，就是怕在这件事上被人误会。而人们却总是有意无意、心怀叵测地这么做，至少在碧自己看来是这样。碧的大嗓门和头头是道的评点，并没有像对其他人那样对马森造成困扰。我父亲说，马森好像变聋了，所以才对碧的话充耳不闻；但别人却说，因为马森是圣徒。也有人说碧懂药理，所以马森对她有所忌惮，但我母亲说这纯属无稽之谈。那些人实际上怕的是碧·玛亚姆好勇斗狠的性格。

在形势没有变糟前的那几年里，我父亲马苏德是古利奥尼水务局的一名低级职员。这份工作在当地既体面又稳定，属于政府公职人员。不过我父亲的这段经历发生在我真正记事之前，我是从别人口中当故事听来的。等我自己开始记事起，父亲要么在市场当一名摊贩，要么在家无所事事。很长时间以来，我不知道他经历了什么变故。后来我连问都不问了。我不知道的事太多了。

* * *

我父亲的父亲是一名教师，名叫马利姆·叶海亚。我从未见过他本人，因为我出生之前他已经前往海湾地区谋生。不过我见过他的一张照片。后来我去他曾经教书的学校上学。在校长办公室里有全体教职员工的合影，一年拍一张，几乎挂满了办公室的一面墙。不过这种年度合影的惯例后来估计取消了，因为没有近年的照片。校长从未在那些照片中出现过，我在校时的教师也没有在照片里的。这些过去的合影好像是对以往神秘岁月投去的一瞥。照片上的人都面无笑容，身穿旧式白色长袖衬衫，或者穿着康祖长袍，外面再加个外套。照片上的很多人估计都已不在人世。有些教师死于革命。不过具体是哪些人，我没法对着照片指出来。我只是听说那些教师是在革命时期遇害的。校长本人以前就是这所学校的学生，马利姆·叶海亚教过他。校长把他从照片中指出来给我看。

"这就是你爷爷。大多数时候，他很严厉。"校长道。我知道说一位教师严厉甚至凶狠，在我们这里是一种恭维。不严厉的老师会被视作软弱，相应地会受到学生作弄。校长说，学生在背后称呼我爷爷马利姆·豹，因为他瞪学生的眼神像猎豹一样，双手做出豹爪一样的姿势，好像要将学生撕裂。不过这种"豹爪式"威胁颇为滑稽，令男生们忍俊不禁，但他们不会笑，因为老师生气的样子很吓人。当校长向我展示爷爷那猎豹般的眼神和手势时，我也忍不住笑起来。"你若是犯了错，他看你就是这个样子，"校长一本正经地说，装出一副残暴的表情，好像要挽回自己的权威，"那时你会觉得自己吓得要尿裤子。过去那时候，老师对学生说打就打。一旦他们那样看着你，你就知道离自己后脑勺挨一巴掌不远了。不过这种惩罚和有的老师的做法相比，还不算狠。和我们比，你们现在这一代学生真是被宠坏了。"

我被叫到校长室是因为一篇作文受到表扬。这篇作文写的是一次乡间骑行经历。作文题目来自我们的英语课本：你在假期做什么？题目下面有一幅画，算是给我们一些提示。画中有两个孩子，一男一女，在海滩上跑着追一个球玩，一头金发在脑后飘荡。旁边站着一个妇女，金色短发，穿着无袖短衬衣，含笑看着两个孩子。课本同一页还有一幅画，也画着两个孩子，或许就是刚才那两个孩子，这次头发轻拂脸庞。他们在一幢房子前玩耍，背景里有树木、风车和几只小鸡。我们在假期做什么……仿佛我们就像课本图画中的孩子，散着头发，跑来跑去，去海滨度假，或者夏天去祖父的农场，在磨坊旁边闹鬼的房间里玩探险游戏。但在我们这里，假期只意味着公立学校关门，因为对《古兰经》学校和真主来说，是没有假期的，除非遇到宰牲节和圣纪节，或者实在病得卧床不起。头痛、肚子疼、膝盖碰破点皮、伤口亮晶晶的，这些都不是缺勤的充分理由，当然血流不止肯定是不用再去了。平日里我们上午去公立学校上学，下午去《古兰经》学校。如果公立学校放假，我们就整日去《古兰经》学校。我们不会去海滨奔跑，一头小鬈发也无法在身后飘荡。我们也没有祖父的农场可去，更别提什么风车或碎发拂面之类的了。

但和班里许多男孩相比，我学习《古兰经》进步很大。等到我写乡间骑行这篇作文时，我已经完成《古兰经》学校的功课，不用再去了。也就是说，我从头至尾通读《古兰经》两遍，并让老师感到满意。我的老师花了好几年时间听我读每一页每一行，纠正我的发音，遇到一首诗，就让我反复读，一直读到不结巴为止。当我不用再上《古兰经》学校时，我已经能流利地吟咏，语音语调拿捏得恰到好处，虽然我对所读的大部分内容不甚了了。我能看懂《古兰经》里那些故事，也喜欢那些故事，因为《古兰经》学校的老师总让我们复述穆罕默德先知的丰功伟绩。我们的学校位于巴扎清真寺，其中一位老师特别擅长讲故事。当他站起来讲故事时，我们被要求收起小册子和卷宗，认真听他讲，因为那天通常都是重大宗教事件纪念日。这时无需叮嘱学生不要说话，大家会自动安静下来。他向我们讲述了穆罕默德的诞生，他升天的奇观，前往麦地那①。他说穆罕默德小时候是孤儿，在麦加的山上给人放牧，天使剖开他的胸膛用吹积雪清洗他的心脏。小时候我对这个故事百听不厌，每次听的时候都感到激动震撼，人的心居然可以用吹积雪清洗而变得纯洁。那雪一定是天使从积雪的云端带到地面上的，因为我无法想象麦加的山上能有这玩意。

那么从《古兰经》学校离开的年轻人在假期做什么呢？他们没有特别要做的事，一般都是睡懒觉，整日在街上溜达，聊天，打牌，或下水游泳。他们不去海滨，就在离家不远的地方游。大家所做的事都不值得一写，如果有值得写的事，那很可能是犯禁招忌的，无法写进课堂作文里。根据要求，我要写假期难忘的事，而不是抱怨这个作业有多么荒唐。于是我就杜撰了一篇乡间骑行的故事，在文中给那些为我遮荫的树木起了名字，把迷路时为我指路的男孩描绘了一番，还写了一个女孩。她和我说了几句话，但没等我来得及问她的名字，她就跑得不见踪影。我还写了到达海滨后，沙子那刺

---

① 麦地那、麦加和耶路撒冷被称为伊斯兰教三大圣地。

眼的白色。

　　我老师很喜欢这篇作文，把它呈送给校长。校长让我尽力工整地将作文重抄一遍——那时学校还没有打字机——然后贴在布告栏里供大家欣赏。我就是因为这件事被叫到校长室，接受校长的表扬。校长讲完褒奖的话后，发现我还耐心地站在他面前，而不是开心地咧嘴笑着，想急不可待地离去。于是他像临别赠礼一样，指着那张照片说："把这张照片带回去吧。"在这张照片里，我父亲的父亲，马利姆·叶海亚，站在一排端坐的同事尽头。他又高又瘦，一副苦行僧模样，面对照相机的镜头露出饱受折磨的表情。或许照相时，他正犯严重的头疼症。我父亲过去也经常有这个毛病。母亲告诉我，父亲头疼的毛病是爷爷传给他的。爷爷的头疼症很严重。照片里爷爷在康祖长袍外面套一件夹克，以此显示他在公立学校任职。我父亲长得和马利姆·叶海亚一点也不像。他的长相肯定随他母亲，不过我从未在任何照片中见过她。

　　当年体面的女人一般都不肯照相，担心其他男人看见她们的容颜，有辱自己丈夫的脸面。不过这种担心并不是她们拒绝照相的唯一原因，因为有些男人也不愿照相。这背后有个共同的顾虑，觉得复制形象会摄走人身上某种东西，自己今后将会受制于人。我小时候，不过是在见过马利姆·叶海亚的照片后，假如某位游轮上的外国旅客拿着照相机在街头闲逛，人们都会警惕地注视他。当他举起相机要拍照时，总会有人尖叫着激烈地制止，想把那人吓跑。在游客身后还会爆发激烈的争论，一派认为照相会摄走人的灵魂，而另一派则对此嗤之以鼻，认为这纯属无稽之谈。因为这些原因，我从未见过我奶奶的照片，也无法确定父亲是否长得像她。不过见了马利姆·叶海亚的照片后，我倒觉得自己在体型和肤色上有点像他。这一发现让我感到高兴，因为这张照片把我和那些父亲不肯告诉我的人与事联系起来。

校长办公室那张照片上标明的时间是一九六三年十二月。这应该是革命①前那一学年的期末。此后没多久，马利姆·叶海亚就丢了工作，所以才去迪拜谋生。其他家庭成员，他的妻子和两个女儿随他一起走了，但我父亲却留了下来。在我小时候，他们没有一个人回来过，连一次探亲也没有。除了校长室那张照片，我对父亲的家族没有丝毫印象。我那时还很小，也不觉得这有什么不妥。父亲和母亲就是我生活的全部。某些事情，只需要只言片语，对于像我这样的儿童就已经足够了，哪怕里面的人离我似乎很遥远。

* * *

我对我母亲的家族了解得更多一些。我母亲名叫赛伊达。她的家境一度十分殷实，虽然绝对谈不上富裕，但衣食无忧，在法院大楼旁有一块耕地和一栋房子。我母亲小时候，城里那一带居住的都是贵族大公以及和执政的苏丹有关系的人，他们住在高墙环绕、带有花园的豪宅里；还有欧洲的殖民官

---

① 1964 年桑给巴尔发生革命，苏丹王朝被推翻，桑给巴尔人民共和国成立。

员，他们住在靠海的宽敞古老的阿拉伯式房子里。欧洲殖民官举行帝国纪念仪式时，身穿白色亚麻制服，上面点缀着稀奇古怪的勋章。他们戴着插有羽毛的软木帽，手拿镶着金边的剑鞘，一副征服者的模样。他们自封一些虚张声势的头衔，假装自己是贵族。而那些大公则认为自己天生高贵，生来就要统治别人，并承担相应的负担。

　　我母亲的父亲名叫艾哈迈德·穆萨·伊卜拉希姆。他受过教育，走南闯北，见过世面，对那些自我蒙蔽的贵族派头不屑一顾。他爱谈论正义、自由、自我实现的权利，并愿意在适当的时候为此而付出。他在乌干达的马凯雷雷学院上过两年学，在苏格兰爱丁堡大学上过一年，拿到公共卫生学位。在两次求学的间隔期，他在开罗待过几周，拜访了一位朋友。他这位朋友在开罗美国大学①学教育学。离开开罗后，他途经贝鲁特，在伊斯坦布尔又待了三周，最后到达伦敦。在坎帕拉②和爱丁堡的求学岁月，在那些世界名城的游览经历，赋予他一种无可比拟的气质和成熟。他一张口说起自己旅行中见过的某个著名景点，听众都会心怀敬畏地安静下来，或者用我母亲的话说，人们对他讲的话十分尊重。他在卫生部的实验室上班，离家不远，走路就能到。他主要致力于消灭疟疾的工作，也参与霍乱、痢疾的防控，分析样本，参加各种研讨会。有人称呼他医生，向他咨询自己所患的疾病，但他却一笑置之，说自己在捕鼠部门上班，对疝气、痔疮、胸疼、

---

① 开罗美国大学是埃及的著名学府，在非洲享有盛名。
② 乌干达首都。

发热完全是外行。

　　我也见过他的一张照片，在卫生部大楼后面靠近停车场大门处拍的。他穿一件白色亚麻西装，西装的中扣扣着，戴一顶红色塔布什帽①，样子很时髦。他的头歪着，这样帽子上的流苏与帽体稍隔一段距离。他的右腿肚故意交叉放到左小腿前面，好让人注意到他穿的棕色鞋子，右胳膊靠在大门口那棵显眼的印楝树上。这棵树像个招摇的巨人映在他的身后远处，树荫将楼旁的马路都遮住了。他的站姿轻松愉悦，显得自信又新潮，展示出一个周游世界的旅人形象。他也确实在前往伦敦和爱丁堡前，途经开罗、贝鲁特和伊斯坦布尔。凯末尔·阿塔图尔克建立土耳其共和国后，塔布什帽作为落后的服饰，被禁止佩戴。二十世纪五十年代在其他地方（如埃及、伊拉克、突尼斯）塔布什帽也被视作腐败的王公贵族的标志，或者阿拉伯民族主义手下败将的象征。但当时这些消息还没传到我母亲的父亲那里，至少拍照时是这样。在他看来，塔布什帽是复杂的伊斯兰现代化进程的标志，用来取代中世纪风格头巾，更为世俗和实用。而那件白色亚麻西服的寓意更加模糊：作为西装，它是对欧洲文化的致敬，就像那双棕色鞋子代表凉鞋文化一样；但它又是白色的，白色在朴素的穿着中象征着崇敬、祈祷和朝圣，是纯洁和忠诚的颜色。他在照片中夸张地将小腿交叉起来，胖乎乎的圆脸露着忐忑不安、不好意思的笑容，好像心里没底，不知道自己的衣着是否过于出格，故而照片本身并没有任何矫揉造作

----

① 穆斯林男子经常戴的无檐圆塔帽。

之态。

艾哈迈德·穆萨·伊卜拉希姆游走在一群反殖民主义知识分子外围。这伙人和他相似，自认为和外面的世界有联系，知道埃及政治家扎格鲁尔①（也因此知道塔布什帽）、甘地和尼赫鲁、哈比卜·布尔吉巴②、铁托元帅③——他们都是各国民族主义领袖，拒绝在政治上向形形色色的帝国主义欺凌屈服顺从。赛伊达父亲交往的这些反殖民知识分子也想和他们敬佩的民族主义者一样，变得现代化。他们希望能够自主决定人生，而不是由盛气凌人的英国佬在一旁自以为是、道貌岸然地指手画脚，告诉他们哪些事该做，哪些事不该做。和这些反殖民知识分子打过交道的人——像赛伊达父亲——都知道，这些人自我贬抑的做派背后，隐藏着一种对众人自鸣得意、高高在上的自负，尤其是对像他这样读书读过头的本国人。他们认为赛伊达父亲这样的人，本质上驯顺而无知。没错，赛伊达父亲十分了解这些人。他们会咯咯地嘲笑祖先的故事，嘲笑那些塞斯帝王般迈向现代化的宏大梦想——譬如拿个公共卫生学位（或没拿到）。接着他们会转而谦逊地称赞自己，如何长期好心地、受苦受难地承担重任。不这样怎么行呢？至于他们用到的那些操纵、恐吓的手段……唉，有时候免不了的，哪怕做的是善事，也得狠下心肠。

"没有人主动邀请英国佬来这里，"我母亲的父亲说，"他们是怀着贪婪之心不请自来，忍不住想占领整个世界。"

---

① 1924年曾任埃及总理。
② 突尼斯第一任总理。
③ 南斯拉夫著名领袖。

当时是二十世纪五十年代，在一个还是殖民地的地方讲这种话不合适。英国当局情愿人们忘记他们是征服者，是通过强迫、惩戒实现征服的。他们视公开谈论这种事为煽动。但整个国家都热衷于谈论，而且现在说煽动、合法政府、宪政这些词都太晚了。已经到了让英国人离开的时候了。热火朝天的辩论持续到深夜；小餐馆里声嘶力竭的交谈，集会上活跃分子带着仇恨和蔑视放言无忌；由于政见相左，朋友之间反目失和，或者遮遮掩掩、相互提防。那时真是血脉偾张的时代，欢欣鼓舞的时代，英国警察只能眉头紧锁地在集会旁干瞪眼，却无能为力。而集会人群肆无忌惮地怒吼着，知道帝国主义者和他们的爪牙走狗离开已成定局。

在当时的情势下，赛伊达的父亲不可避免地卷入到政治中。所以在独立的前几年，他就辞职了，因为他无法一边为殖民政府效力，一边策划推翻它。他在殖民政府所做的工作，明确而又合理地禁止他再这么继续下去。而且他若有什么越轨行为，将会被捕入狱。所以他选择在自家土地上种地为生，种些菜蔬拿到市场去卖，或者叉着腰站在一旁发号施令，雇人干最累的活。他常对家人说，表面上他好像什么都没做，但如果他不在场，那些雇工就会放下手头的活，跑到最近的树下去睡觉。人们不守纪律，这是我们国家最大的问题，他总爱这么说。

他成了一个政党的非正式顾问，积极参与推动选民登记和识字运动。他给该党捐款，还在当地集会上发表募资演讲，参与组织群众大会。这样一来，他的行为自然对殖民秩序构成挑衅，让政敌蒙羞。每个人都看出来他是个政治活跃分子，市井已经有传言他会在日后的政府里捞个小官当当。但是到了决定个人命运的时候，事情的发展并不像他和他那些知识界、政界朋友预期的那样。他由于为一个错误的政党效力，而在革命中遇害身亡。

这一切我母亲都亲身经历了，因为她父亲被抓走时，她已经十四岁了。她谈起父亲时，语气中透着庄严肃穆。她几乎不讲她父亲曾经可能给她讲过的那些故事，也不怎么讲节日里可能发生过的笑话，譬如他一个趔趄，把一碗水果沙拉洒在裤子上，失手打破一个昂贵的玻璃碗，或者倒车撞到树上。对于照片中那个圆胖脸庞、面带笑容的男子，她只会偶尔不经意地说起一些他的逸事。他喜欢随着穆罕默德·阿卜杜勒·瓦哈卜[①]的歌声一起哼唱，模仿这位伟大歌星粗重沙哑的嗓音；当广播上播放猫王歌曲时，他就装作弹吉他的样子，学这位摇滚歌王扭着屁股、不停地抖动双腿。但更多时候，母亲说起她父亲时，像是在说一位伟人，说他从事的那些政治活动，对人们如何乐善好施，穿着熨烫得笔挺的纯棉夹克，如何受人尊敬。母亲对她父亲的离世怀着深深的悲恸，这种悲恸减弱了她对父亲的日常记忆，在心目中把父亲幻化成一个悲剧人物。

她有好几次向我回忆起他被捕时的情形。当起义的消息传来时，父亲给全家人下达了指示，如果有士兵或枪手来家里——这注定会发生，因为他是对立政治派别的重要活动分子——大家一定不要呼号乱叫。到时除了他自己之

---

① 埃及歌星，曾创作利比亚国歌、突尼斯国歌和大量埃及爱国歌曲。

外，其他人都躲到一间里屋去，反锁上门，因为当时有传言会发生暴力攻击事件，他不想自己的妻儿受到侮辱和伤害。这些来抓他的士兵肯定受蒙蔽蛊惑，但现在歇斯底里的反应毫无意义。这些人要是来了，他会和他们交涉，然后他们就会等一切平息下来再说。可是当大家真的听到吉普车停在屋外时，赛伊达和弟弟阿米尔听从父母的吩咐躲起来，但他们的母亲却拒绝丢下丈夫一个人，父亲这时也来不及再坚持。

姐弟俩听见士兵用枪托砸门，但过后并没有传来吵闹声，而是像他们父亲之前保证的那样，只有低语交谈。他们的母亲事后说，来的四名士兵她全知道他们的名字。她挨个把士兵的名字说出来，好让孩子们记住。我母亲也把士兵的名字对我说了一遍，好让我也记住，但我并不想记。交谈没有任何结果。他们没意识到这些胜利者的脑子里装着暴力，也没意识到冤冤相报会来得这么快。姐弟俩的父亲最后还是被革命分子抓走了。他们再也没见过他，连尸首也没交还回来，也没任何死亡通知。他就这么失踪了。我都无以言表，我母亲这样说道。每次说到这里的时候，她都会停顿片刻。我母亲家的土地和房产被没收充公，分给了某个狂热分子，或通过革命上台的官员，抑或是这个官员的情妇或亲戚。有关充公的通知是在广播上宣布的。通知要求，被没收的房屋必须立即腾空。姐弟俩的母亲当时怕得要命，不敢像有些人那样抵制或无视这个通知。他们匆忙搬去了老祖母家，除了用包将一些东西带走，剩下的全部留在原来的房子里。老祖母其实是母亲的姨妈，但由于找不到一个词来形容这一层亲戚关系，所以孩子们就称她祖母，他们的比比①。

"你现在无法想象那时候的光景，"我母亲又艰难地往下说道，"你都想不到当时的情况有多吓人，逮捕，死亡，羞辱。谣言四起，人心惶惶。谣言的内容不外乎是关于新的暴行、新的法令和新的悲剧。但既然能想象，就要尽量去想象，因为我们现在和当年的暴行之间除了语言，没有任何共通之物。所以除了尽力去想象之外，别无其他选择。"

在革命后的最初几个星期里，真的很难想象与和平时期相比，那时是多么的恐慌，我母亲说。他们当时竭力向武装分子证明，自己是驯良、老实、可怜的老百姓，心里没有一丝一毫违抗和反抗的想法，根本无需提防像他们这样的人。他们绝没有要给新上台的统治者惹麻烦的念头，也不会做让统治者恼怒的事。过了一段时间之后，生活逐渐变得可以忍受，虽说恐慌的气氛还存在。大家一开始闭门不出，害怕街上有危险。只有比比出门向邻居探听消息，并去一家商店。这家商店的老板和比比认识，会送给她一些日用品。人们都知道比比是个糊里糊涂的老太婆，犯不着吓唬她。等到我母亲他们开始习惯性地走出家门，他们发现街面已经完全变了样，一片死寂，有些房子空无一人或换了主人，武装分子穿着陌生的军服站在街角，或者随随便便闯入商店，想拿什么就拿什么。他们避免和这些人目光接触，避免刺激他们，也不去看那些公然上演的恶行。

"过了一段时间，"母亲告诉我，"这些事情变得好像没有

---

① 比比是斯瓦希里语中祖母的意思。

发生过一样。你要是再说起来，像是夸大其词。于是你不再说起，它们也躲得更远，变得越来越不真实，越来越难以想象。你告诉自己要往前看，过去的事就过去吧，不值得费心记住。但它们令你难以释怀。

"我们的比比住在基瓦里尼。她的房子有个门厅兼作厨房，格局和我们家相似，但又黑又小，像个山洞。平日里她做一些芝麻面包拿出去卖。她用柴禾烤面包，这是她向来的做法。柴禾冒的烟把墙壁都熏黑了，而她那副枯槁、污黑的模样好像也是被烟熏的。她的面包远近闻名，也许因为带着柴禾的烟味。她的顾客都是些男孩和女孩，他们被自己的母亲派来买面包。孩子们一般下午到傍晚时分过来买面包，这也是她做面包的时间。他们都是老主顾，比比认识每个人。他们来买面包时，比比会问候他们的母亲、兄弟和姐妹。比比坚持老派的做买卖方式，不数钢镚，不涨价，买得多还打折。遇到某个孩子生病在家，她还会额外奉送一两个面包聊表心意。反正她的小生意足以维持我们一家人的生活。

"在比比的房子里，厨房里面的房间是卧室，厕所在房子后面围墙圈起来的小院子。院子里还有比比囤积的柴禾。柴禾不是直接摞在地上，而是堆放在一个距地面一英尺高的台子上。比比害怕柴禾和地面直接接触，会藏蝎子。她这样做，好像蝎子会恐高。比比怕蝎子怕得要命。其实她只是在小时候碰到过一次蝎子。当时她从地上捡起一件衣服，一只蝎子从衣服里掉出来，很快就钻到一道墙缝里。从此以后，她就对蝎子保持戒心，从而获得免受蝎子伤害的魔力。

"当爸爸被抓走后，我们就去投靠比比。她毫无怨言地收留我们，并尽力宽慰我们。我们是她在世上仅有的亲人，她这样说道。这话她说了不止一遍。当时她已经守寡十三年，而且丧子也有十年了。我母亲是她妹妹的女儿。现在既然她妹妹不在了，她妹妹的女儿也就是她女儿了。她反复念叨这些话，不是为了强调，也不是单纯重复，但听着让人感到舒心安慰。我母亲说，比比是获得神佑的有福之人。我向真主发誓，我母亲总这么说，这个女人是个天使。比比告诉我们，对于接踵而至的不幸，不要去抱怨。那些比我们睿智的人懂得这些不幸意味着什么。我们要说'感谢真主'，做力所能及的事。当我们抽噎时，她会默默地陪我们哭泣，给我们烧水洗澡，把床让给我们，自己睡在地上。椰子壳做的床垫用的年头久了，睡上去高低不平。房间又小又闷，但这已经是比比所能提供的一切。她对我们的帮助，虽然绵薄，但不无裨益。我母亲怪她为我们付出过多，比比嗔怒地让她不用管。孩子不应该责怪来自母亲的爱。她每天早晨去市场给我们买菜做饭，还有她自己做生意的原料。她是个瘦小、干枯却永不知疲倦的老太太，整天好像活在一个比现实更美好的世界里。外出时，每走几步路，就有人和她打招呼，向她问好。

"过了一段时间，我母亲感到不安，觉得我们成了比比的负担。我母亲不习惯过这种依靠别人的生活。一直以来，她的生活都是被家人和欢笑所环绕，有用人伺候，有丈夫宠爱，美满和亲情让她心宽体胖。过去她睡在舒服的楼上房间，窗户整夜不关，微风徐徐吹进来。可现在她却过着拥挤不堪的生活，连自己和孩子们的卫生条件都保证不了。她睡在一张绳床上，椰子壳床垫里滋生大量虱子，个个吸了我们的血而肥嘟嘟的。虱子摁死后闻起来像化脓的伤口和腐烂的臭肉。我们睡觉的房间散发着刺鼻的汗臭味和烟熏味。有时候我母亲整夜都睡不着，不是因为我们动来动去，就是睡在地上的比比鼾声太大。不过对母亲来说，最大的麻烦是没有灯光、蟑螂横行的浴室和厕所。她曾悄悄告诉我们，浴室和厕所如何让她反胃，不过这些话我们对比比都绝口不提。她也想帮比比干点活，却插不上手。这种帮不上忙的感觉，让她觉得自己是个无用之人。她力所能及地在厨房做点事，但这实在不是她擅长的，还常常给比比碍事，问这问那，提些建议，打断比比习惯的准备工作。厨房的浓烟也让母亲受不了。她既没有比比的忍耐力，也没有比比做面包的手艺。

　　"最后我们从一名获释的被拘留者那里得知父亲的死讯，证实了先前的传言。这人在一条巷子里拦住比比，低声告诉她，他是从一个目击者那里获得这个消息的。那位目击者赌咒发誓，他亲眼见到我父亲死亡的一幕。我们不知道那个人是用了'一幕'这样的字眼，还是描述了我父亲的遭遇，反正比比只说了这么多。我们也没有追问细节，因为这条消息已经让母亲绝望恸哭。她一连几个小时哭个不停，拽着我们和她一起哭。我们的哭泣声此起彼伏，最后大家都精疲力竭。在接下来的几天里，母亲悲痛地坐在那里，默默抽噎，浑身战栗，精力耗尽，不愿相信这个好几周前她就已料到的消息。之后的一天早晨，她不顾浮肿的双眼和萎靡的精神，向我们宣称她今后的打算。这件事从一开始就毫无希望。

"她说，她耻于做一名无用的受害者，耻于不知道该如何结束或减轻暴政。她说这些话时，嗓音由于哭泣变得沙哑浑浊。她以往的生活过得太顺了，现在变成一个毫无用处、无所适从、只会依靠他人、哭哭啼啼的废物。其实人们最后都会变成这样，耻于弱小而不敢有丝毫义愤或反抗的精神，也不知道该怎样抵抗兽行，只会私下里小声而无用地抱怨。由于没钱、没工作，成千上万的人背井离乡，不得不去海岸线那一头或大洋彼岸没有兵火之乱的地方，投靠某位兄弟或表亲。我母亲说她准备像这些人一样，看看能不能攀上某位在蒙巴萨或更远地方的亲戚熟人。如今是乱世，人们的生活就这样四散飘零，必须硬下心肠才能活下去。她绝不想丢下她的孩子们……这是她的原话，我听到这里感到心惊肉跳……哪怕仅仅是想一下，都比人生中做过的任何事情让她更难过。但她又不能永远成为别人的负担。她想出去看看，看看能做些什么，然后再回来接我们。这要不了太长时间，大概就几个月，到时我们又能团聚了。这样的话她唠叨了好几天。比比本可以指出这些话中不切实际之处，但她没有说。比比可以劝母亲，这就是你的命，现在只能忍受，尽力去保全自己和孩子。但比比统统不说。她只是低声咕哝着，给我们做饭，烧洗澡水。

"但就在我母亲准备孤注一掷、离家出走之前，还没等她把那些关于准备出发和无论如何不会忘记孩子等数不清的誓言转化为行动，她自己先病倒了。她像是被外界某种对她怀有敌意的力量施了魔法。当时她正坐在院子里一个小凳子上，用力磨椰子肉，准备放到午餐的木薯汤里。这是她每天在厨房干的帮忙活。突然她像是遭到猛击，身体一下子后仰，嘴里喘不过气来。她的身体歪向左边，自己却毫无支撑，也叫不出声来。我们发现她时就是这个样子，身体半倒着，呼吸急促。我现在觉得她那时已经不知道自己出了什么事，因为此后她的神志一直没恢复过来，至少没恢复到能让人理解的程度。她再也没说出过一个能让我们理解的词语。她的病不是发热导致的，因为她体温并不高，也不是肠胃的毛病，因为没有相关症状，你知道，没有……"

她朝身后做着手势，嘴里却说不出话来。

"当时比比和我们这些孩子都在现场。大家都不知道这是什么情况。母亲当时已经失去意识，浑身发抖。我们只知道要将她送到医院去。在出租车上，比比在母亲身体一侧，我和阿米尔在另一侧。我们把母亲身体竖直地夹在中间，仿佛一旦她的身体倾斜或倒向一边，后果会很严重。医院离比比家不远，但不允许出租车进大门。所以我们又不得不尽力架着母亲走过去。她的身体一点不能动，压得我们说不出话来。

"我们先去的急诊部，但没有一个人接待我们。在急诊部里只有一名值班护士，当比比向她讲述母亲病情时，她旁若无人地从我们旁边走过，就像没有人在和她说话。我到现在也不能理解，作为一名护士怎么能这样。由于这名护士走后再也没回来，我们只好到门诊部，和其他几十位病人一起等着大夫到来。我们坐在一条石头长凳上，和其他来看病的人一样不言不语，只是扶着母亲。她当时身体颤抖，嘴里发着呻吟声。门诊房间很大，所有的门都敞开着，即便如此，里面也弥漫着垃圾和疾病的气味。来看病的人什么年纪的都有，一个双目紧闭、身体虚弱的老女人，靠在一个像她女儿一样的年轻女子身上。一个婴儿在母亲怀里不停歇地哀号，双眼由于感染被血痂糊住。一些没有过分悲伤或痛苦表情的年轻女性。门诊室的男男女女和世界上贫穷国度的人民一样，得了诸多疾病中的一种，被折磨得精疲力竭。

"门诊室有一名男勤杂工。当比比走上去告诉他我们的情况，他一言不发，挥手示意她走开。他不听任何病人和他讲病情，总是打断他们的话，一挥胳膊或不耐烦地用手一指人们坐的石头长凳。对于那些纠缠不休、不听话的患者，他会语带威胁地来几句狠话，很快令他们怏怏而回。而他自己则退到一个玻璃小隔间里，满脸厌烦地翻着报纸，借此将自己和那些他也无能为力的病人隔开。到了下午，还是没有大夫来。这名勤杂工让大家每人拿一片阿司匹林后回家，明天再来看看。门诊时间结束，他要锁门了。今天的值班大夫肯定身体不舒服，都回家吧。现在什么也做不了。明天再来。大夫明天肯定来。我要锁门了。

"比比去找了一辆出租车，我们带母亲回家。整个晚上母亲呼吸越来越困难，想说话又说不出来，只是时不时发出爆裂般的喘息声，中间夹杂着含混不清、像讲话的声音。到了第二天早晨，呼吸对她来说成了一种折磨。我们不敢移动她，不敢和她说话，生怕她费力地回话。我们不敢离开她，又忍不住想听她到底在讲什么。几个小时后，母亲死了。她咽气了。她的心脏爆裂。那时我十四岁，阿米尔十岁。我松了一口气，母亲的痛苦终于结束了。这话听起来有点残忍，但死亡确实是一种解脱。

"直到母亲去世后，我才意识到她连一张照片也没留存下来。我们把好多东西落在原来的房子里，现在又不敢去要回来：衣服、家具、钟表、书籍和照片。随着时间一天天过去，我害怕母亲的面容在我的记忆里逐渐变得模糊。我无法在脑海中清晰地聚焦她，她的形象变得不再清晰，游移不定。当我想靠近她时，母亲轻轻地动一下头，把脸扭开，不让我看她。这只能怪我在她生前没有认真地端详她，看她时没想着把她的容貌永远记住。当她临终前拼命呼吸时，我没有握着她的手。总之没有尽到自己的责任，好好地爱她。一想到这里我就感到惶恐惭愧。但几周之后，母亲的面容又慢慢地回来了——虽然她的脸庞还隐没在阴影中，但时而会有双眸投来的一瞥，时而又有脸上浮现的笑靥——面部的细节慢慢显现。每天晚上入睡前，我都会想一会儿，回忆她的样子，怕她又把自己藏起来不让我看到。直到现在，我有时在夜里也会回忆她的相貌，想看看能否回忆起来。"

2
父亲离去后

赛伊达和马苏德，这是我母亲和父亲的名字。他俩是在学校上学时，在执政党下属的青年联盟组织的一次活动中相识的。我是趁母亲一个人闷闷不乐、沉默不语地坐着的时候，缠着她，恳求她，才把这个问题的答案套出来。"这是个再简单不过的问题了，妈。"我央求道。但母亲不愿意回答，她一贯不愿意谈论她和我父亲过去的事情。最后她告诉我，他俩是在青年联盟组织的活动中相遇的："青年联盟组织的那些活动，通常都没完没了，恐吓胁迫，不是让我们到建筑工地做义工，就是每天早上要对总统唱赞歌，还要参加各种集会，反正就是不让人好过。"但我母亲绝不多说她和我父亲的事，多少年来一直如此。如果我的问题直接具体，她有时会回答一些。但当我追问她和父亲之间事情的细节时，她就不说了。

我知道他们结婚时，母亲二十岁，父亲二十一岁。按照我们的习俗，这个年龄不算小了。两年后我出生了，就在比比去世前几天。比比死后，阿米尔舅舅搬来和我们一起住。至此为止，作为主要演员之一，我正式登上早年生活的舞台。不过还要过一段时间，我才能对身处其中的某些事情有所了解。阿米尔舅舅是我们这个小王国里的王子，我在成长过程中一直对他很崇拜。他能把我逗得开怀大笑，给我买小礼物，让我玩他的半导体收音机。我餐盘里要是有一块不愿吃的肥肉、一片腰子，或一团酸奶，他会趁我母亲不注意，帮我拿走。但我崇拜阿米尔舅舅，是因为我父母也喜欢他；我一直在想，为什么他们这么喜欢阿米尔舅舅。

当时我父亲还没变成后来我印象中那个样子。但由于我那时还小，所以没有形成可供后来清楚讲述的回忆。我只记得某种温情的东西，发出的大笑声，还有其他许许多多、清晰而琐碎的片段：坐在他大腿上，一次拥抱，讲一个故事，他听我讲话时的眼神。我现在不记得我五岁时第一天上《古兰经》学校，是谁送我去的。我估计是父亲，因为他当时巴不得我刚够入学资格就去上学。我还清楚记得第一课是学字母表上的字母。其实母亲在家已经教过我了。Aliph, be te, he, khe。当时的情景至今还历历在目，仿佛我现在正看着那些字母。七岁时我上公立学校，第一天肯定是父亲送我去的。当天第一次测试是从字母 Z 开始倒着读字母表。这样做据说是为了防止被殖民者耍诡计，以免我们只记住字母顺序却没有真正学会读这些字母。但我母亲已经教会我如何读这些罗马字母，所以我开学第一天过得很开心。

自打上了公立学校，我从第一天起就过得很愉快。同一年，我母亲开始在一个政府部门上班。阿米尔舅舅的一个朋友也在尚加尼海滩开了一家名叫"珊瑚礁"的旅馆，聘请阿米尔舅舅作经理，负责招待应酬。当时游客潮现象刚露端倪，以前谁也没见过这种新生事物。过了一段时间，旅游业才逐步规范，但当时已经露出苗头。政府放松外汇管制相关规定，来自富国的人们想来我们这个荒僻的小岛看看。那一年我七岁，也正是在这一年，父亲离开了我们。

刚开始父亲离开并未引起我的注意。每天浑浑噩噩的生活占据我七岁的脑海。过了一段时间，我才明白过来生活中发生了某些重要的变化。我还睡在父母的卧室里，所以很快就意识到父亲不见了。可当我问母亲，父亲去哪儿了，她只是说父亲要外出几天而已。这拉开了今后数年母亲对我所说的一系列重大谎言的序幕。但当时七岁的我没有任何理由不相信母亲的话。对我来说，这件事本应该平淡无奇，就像来来往往的成年人做着那些我无法理解的事情一样。那时我不理解笼罩在这件事情上的神秘色彩，它有时表现为闪烁其词，迂回曲折，有时又表现为试图掩饰焦虑和混乱。阿米尔舅舅也外出了几天，但后来他在父亲离开之前回来了。

在当时的混乱中，我并没意识到父亲不在意味着什么，但最后我逐渐明白他再也不和我们一起生活了。一连好几天，这个念头让我感到恐惧，在身体上表现为心跳加速的症状，仿佛身处异地陌生的人群中，一下子丢开了牵着父亲的手，或是一失足从海岸边的防波堤上掉进深绿色的海水中，而父亲却听不到我的呼救声。我想象父亲找不到我，没法将我领回家时心急如焚的样子。但当时的我只是单纯的焦急，上面那些画面是我遭遗弃后不断反复的想象：我走失在人海中，或是无声无息坠入码头外深绿色的海水中。

在其后的日子里，当我问母亲关于父亲的去向，她反复说父亲只是外出几天，很快就回来。等这所谓几天的期限到了之后，她才说父亲不想要我们了。她说这话时的样子，让我觉得她不愿意对这件事仔细评说。她的语气不带怨恨，但声音严峻而无奈，双目晶莹闪亮，像是要迸出怒火或噙满泪水。母亲这个样子让我踌躇犹豫，不知道该不该继续追问。不过我到底没忍住，又反复去问她，她也没发怒。母亲很少发怒，但她一发怒，就很让我讨厌。她会说很难听的话。我问母亲，我可不可以去找父亲，不管他在哪里。她说我不可以。他不想见我们任何人。也许将来有一天他会改变主意。到最后，每当我问母亲，父亲为什么不想再见到我们，她就会深吸一口气，仿佛我给了她一击，或是某种东西令她将双手攥成拳头。她把头转过去，拒绝看我，也不理我。我现在不记得她这种反应持续了多久，但感觉时间不短。也就从这时候开始，我母亲的不幸拉开了序幕。

我后来得知父亲搬到姆贝拉杜一家商店后面的出租房里。

这家商店是一个名叫卡米斯的人开的。他和父亲是堂系远亲。连续好几年，我母亲每天给父亲送去一篮食物。那时她每天从上班的宪法事务部回家，给我们做午餐，然后顶着下午一两点钟的烈日，步行去给在姆贝拉杜的父亲送餐。一开始阿米尔舅舅让她不要这么做。但她不听也不理，只是有时板着脸，神情痛苦愤懑地看着她弟弟。有一次她生气地请弟弟不要管她的事情。当时两人还嚷嚷着吵了一架，后来又吵了几次。后来送餐这个差事成了我的活。我每天负责把一篮食物送到商店后面那个房间去。不过这已经是几年之后的事情了。那时父亲已经对我不感冒了。好像自从他不爱母亲之后，对所有事情都失去了念想。

我父亲也不再去古利奥尼的水务局上班。他被解雇了，不再是一名政府机构办事员。他每天在市场的一个摊位上干几个小时，依靠在这个摊位的相应股份收入过活。他每天早晨去市场，午后回到商店。他的头发和胡子乱蓬蓬的，都开始露出灰白色。他的脸庞在这一堆纠结丛生的毛发映衬下泛着黑色光泽。他那时才三十岁，但年轻的脸上显现的老态令人们都盯着他看。有人肯定不免要揣测他到底遇到什么伤心事，不过很多人都已经知道其中原因了。父亲从不主动开口，只是低着头穿过人群，眼神刻意保持空洞茫然、什么都不想看的样子。他这种自卑颓唐的精神状态让我感到丢人，虽然当时我才七岁。我无法忍受别人看他的样子。我内心期盼父亲悄无声息地永远消失。即使后来我给他送食物时，他也基本不和我说话，从不问我在做什么，或者在想什么。有时我觉得他是身体不好。阿米尔舅舅说这都是父亲自找的，没有必要这样。完全没有必要。

就在父亲离家后，阿米尔舅舅也换了工作，从"珊瑚礁"旅馆转到外交部上班。这是他一直向往的工作。在去旅馆工作前，他曾在一家旅行社干过几年。他说那几年的生涯是一种酝酿，唤起了他对大千世界的向往。他想去旅行，去看看外面的世界，继而利用这种经历促进本国人民的进步。这是他的梦想。阿米尔舅舅经常爱说这样的大话。只要他在场，房间里到处都是他的嗓音、笑声和忙碌的身影。他会对我们讲和他共事的那些大人物，他如何钦佩他们的为人和风度。他也会讲他去执行的公务，以及在此期间结识的新人。他还说总有一天他自己会成为大人物，当一名大使或部长。

那几年我们的房子改造得更舒服了。阿米尔舅舅本打算搬到附近一所更大、更舒适的房子里去。这并不是说要让你们付房租，这话他说了很多遍。但我母亲总是打断他，把话题岔开。我在这儿住得挺好，母亲说。有时他们一起把目光投向我，我也附和说住在这儿挺好的，因为那时我觉得这是他们想要的回答。我过了好久才弄明白他们到底在说什么。

政府把我们这片区域的许多道路进行了改造、拉直，推倒了低矮的房子，因为它们都是落后的贫民窟。取而代之的是沿着装有明亮路灯的、拓宽的马路建起的现代化公寓楼群。这些公寓楼外面刷成各种明亮的颜色。它们不光建在城镇各处，在农村也有，像个威胁者赫然俯视着风吹日晒的乡村农舍。碰到停电的时候，道路一片漆黑，水泵没法用，自来水就停了，因为压力太低无法将水送到较高的楼层。住在公寓里的人就会抱怨大热天的马桶堵塞，臭气熏天。城里有几条街道——包括我家所在的那条街——逃脱了拆迁的命运，依旧位于杂乱无章的小巷中。有时我听见母亲和阿米尔舅舅争论要不要搬家：这儿太吵，周围尽是些大嘴巴的邻居，让人没有隐私可言，那个女人几乎和所有人都吵过嘴，这房子就是贫民窟，生活在这里每天我还不得不看四周那些张牙舞爪的丑陋公寓。阿米尔舅舅总是说我们家的房子是贫民窟。他和母亲也为其他事争吵，譬如钱方面的事，还有给父亲送午餐篮。有时阿米尔舅舅一怒之下会甩下讥讽的话，夺门而走。他扬言不久会搬到自己的公寓去住。但与此同时他俩又有妥协，同意对厨房进行现代化的装修。于是我家迎来各种各样的人，来装电炉，打橱柜，装了水槽、操作台、洗衣机，在窗户上装防臭虫的铁丝筛网，在天花板上安装吊扇，买了一台电冰箱。阿米尔舅舅明明知道母亲不喜欢烹饪，故意揶揄她说，有了这些设备你就可以给我们做冰砖、蛋糕、牛排和薯条。他说的这些都是他在旅馆上班时见识的食物。有时他看母亲做老一套的青香蕉、咖喱米饭，就会大谈特谈牛排、薯条来故意气她。阿米尔舅舅总是爱开玩笑打趣。

现在我们的卧室都装上了空调，阿米尔舅舅还给他的房间买了一台彩色电视机。这台电视机声震如雷，每个房间都能听得到。阿米尔一到家首先把电视打开，确认一下能否正常播放，因为它有时会出故障。碰到电视出故障，他就会生气地瞎摆弄一番，直到恢复正常。不过有时候电视屏幕会连续好几天都是一片空白。这时候阿米尔舅舅会对给他修电视的人破口大骂，出门找他去算账。最后他又换了一个修电视的，那人说是电视天线没调好。不过这并没有给阿米尔舅舅为电视感到的痛苦画上句号。电视一坏，他就怒气冲冲地挥着拳头，扬言要宰了它。但我觉得他这样做是为了逗我们开心。

那时我还是睡在母亲房间的小床上。但阿米尔舅舅逗我说，要不了多久，我就没法和母亲住一起了。等他搬到自己的公寓，我就不能再睡在我的小床上，而要像成年人那样单独住一个房间。他知道我不喜欢听这些话。我喜欢和母亲在一个房间，睡在自己小床上。我喜欢母亲兴致好时给我讲故事。而且我也不想阿米尔舅舅离开。

阿米尔舅舅整天来来去去，坐不住板凳，两条腿轮番交叉分开，脚脖子不停地抖动着。他说自己闲不住。他没法干坐着什么也不干，呆呆地盯着墙壁看。他让房门敞着，在房间里放音乐或看电视，边弹吉他边声嘶力竭地唱歌，就像年轻时在学校玩乐队一样。他畅谈自己的各种规划，拿母亲和我开玩笑，嘲弄戏耍我们。所以来年当他搬走后，家里一下子安静下来，只剩下母亲和我两个人。我当时还小，不知道阿米尔舅舅到底去了哪里，为什么要走。不过他把事情经过解释了一遍，后来又解释了一遍。他对母亲和我说，他被派往都柏林大学学习三年国际关系，为今后当一名飞黄腾达的外交官做准备。国际关系、都柏林大学这些字眼我牢记了很多年，虽然并不知道它们确切的涵义。

"这是个著名的项目，"阿米尔舅舅告诉我们，"很难申请到，由欧洲各国政府提供高额奖学金。你知道奖学金是什么意思吗？有点像工资，但更高级。这个词来自拉丁语。你知道拉丁语吗？这是人们在著名大学里讲的一门古老语言。能入选这个项目的都是像你阿米尔舅舅这样最优秀的人才。你知道他们为什么要设置这种项目吗？就是为了将人品与风度兼具的人才迅速提拔到高层。"

从阿米尔舅舅入选到前往爱尔兰，中间几乎没有任何停顿。他迫不及待地想马上出发。他说他喜欢并习惯这种做事方式。他计划先上六个月的语言预科课程，同时适应一下爱尔兰的生活习惯。他说其实他并不需要上语言预科课程，但奖学金涵盖这部分，所以不上白不上。从第一天起，他就能拿到奖学金。

当阿米尔舅舅前往都柏林留学，为以后当外交官做准备时，我也搬出了母亲的房间。我自从生下来就睡在父母这间大卧室一侧的小床上。小床边用一块布帘和房间其他空间隔开，给我父母保留隐私。后来父亲离开我们，就剩我和母亲住在这个房间里。由于那时生活不稳定，母亲也顾不上每次睡觉时都拉上布帘。等阿米尔舅舅离开后，我就搬到他住的房间里。母亲把阿米尔舅舅那台电视机扔掉了，说它是个破烂货，毛病多于用途。过了一段时间，家里迎来一台新电视。母亲把新电视放在她自己房间里，说小孩子房间不适合放电视。我要是想看电视，也能到她房间和她一起看。但母亲不爱看动画片。每次我看动画片时，她总是把音量调小，并且早早地撵我上床睡觉。她爱看电视里的新闻和没完没了的电视剧。剧中的女人身穿长裙，男人坐在硕大的写字台后面。他们都住着豪宅，开着加长闪耀的汽车。我说这些电视剧没意思，她说不要当真，看着玩就会觉得有意思了。我想从这些电视剧中找到好玩的地方，但就是找不到，因为我听不懂里面的人在讲什么。母亲就会对我解释，按照自己的心意把情节复述一遍，还为这点小聪明自鸣得意地咯咯笑起来。有时她把电视声音彻底关掉，我们只看银幕上无声的画面。母亲在一旁配合着编有趣的情节讲给我听。

我自己住一个房间时，不喜欢关上房门。我在房间里感到很孤单。房间临街的外墙上有一扇高高的小窗户，俯瞰着墙外的小巷。晚上睡觉时，我不敢开这扇窗户，害怕外面的黑暗涌进来，让我充满恐惧。我想念和母亲同处一室的日子，我们躺在黑暗中，她有时会轻声哼着歌，有时也会谈起她不忌讳的过去的事情。当我向她抱怨一个人睡觉孤单时，她说，你已经九岁了，要学着长大，别像个婴儿那样哭哭啼啼。每天晚上一熄灯，我就用被子把自己从头到脚蒙得严严实实，这样就听不到夜间微小的窸窣声。直到第二天早晨天亮了，我才敢从安全的蚊帐里出来。后来我胆子大一些，就不再这么做了。尤其学会了从头到尾读书后，我开始睡得晚一些，也忘记了害怕。有时我看书看得太晚，母亲会过来敲门，让我熄灯睡觉。但我还是要再看一会才熄灯。熄灯后，我还依旧害怕黑暗中传来的声响，没有意识到其实这是人之常情。

当我搬到自己房间的时候，或者其后没多久，住在我家屋后的女邻居去世了。不久她儿子也不见了。她儿子是个渔民，据说有一天他像往常一样独自驾着小船出海打鱼，再也没回来。她家的房子空了好几年，最后变成一堆废墟。再后来我搬到其他地方住之后才发现，由于我们的房子是泥墙，有些吸音效果，所以不产生回声。

等我到了十一岁，给父亲送午餐篮的任务就交给我了。

父亲此时已经离家多年。想起他的时候，我不再那么难过。但在街上看到他本人那副邋遢、颓唐的样子，我又于心不忍，促使我做这件事。其实自从他离家后，我见到他的机会并不多。每次在街头偶遇，我和他打招呼，他总是沉默寡言，躲得远远的。我不知道他是否还记得我是谁。我只知道他不想和我有任何来往。我有点怕他，因为他让人觉得不可捉摸，头脑不清。所以当母亲问我能不能给父亲送食物，我竟然丢人地哭鼻子，说不想送，因为我怕他。我本以为母亲会生气，像平时发无名火的时候那样，朝我怒吼。但这次她却没有，我看出来她在尽力控制自己。她让我在她身旁坐下，给我讲道理，说孩子永远不该害怕自己的父亲，因为父亲只有一个。于是我哭完后，决定擦干眼泪，给父亲送食物，并祝他身体健康。我不知道是否是母亲的话起作用，让我不再那么怕他，但我感激母亲所作的努力，并竭力压制内心的不安。

第二天我把食品篮给商店店主卡米斯送去。卡米斯是个不爱说话、动作迟缓的人。他说起我的名字时柔声柔气，微笑地接过我的篮子，和我寒暄：塞利姆，你好。过来看你爸爸啊。我盼望父亲不在，这样我就可以留下篮子直接回去，但父亲在房间里。卡米斯招呼父亲出来拿东西，和自己儿子见一见。父亲出来时，我都不敢正视他，只是嗫嚅地问候一声。父亲接过篮子，谢了谢我，又把昨天的篮子递给我，让我带回家。整个过程像是探监。后来每天我给他送食品篮，父亲都在屋内待着，让我把空篮子带回家。这样一直延续了好几年。过了一段时间，我适应了做这件事。又过了几个月，我都不敢相信自己当初居然会害怕父亲。我也习惯了和他对视。在他的目光中，我只看到漠然和挫败。

由于电视在母亲房间里，作为交换，母亲同意将父亲放在家里的一箱旧书留在我房间。父亲在家里有好几箱书，母亲不太爱看书，但是觉得这些书对我有好处。她对我说，没有什么是比读书更好的事情了。不过后来当我变得嗜读成瘾，她又劝我适可而止。在上学的日子，当她半夜醒来去卫生间，看到我房间里的灯还亮着，便砰砰敲我的房门，大声让我赶紧睡觉。我十岁时，已经能读完一整本书，一本全是文字不带图画的书。我记得这本书名叫《风暴部落》，是从我父亲的一个书箱里翻出来的。这本书写的是生活在丛林、深山和洞穴里的人，在一位来自英国的好心外国人鼓动下，起来反抗他们的专制丛林之王的故事，因为这个英国人说他们的国王非常邪恶、落后。现在回想起来，书中的故事肯定发生在亚洲某个地方，因为里面有个美丽的公主。没有哪个故事会把美丽的公主放在非洲的丛林里。这个故事我没有完全看懂，有时是因为生词、难词，有时是因为没看懂里面的情节，但我依然逐页读完。读完这本书后，我就开始一本接一本往下读了。我花了很长时间把一整箱书全部读完。我并不是所有的书都看。我发现相对来说，神话故事、西方小说和《一千零一夜》里的故事比较好懂。看完这一箱书后，我去母亲房间又拿一箱。就这样最后我把全部五箱书都搬到我的房间里。

一天我把一本书装进食品篮里送给父亲。其后月复一月，年复一年，我渐渐把更多对我胃口的书在送午餐时一道给父亲送去。其中有些书在给父亲送去之前，我都读了好几遍，特别是那些神话故事和西方小说。那本《紫艾草骑士》^①在送给父亲之前，我读了六遍。不过对于这样送书，我心里也没底，不知道自己做得对不对。有些书我压根舍不得送给父亲，因为我百读不厌，像兰姆的《莎士比亚故事集》、菲尔多西^②的《列王记》，还有《一千零一夜》里的故事。其中有个故事讲的是一位卑微的樵夫偶然撞见被妖怪囚禁在地窖里的新娘。他爱上这个新娘，帮她逃跑，妖怪于是复仇。这个故事在我脑海中萦绕多年，久久难以忘却。到了后来，我径直把篮子送到商店后面父亲的房间里，父亲也留我陪他坐一会儿。我发现那些送给他的书，都书脊朝上整齐地码放在一个旧水果筐里。显然他视这些书为珍爱之物。

与此同时，阿米尔舅舅从都柏林学成回国。他还带回来一位女朋友，我叫她阿莎舅妈。阿莎舅妈此前在萨福克郡的一所寄宿学校准备高级证书考试。她是前副总统的女儿，在阿米尔舅舅前往都柏林前就已经是他女朋友了。她去阿米尔舅舅读书的大学看过他几次，两人在假期结伴同游伦敦、巴黎和马德里。他俩已经订婚。母亲说阿米尔舅舅的婚后生活全部安排妥当，也可以说由他的未婚妻包办好了。他在回国前就租好了一套公寓，因为我家的旧房子显然放不下他和他的行李。

"他的新亲戚都是大人物。"母亲揶揄道。不过这也是事实。

---

① 作者是美国作家赞恩·格雷，以创作探险小说而知名。
② 波斯著名诗人。

婚礼在即，但新人是绝不可能搬到贫民窟来的。这话是母亲模仿阿米尔舅舅那些有权有势的新亲戚谈论我家时所用的口吻。但除了阿米尔舅舅形容我家房子是贫民窟外，我没听其他人这么说过。阿米尔舅舅两口子在公寓里也只是小住一段时间，因为婚后不久他即将去一个外交岗位履职。那阵子阿米尔舅舅每隔几天就来看望我们，有一次他开着阿莎舅妈的一辆白色丰田花冠新车过来。但他待的时间不长。由于不得不把车停得离我家有一段距离，所以他不放心那辆新车。"谁敢去碰挂政府牌照的车？他不过是向我们显摆他开了一辆新车罢了。"母亲事后说道。

　　欧洲留学生涯仿佛令阿米尔舅舅更具魅力，为他的性格做派平添了耀眼的光环。不知道是不是我母亲讽刺阿米尔舅舅新亲戚那些话的原因，我发现自己对阿米尔舅舅产生了抵触情绪，这在以往是不可能的。或许也是因为我长大了（都快十三岁了！）。阿米尔舅舅的做事风格也发生了改变。他不再像过去那样风风火火，更加沉稳克制。他的举止不疾不徐，好像一个人知道别人敬佩艳羡的目光总是盯着自己。他笑起来也和以往不一样，更加收敛，而且故意要把收敛的样子表现出来。有时他也会故态复萌，蹦出一些旧的俏皮话，但接着又淘气地朝我们咧嘴笑，仿佛自己说了什么粗鲁的话，希望我们别见怪。不过我对阿米尔舅舅的魅力也无法完全无动于衷。我非常珍爱他带给我的那些礼物，其中有一件短袖紧身球衣，球衣后背上横着印有大写字母 UCD[①]。这件球衣只要

———————————

① 都柏林大学的缩写。

洗干净了我就穿，所以几个月后它就被磨得褪色，露出线头了。我还喜欢阿米尔舅舅和阿莎舅妈在欧洲旅行时拍的那些照片，阿米尔舅舅心情舒畅时就会拿给我们看：坐在布鲁塞尔露天咖啡馆的桌子旁，和阿莎舅妈站在埃菲尔铁塔前合影，两人站在马德里一所公园的石狮旁，一起在伦敦动物园里徜徉，倚靠在泰晤士河畔的防护矮墙上。由于有了阿米尔舅舅和阿莎舅妈的存在，这些景点对我来说显得更真实，不再像电视风光片里那样虚幻。

阿米尔舅舅和阿莎舅妈的婚礼非常盛大，来宾有政府部长、外国大使、军队要员以及他们的夫人。来宾们西装革履，昂首阔步，浑身珠光宝气。婚礼在阿莎舅妈的父亲，也就是那位前副总统宅邸的私家花园临时搭建的一个大帐篷里举行。我母亲被连哄带劝地和一群达官显贵坐在一个圆形礼台上，聆听各种致辞。我按照阿米尔舅舅的要求，穿着一条黑裤子，系一条领带。致辞结束后，我到台下溜达，张着嘴呆呆地看着这宏大的排场、祥和的景象和忙碌的工人，它们联手在乱哄哄的嘈杂声中营造出其乐融融的氛围。和阿莎舅妈结婚后不久，阿米尔舅舅就被任命为驻孟买的领事，任期三年。在前往印度前，他给我买了辆自行车作为礼物。这一举动将我之前对他的疑虑打消，取而代之的是怀着羞愧的感激之情。

在我上中学的第二年，我妹妹穆里娜出世。那时我对家里的情况已经有了更多的了解。我母亲从未告诉我她生活中发生的事情，包括关于阿米尔舅舅的事，也从没有外人向我透露任何事，连玩笑之类的话都没有。只有一次例外。但生活中点点滴滴的迹象汇入我的视野，我将它们理出一个脉络。

我已经明白这是一件和我父亲有关的羞耻之事，所以不便谈论。我在心里也默认这一禁忌，因为无论什么原因，我也替自己父母感到羞耻。我被各种沉默包围，既然大家都对生活中发生的事闭口不谈，我不问也就不显得奇怪。我花了很长时间才把这些点滴小事串起来弄懂了，因为当时我还是个不懂人情世故、只知道读书的孩子，没有人教我识别世事的丑恶。我像个白痴一样，把一切看在眼里却茫然无知。

我还是每天骑自行车去姆贝拉杜给父亲送食品篮。我一从学校回家，就做这件事，然后自己再回家吃午餐。我不再像以前那样在商店前面等他出来取，而是直奔后面，先和卡米斯老婆打个招呼，然后走进父亲住的小房间。我父亲一般深居简出，除了上午到市场摊位上坐坐。他做生意也不卖力，别人要求时才会搭把手。有时他早早就收摊回住处。每个星期六，我给他送干净的衣服和寝具。我还帮他换寝具，而他在一旁吃东西。这种情况一般都是他让我做的。有时他要我先不要换，等我第二天或第三天去的时候再弄。我每天在他那里待的时间都不长，因为我还要抓紧时间赶回去吃午餐。我把装食物的篮子放在父亲清理出来的小桌子上。他自己有时也在小桌上看书，或是做点缝缝补补的针线活，有时什么都不做，只是双手交叠放在桌子上，眼睛朝窗外远眺。等他吃完后，我拎起装着空餐碟的篮子，问他吃得怎么样，还需要什么东西。这时我一般都会等上片刻，看看父亲有没有什么话要对我说。他有时说，有时也不说。有时他会说："我很知足，感谢真主！"然后我就穿过房屋走到商店门口，和卡米斯道别，骑自行车回家。这就是我每天的例行任务。

那年我十四岁。这个年纪的孩子会感到自己长大了，有思想，哪怕他脑子里其实并没有什么想法。他所以为的思想，不过是一种大言不惭的早熟直觉，一些自己瞎琢磨出来的狗屁玩意。那时我觉得父亲做人很失败，是个软骨头，面对羞辱默不吭声，失魂落魄，已经变得失去理性，麻木不仁。虽然没有人告诉我具体情况，但我自发地形成一个看法，对父亲为什么变成这个样子进行解释。我认为父亲颓唐的原因是羞愧，羞愧自己变成一个丢人现眼、百无一用的人。他将这种羞愧感不仅施加在自己身上，还连带着延伸到我身上。我还知道母亲有时下午出去，是去见一个男的。到了晚上，一辆汽车会把她送回来。但她下车的地点一般和我家隔着两条街。我知道母亲自己对这种事也感到羞耻，这是她生活中的痛点。有时她外出归来后，会一连几个小时都不和我说话。

一旦我意识到了母亲的这个秘密后——这大概在穆里娜出世前一年左右——我估计自己在学校或街头会受到嘲笑。那些和我年龄相仿的男孩子们很难不对我恶意讥讽。但是这种事只发生过一次。当时一个男孩拿母亲送给我的鞋开玩笑，悄悄问我这双鞋是不是我母亲的男朋友送的。我从未想过这双鞋会是那个男的送的。对我说悄悄话的这个男孩长得人高马大，像个成年人。他说话时嬉皮笑脸，像是在逗我，试图诱使我做出他预想的反应，好让他痛快地把我揍一顿。我转过身去，假装没听见他说的话，对从后面传来的讥讽笑声置之不理。真是有其父必有其子，我也变得和父亲一样，对羞耻予以消极驯服的回避，而那双鞋子我再也没穿过。一直到我妹妹穆里娜快出生前，母亲都没告诉我那个男人的名字，甚至都没有说起过他。最后她的肚子越来越大，那时我也不需要别人来告诉我是怎么回事了。

"他叫哈基姆，"一天母亲手搭在肚子上说道，"就是肚子里宝宝的爸爸。他是阿莎的哥哥，你知道我是在说谁吧？你有时会在电视上看到他。"

我没吭声。我受不了母亲说起那个男人名字时脸上露出的笑容。我们在电视新闻上看到他时，母亲也有过同样的笑容，那时我就猜出母亲去见的男人就是他。后来再在电视上见到他时，我就把目光转开。当母亲向我提起他的名字时，这个精明能干的男人形象在我脑海一闪而过。当他抚摸母亲时，母亲会叫他"亲爱的"吗？

"你知道我说的是谁吧？你在阿莎和阿米尔的婚礼上见过他。"母亲对我说。

我点点头。我只看到过他，但并没有和他正式见面。我能发现由于我沉默不语，母亲脸上露出的痛苦表情。我点头只是为了让母亲心里好受一些，作为一种交流。在婚礼上，我在专为新娘、新郎和贵宾设置的观礼台上看到过这个男的。他一副面无表情的样子。我母亲也坐在那里，看上去很漂亮。我母亲本来恳求不要让她坐在那儿，但阿米尔舅舅是不会答应的。当时我不知道那个男的和我母亲的事。我被四周逼人的氛围压抑得喘不过气来，拼命地呼吸。

"他可是部长大人。"我说，我母亲故意笑了笑，对我的挖苦装作不在意，好像我在调侃戏谑。

"他是宝宝的爸爸，"她摸着自己鼓起来的肚子又说了一遍，不自觉地又笑了，好像对自己怀孕的身形很满意，而我却觉得丑陋变形，"我想让你和他见个面，算是尽礼数。"

我不知道该怎么回答，因为母亲突然显得那么无助，那么可怜。

"他让我嫁给他。"一段长时间的沉默后，母亲开口道。

"他为什么想娶你？他不是已经结婚了吗？"我问。

"他想让我做他第二个妻子。"母亲说。

"那他为什么要娶第二个妻子？"我追问。

"这没什么奇怪的。他想看到宝宝。他希望宝宝有个爸爸，"母亲道，"但我说不行，我已经结婚了。"

"那你为什么会有他的宝宝呢？"我反问道。

母亲摇了摇头，目光朝别处望去。我俩都显得很傻，因为母亲没法对我说得很直白，而我也克制不住内心的苦涩。我能看出来，她被我的话惹恼了，可我也不知道该怎样顺着她的心意说。

"你告诉那个男的你结婚了，他怎么说？"我又问道，"估计他早就知道。"

母亲耸了耸肩，拒绝谈论下去。"你要是这样，我就没法跟你说话了。"母亲道。

"他是不是说，我们会很快搞定这件事？可他是个大人物，为什么到现在还没搞定这件事？"我继续追问，"为什么这么长时间还没办妥？"

母亲又耸耸肩，闭上了眼睛，好像我的这些问题让她极其厌烦。

"你和爸爸之间到底怎么啦？"我问。

母亲睁开眼睛看着我。我以前从未问过这个问题，没问得这么明明白白，这么单刀直入，这么充满厌恶，这么咬牙切齿。父亲在我很小的时候就离开家了。关于他离家这件事，我和母亲本已找到一种避免冲突的谈话之道。每当我问起这件事的细节，母亲不是转移话题就是避而不答，而我也就不再追问，免得令她痛苦或惹她生气。我过去总把这件事怪在父亲头上，怀疑他做了什么对不起人的事，躲起来没脸见人，所以我也从没像现在这样，向母亲逼问事情真相。母亲好像思索了一番，但还是摇摇头。我知道她什么都不会对我说。我也料想到，对于我想知道的内容，她也不知道该怎么说好。"我不知道该怎样对你说。情况糟糕透了。我给你父亲造成痛苦，而他将这种痛苦升华为一种虔诚，"母亲道，"我也没法纠正做过的事。"

"那个男人是不是你给父亲造成痛苦的原因之一？"我问道。

"不要用那个男人这个词。是的，他确实是。"母亲说。

"是不是因为他，爸爸才离开我们？"我问。

母亲又摇了摇头，这次没说话。"是我做的事，才让他离开的。"最后母亲终于说道。我能看出来，她不愿意继续往下讲。如果我逼她，她会不理我，这件事令她太过痛苦。她会径直走开，将自己锁在房间里独自啜泣。我过去追问她时，她就是这么做的。我不忍心再听到她哭泣。"做过的事情，我收不回来。我也没料到他会把自己的生活毁了。"

"爸爸这么难过，是因为他还爱着你吗？"我问。

母亲瞥了我一眼，笑了。显然她被我的天真逗乐了。看来我对人性中仇恨程度会有多深还不了解。"你的问题可真多。不过我不这么看。他难过或许是因为一想到曾经爱过我，就感到羞耻失望。你能理解我的意思吗？他是主动选择毁掉自己生活的。"

这话让我不寒而栗，因为我有点明白了。她解释自己不在家时，对我编的那些谎言或者当初说的那些掐头去尾的话，也令我有这种感觉。"那你为什么做那种事？"我问母亲。母亲则用一只手擦拭一下额头，转过脸不再理我。

穆里娜出生后，我变得桀骜不驯，不服管教。母亲叫我时，我也不总是搭理她。她训斥我时，我扭头就走。我有时对母亲很反感，不愿靠近她。我也不掩饰对她的轻蔑。每次一回家，我就将自己关进房间里看书做作业，尽量不和她接触。对于母亲派我做的跑腿活，我故意一次磨蹭好几个小时，有时还故意买错东西，甚至什么都不买，只是把钱原封不动地还到她手里，什么也不解释，就这样走开，任凭她愤怒地朝我大喊大叫。有一次母亲让我去给穆里娜买一听奶粉，结果我拿回来一罐灭蝇喷雾剂。我估计母亲已经忍无可忍了。她那时奶水不够，穆里娜在一旁饿得嗷嗷待哺，而我居然这时候还跟她胡闹。她对我破口大骂，把穆里娜吓得厉声尖叫。于是我一声不吭地转过身，去买奶粉了。

不过这件事之后，我并未收手，反而将青春期的叛逆和坏心眼变本加厉地发挥出来。下一次她让我去一家小餐馆买面包，我四十分钟之后才回来，手里拿着一盒纽扣。这是我专门跑到达拉贾尼去买的。反正在家里，我极尽各种捣蛋之能事。我弄坏电冰箱，剪断新电视的天线，把我认为是母亲情人送给她的礼物偷走或藏起来。我本打算把给穆里娜买的所有昂贵玩具全毁掉，因为我知道它们是谁买的。可是我又下不去手。令我自己也感到惊讶的是，虽然我狠下心搞破坏，但我开始喜欢穆里娜陪着我们，而我原本以为我不会这样想。我喜欢抱着她，抱着她的时候能感到她是个完完整整的小家伙，肉乎乎的惹人怜惜，所以我只是扔掉那些零散的玩具，它们过于丑陋，不值得保留。

母亲一开始对我搞破坏的行为感到震惊，央求我冷静些。但后来每隔几周家里有什么东西坏了或不见了，她也不再说什么。有一次那个男人要来我家，母亲提前告诉我，我一整天都躲在外面，步行数英里到城外，等天黑回家时，我已经累得精疲力竭。我不能告诉母亲实情，但我能感到她一直怀着似有若无的忧伤。我对此心里也不好受，而一想到那个冷漠的男人和母亲亲热，并嘲笑可怜的父亲时，我就感到难过。母亲后来再也没让那个男人来家里，至少没让我知道。

穆里娜出生几个月后，母亲在她房间里装了一部电话。我猜测有了这部电话，她的情人就可以向她打听穆里娜的情况。我等待时机，想找机会把电话线切断，破坏他们之间的联络方式。我确信自己早晚能得手。之后我发现，哪怕房门关着，我也总能在自己房间某些地方清楚地听到刺耳尖厉的电话铃声。有时我甚至能听到穆里娜的哭叫和母亲哄她的声音。由于以前我和母亲的生活非常安静，我也没关注声音在各个房间的传播。如果母亲独自一人看电视的话，我在房间或许能听到电视声。不过母亲很少一个人看电视，即使一个人看，她也总是把声音调得很低。

没过多久我就发现声音是从一个画框后面传出来的。这个画框里装着一张孟买城市天际线的图片。画框是当年阿米尔舅舅还在旅行社上班时带到我家的。我把它留在墙上，因为它是我卧室里唯一的画框，而且我也喜欢图片前景里开阔的海湾。我在图片下方的地板上还发现了一截从未见过的旧铅笔头。我把图片移开后，在墙上发现一个直径约一厘米的圆洞。我猜那截铅笔头原本就是塞在圆洞里的。圆洞看上去像是墙里一根电线的出口，连到电灯开关。那截铅笔头和圆洞正好互相吻合。当我再次把铅笔头从圆洞里拿出来，眼睛贴到洞孔处，发现母亲的床正好对着我的视线。当时母亲不在房间，我把铅笔头又塞回到圆洞里，重新挂上画框。我很快反应过来，当年阿米尔舅舅就是透过这个圆孔偷窥我父母。

我小时候，阿米尔舅舅和我们住一起。那时我对他很崇拜。自打我记事起，阿米尔舅舅就住在我家里。他总是喜欢捉弄人，爱捧腹大笑，评价别人时放言无忌。他从不管教我，说哪些事情是小孩子不能做的。有时母亲数落我，阿米尔舅舅就在她背后向我挤眉弄眼。他对时事很了解，对歌曲、电影和足球明星如数家珍，有自己独到的喜好品味。在我作为一个孩子时看来，阿米尔舅舅脑瓜灵活，天不怕、地不怕。后来他外出求学，又成为外交官周游世界，在我心目中俨然成为一个传奇人物，充满魅力。他每次回来都给我带点东西，全是些他去过的异国他乡的纪念品：从迈阿密给我带一件衬衫，从斯德哥尔摩带一个数字闹钟，从伦敦带一个印有米字旗的马克杯。有时我想爸爸要是阿米尔舅舅就好了，而不是那个衣衫褴褛的男人，每天还要让我提一篮子食物给他送去。这个念头让我觉得自己是个见利忘义、卑鄙可耻的浑小子，没有良心。不过那时我确实不止一次有过这个想法。

后来随着年岁增长，我对阿米尔舅舅的敬畏之情逐渐减弱，不过希望他是我父亲的念头并没有从我脑海中完全消失。但发现墙上这个洞让我有生以来第一次对阿米尔舅舅的人品产生怀疑。偷窥是一件丑陋下作的事。我觉得自己应该告诉母亲，因为万一今后这个洞被发现，她会以为是我干的。但我还是没告诉母亲，也从不敢透过洞孔看。不过有时当我晚上一个人感到孤单，我就关掉电灯，拔掉填充洞孔的塞子，这样就能听到穆里娜和母亲在那个房间的动静了，通常是她们的说话声和抓挠声。我没有刻意去听。也就是通过洞孔，我获悉了舅舅对我的安排。

过了几年风风火火的日子后，阿米尔舅舅成为驻伦敦大使馆的一名高级外交官。他和阿莎舅妈生了两个孩子。他们一家人定期回来，也来看我们。阿米尔舅舅有些发福，举止更为老练，和他显赫的地位正好匹配。有时他的行为中有种逼人的气势，一种强硬感，但他往往用爽朗的笑声和兴高采烈的情绪加以掩饰。他不像过去那样爱动。过去他总是跷着二郎腿又松开，循环往复。垂着的那只脚还不停地颠着，好像脚本身是个活物。但现在他的双脚可以长时间保持不动，只是偶尔兴奋时才会疯狂地扭动一番。

他们回来探亲时住在阿莎舅妈的娘家。不过阿米尔舅舅动用他的关系把他们以前的老屋要了回来。那位部长大人肯定在其中也起了作用。阿米尔舅舅说，老屋要回来之后正在重新修缮装饰，等他们下次回来就可以在老屋里住了。母亲问老屋里还有没有以往的旧物，阿米尔舅舅用怜悯的目光看着母亲，说那里只剩下一些破烂玩意。即便如此，我们父母的在天之灵也会感到高兴的，母亲说道。

他们回来时，阿米尔舅舅每隔几天就来看我们，阿莎舅妈有时也来，但大多数时候不来。她来我家时，主要聊她的孩子们和他们在伦敦的生活。她的孩子们是多么宝贝金贵，他们在伦敦的生活多么丰富多彩，风光时髦。总之一切都那么忙碌、光鲜而奢华。她每次一来，就一个人说个没完，好像她知道我们的心理，知道我们想听那些事情，向往那种生活，目光里充满了对他们五光十色生活的羡慕。在我们家里，除了卧室和门厅的餐桌旁，没有可以舒适坐着的地方。一般情况下，都是我们坐着听，阿莎舅妈靠在椅子上兴奋地讲，边讲边挥舞着戴手镯的胳膊。

一天晚上，阿米尔舅舅单独一个人过来找母亲谈事情。他刚进家门就表明来意。或许是下意识地，他朝我迅速地扫了一眼，紧锁的眉头表明要谈的事情十分重要。他这个表情明显暗示要谈的事情和我有关。当阿米尔舅舅小口抿着母亲给他泡的茶，我回到自己房间里，用少有的果断关掉电灯，把耳朵贴在墙上的圆孔旁，等待偷听。我猜他俩要是想说悄悄话，就会去母亲的卧室，而不是坐在外屋，以防止我再次出来。

他们的谈话内容我没有全部听到。阿米尔舅舅嗓门大，声音能透过圆孔，但母亲说的很多话我没听清。她的声音压得很低，有时近乎呢喃，或者干脆借助手势完成。不过我从听到的内容可以推测出没听到的部分。阿米尔舅舅说他要带我去伦敦。他说我是个聪明能干的孩子，浪费资质殊为可惜。不过他要等到我修完中学学业，通过考试后，再告诉我这个计划。他不希望我停止努力，觉得未来的一切别人都已替我安排好。母亲对此深表感激，但她问阿米尔舅舅是否负担得起费用？如果带我远赴外国却又让我自己打理一切，这对我不公平。

"他当然需要在一定程度上自理，"阿米尔舅舅道，"这是最关键的一点。要学会在大千世界中照顾好自己。你说谁又不是这样呢？我取得今天的成就不也是这样过来的吗？我在都柏林时，暑假在建筑工地和工厂打工，每天晚上吃的都是薯条和廉价的碎肉。不过我也不会对小崽子放任不管。我们家有房间，凭着大使馆的津贴再多喂一张嘴也是轻而易举的事。我们家老大出生时，我设立了一个信托账户，一种投资手段，不断往里面存钱，用于孩子以后的教育。最近我增加了一些投入，这样今后也能部分覆盖他的教育费用。不过他肯定要兼职打工，毕竟去了不是度假。他很可能没有足够的钱经常回来，所以如果你同意他去的话，要做好较长一段时间见不到他的准备。"

其后是一段较长的沉默，或者在这期间他们交谈的声音很轻。接着阿米尔舅舅的声音又穿透过来。"不，不，不是那个意思。反正我这样做，是为了报答你那些年对我的恩情。不过你自己做的事也不算什么大错。"说完这话，阿米尔舅舅大笑起来。我没听见母亲的回答。"那就这么定了。我带他去伦敦。我知道在这里他越来越像个刺头，在家里惹是生非，百无聊赖，早晚会学坏。而且把他和那个软骨头分开也是好事。可以让孩子重新开始。我也不喜欢他这样每天去看他。"

母亲说："谢谢你为他着想。他会一辈子感激你的，就像我会感激你一样。"

听了他们的谈话，我的第一反应不是兴奋，而是不安。阿米尔舅舅和阿莎舅妈描述伦敦生活时那矫揉造作的样子，让我觉得他很傻。去伦敦和他们一起生活这个想法对我也就没什么吸引力。回来后热得让人受不了，这喝的水卫生吗？鸡肉太硬，面包难以下咽，苍蝇太多了，我们在伦敦可没这么多苍蝇。阿莎舅妈大多数时候说的都是这些话，而阿米尔舅舅则坐在她身旁，看上去好像很爱听她这样说话，时不时还傲慢讥讽地补充两句。在此之前，我从未听过阿米尔舅舅用软骨头这个字眼说爸爸，虽说我知道大多数人确实这么看待他。我也从未听过有人谈论爸爸时用这种不加掩饰的轻蔑语调，尽管我并不很惊讶。一个像阿米尔舅舅这样在世上阅历丰富的人，对于爸爸这样不务正业、心灰意冷的落魄者持这种看法，本来就在我的预料之中。

我不知道为什么一定要把我从父亲身边带走。其实他现在并不想我，和我也没什么交流。我给他送午餐，带回空餐盘。有时他一声不吭地织补破旧衣服时，我坐在他身旁，对他讲那些让我觉得高兴的事。可是不管我讲什么，对父亲来说似乎都无所谓。他很少主动问话或对我讲的事情进行评价。有时他盯着我看的时间比我预料的要长一些，好像在分析我话中的某个细节，有时他又会无来由地对我笑笑，我也不知道他为什么乐。还有时他会大声说一些我不是很懂的话。我觉得他头脑时不时会犯糊涂。我俩在街头相遇时，也不总是打招呼。

平时阿米尔舅舅在谈话中说到父亲时——这种情况一般

也不多见——他直呼父亲的名字马苏德，措辞也不尖刻。这次被我透过墙上的圆孔偷听，是他在无所顾忌的情况下说出习惯性的想法。我也因此明白阿米尔舅舅平时都在忍耐克制他对父亲的意见。对于阿米尔舅舅看不起父亲这件事，我有些耿耿于怀，想为父亲辩解，可说到底，这一切都是父亲的自怨自艾导致的。

我从中学毕业后，母亲收到了来自伦敦的邀请。我问母亲阿米尔舅舅为什么这么主动，她说阿米尔舅舅把我当儿子看。我没有问母亲当年她为阿米尔舅舅做了什么，令他现在要这么报恩，因为阿米尔舅舅关于报恩的话是我偷听到的，按理说我不应该知道。不过当邀请函到了，我的所有顾虑不安立刻烟消云散。我没法抵挡出去看看的诱惑，没法抵挡伦敦的花花世界。接下来为出发所做的各种准备，暂时掩盖了其他的心情和各种挂念。

我知道母亲正考虑搬到她情人给她租的公寓里去。穆里娜已经三岁了。她的生父希望能更多地见到她，并且一直坚持让她们搬到更宽敞的房子里。看来他不想让他的女儿在简陋的小屋里长大，我对母亲说道，故意刺她一下。由于我的存在，母亲对于搬家一直犹豫不决。她知道我不想和"那个男人"有任何瓜葛，连他的名字我都从来不提。如果真的搬家，我一定会大闹一通。虽说我已经停止在家里搞破坏，但我对她情人的敌意并未降低。估计母亲害怕搬到新公寓后，我又重新开始闹腾。总之，我知道自己在家碍手碍脚。当伦敦的邀请到来时，我也很高兴前往这座神话般的城市，看看自己能否在那里有一番作为。去了又能有什么坏处？

七月份的最后一个星期五，我临行前最后一次去见父亲。他不过才四十岁，但看上去比实际年龄要大，显得苍老。我对他说，下午我就要走了。父亲一动不动地坐了一会儿，然后转过身看着我。这次他看的时间很长，一副若有所思的样子，到最后我觉得他眼睛里闪过一丝神采。他的目光有什么意味？是欣喜吗？在这长时间的凝视中他是否有新的感悟？这目光令我有些不安。我的老父亲脑子里闪过什么想法？我从未想过这目光中可能蕴含着忧伤。在此之前我早就告诉他，我要去伦敦，但他似乎并未在意。直到今天我再说起时，他才朝我投来悠长思索的目光。

"我去伦敦和阿米尔舅舅一家住一起，"我告诉父亲，故意忽略说这话给我造成的不安，"阿米尔舅舅主动提出要带我去，送我去那边上学。他和舅妈都让我和他们住一起。是在伦敦，您能想象吗？"

父亲缓缓地点点头，像是在思考我讲的话，也许是在想该说些什么。我们对视片刻，目光短暂相交。我们的目光接触中饱含的剧烈情感令我轻轻战栗。父亲的眼神沮丧颓废。"你不会回来了。"他说。接着他叹口气，低下头，语气坚定柔和，像是在自言自语："听我说，在黑暗中要睁开双眼，回想真主赐福的事。不要害怕脑海中的黑暗，否则愤怒将会蒙蔽你的视线。"

"您说的是什么意思？"我问父亲。父亲的话中偶尔会夹杂一些我听不懂的词语，像是正在酝酿的几句诗行。我过了好一会儿才反应过来，这几句话是从他读的那些东西中摘出来的。他那阵子读的是爷爷留下的旧课本和报纸。他让我把它们从存放的箱子里找出来带给他。我不知道这两句箴言是不是也是出自那些读物。"这是哪上面的？"见父亲没回答，我又问道。

"它不是来自哪上面，这是思想，"父亲终于说道，"回想真主赐福的事，这是爱的源头。这话是阿布·赛义德·卡哈兹说的。①"

我不确定这句话到底是引言还是父亲杜撰。当他提到什么艾哈迈德·卡拉兹或卡拉兹·阿杜维之类的名字，我有时就怀疑真有这个人存在，还是我父亲在用文绉绉的格言体句子炫耀。

"您能再说一遍吗？"我问。父亲抬起头，又重新说了一遍。回想真主赐福的事，这是爱的源头。让父亲重说一遍，是我玩的小伎俩，想看看他两次说的是否有不同。结果父亲两次说得完全一样。不过重复说一遍，并没有令我对这句话的意思有更清楚的理解。

"这是我老父亲的处世良言之一，"父亲继续说道，"听着：我虽然哪儿也没去过，但你在外面要仔细倾听内心的声音。"

这听起来像正常的对话，但我不太明白父亲的意思。这话是对我未来的警示，还是泛泛地让我不要忘本？这是经验智慧之谈，是考验的话，还是随口一说？我要不要当作耳边风？我心不在焉地笑着，尽量装出父亲希望看到的表情。我

---

① 阿布·赛义德·卡哈兹（？—899），伊斯兰教苏菲派著名学者，巴格达人，鞋匠出身，后前往埃及修行，著有《真理书》，是最早提出"无我"（fana）观念的学者。

见父亲将目光又投向我，摇了摇头，笑容更加灿烂。摇头这个动作表明他知道我并没有领会他的意思，但他并不打算进一步解释。每当这时候，我确信他神志清醒，想对他说不要再这样下去，不要表现得这么颓废，大家一起振作起来，讲一些有盼头的事情。到底是什么原因让您这样垮掉？跟我说说您年轻时的梦想。来吧，爸爸，让我们怀着包容任何命运的心态，一起去散散步，一天当中这时候木麻黄树下的微风是最宜人的。但这些话我都没有说，因为经过这么多年，父亲的悲伤已经固化，他的沉默难以穿透。我还太过年轻，没有信心打破这个壁垒。从某种程度上说，父亲的苦难、木讷、消极，令我畏怯。我试着想象失去母亲的爱，对父亲的打击到底有多大，令他毅然决然地去过这种避世的生活。不多久，在我的注视下，父亲又垂下眼睛，退回到他的藏身之所。当我起身要走时，父亲也站起来，略显犹疑地摸了摸我的肩膀。

我离开商店前，去和卡米斯的妻子告别。她探过身子来，亲了亲我的脸颊。虽然我经常来这里，但和她打交道不多，所以她的亲吻让我吃了一惊。

"多保重，我们会好好照顾他的，直到你回来。真主保佑，"她说，"他在这里不会有事的。"

我握了握卡米斯的手。最后当我骑上自行车时，我还在挥手，和这段探监的经历告别。我不知道我走后谁来给父亲送吃的。我骑车回家时，有种如释重负的感觉。这一段算是结束了。即将到来的旅行激发的兴奋焦虑，又在我身上出现。我把临行前的准备清单仔细核查一遍，以免有疏漏遗忘。和父亲一样，我至今还没出过国。

出发前，母亲对我说："你肯定会回来的，我敢肯定。只是不要让我一直等下去。要经常给我写信，好吗？"

"我会每天给您写信的。"我看见母亲对我这个夸张的回答报以微笑。

当天下午，我坐上飞机，途经亚的斯亚贝巴[①]，前往伦敦。事后我对这次旅程记忆甚少，因为一切都显得那么新奇，把我弄蒙了——飞机机舱内部，飞机下面展开的大地，身在云上的感觉。我尽力克制自己，别做出什么丢人现眼的事来。我兴奋得忍不住想入非非，觉得自己即将要做一番大事，殊不知未来的自己又是个天真的倒霉蛋罢了。

我离家两年后，我父亲的父亲，那位我从未谋面的马利姆·叶海亚回来了。他那时七十岁，住在吉隆坡。他是从迪拜搬到吉隆坡的。当得知他唯一的儿子精神失常的传言后，这位老学究专程回来接儿子。老父亲为儿子安排行程，准备飞行所需的相关文件，找一位理发师上门去商店给他剪头，还为他买了几件新衣服。我父亲没有表示异议和反抗。到了出发那一天，老父亲乘出租车将儿子从他居住多年的房间里接走。儿子由于爱情失意，在这里一直邋邋遢遢、郁郁寡欢地独居。我能想象当他俩登上前往吉隆坡的飞机时，我父亲眼睛里一定像我当年一样，噙着泪水。

[①] 埃塞俄比亚的首都。

第二部分

3
我会每天给您写信

　　我在伦敦和阿米尔舅舅住一起。为了今后就业，阿米尔舅舅希望我读商科。他说，虽然家里出个当医生的也是好事，但医科超过我的能力和条件，再说我也不具备学医的才华和职业精神。我们总有点儿高估自己的聪明程度，阿米尔舅舅说这话时一脸坏笑，以示在开玩笑。

　　"反正成为一名医生需要长时间的培养，我没能力供你，"舅舅说，"要花很多钱。学法律怎么样？虽说你也需要花很长时间才能成为一名合格的执业律师，那也不是一离校就能一蹴而就的。不过我总有一种偏见，觉得律师为了代理费，会制造不必要的麻烦。可能我的观点比较老派，但有时就得有底线。商科就没这些问题！商科受人尊重，就业面广，你可以边工作边读书，既能丰富阅历，又能积累资质，还可以赚大钱。对你来说，这是最好的选择。你可以在任何地方工作，因为全世界的商业语言都是相同的，就是赚钱！想想学商科能干些什么：会计、管理、咨询，最后都能挣大笔的钱存银行里。我们就这么定了？"

　　要是我告诉舅舅我想学文学，一定听起来很没志气。或许当时我也不知道自己有多大本事，能做什么。我来伦敦前，已经看完了父亲大部分的书，学校图书馆的书也看得差不多了，还从朋友那里借书、换书看，所以我自视具备成为一名文学专业学生的资质。我会引用诗句，像《希腊古瓮颂》（听到的乐曲固然美妙，但那些听不到的更加美妙）、《草叶集》和《一个延宕的梦》（一个被延宕的梦会发生什么？它会枯竭吗？就像烈日下的一颗葡萄干？）我读了几十本神话传说和探险故事，读过《大卫·考坡菲》《安娜·卡列尼娜》《另一个国家》《这个世界土崩瓦解了》《灵异推拿师》等名著。可是来伦敦后，我才发现我从前的积累多么微不足道，需要读的书太多，需要补足的阅读太多。不过这个发现并没有让我沮丧，反正现在都无所谓了，因为我已经明白事情发生了变化，我自己的看法现在无足轻重。阿米尔舅舅对我已有安排，而我又没有勇气提出自己的选择。既然是阿米尔舅舅把我带到伦敦，他就有权决定我的未来，这似乎是天经地义的事。我要是忤逆他的意志，就是忘恩负义。

　　我到达后，舅舅和舅妈表现出的喜悦之情让我感动。两人都朝我露出灿烂的笑容。阿莎舅妈对我说话的样子，好像我是她胆怯的弟弟，需要她开导鼓励，才能放开一些。这儿就是你的新家，她对我说。我初来乍到，手忙脚乱，对各种事情都不能马上适应，但我还是注意到了舅舅家宽敞的房间、豪华的家具，不由得也生出一种卑微的满足感。虽然这是属于大使馆的公房，但也不是谁都有资格住的。阿莎舅妈领我到二楼我的房间时，她还匆匆给我一个欢迎的拥抱，脸上的笑容好像在表示和我分享一个秘密。这个房间也很豪华：一张大床、一个深如棺材的黑色衣柜，一张宽大的写字台，一个五斗橱，一个书架，一把舒适的阅读椅。即使有这么多家具，房间中央还有空间铺一块地毯。而在我们老家，这样大的房间可以住一家人。看到这样的场景，我在心里打着腹稿，准备把它写进给母亲的第一封信里。我的行李箱虽然是临行前新买的，但放在这块地毯上显得廉价、粗劣、渺小，像一个薄纸板箱。阿莎舅妈走后，我一个人坐在床沿上，环视房间，从暗下来的窗户朝外望了望，又看了看整洁空荡的写字台，上面还有一盏可调节角度摆放的台灯。看着这一切，我露出了笑容。妈妈，今后我就坐在这张写字台前给您写信，给您讲述我遇见的新鲜事。我不会放任自己无知的想法让您失望。只要一察觉稍有心绪不宁的迹象，我就会用坚定的信念去克服。我来这里到底是做什么？

第二天是星期日。早晨阿米尔舅舅拨通母亲的电话，把话筒给我，让我和母亲说话。虽然他的动作很自然，但我能看出他内心很兴奋。听我在电话中不自然地咕哝一会儿——我以前从未打过电话，所以光听声音不见人就立刻感到不自在——阿米尔舅舅拿过话筒，向我母亲完整地讲述我到来的始末，讲了一大堆套话，还把我在机场没见过世面的笨拙样子笑话一番。打完电话，阿米尔舅舅问我住的房间是否舒适，认真地看我一个劲地表示感谢。那天晚上我有生以来第一次见识刀叉餐具。我等着他们先动，那样我就好有样学样。不过他们都注意到了我的不自在。阿米尔舅舅看我笨手笨脚的样子不禁大笑，阿莎舅妈强忍着笑意，就连孩子们也咯咯地笑出声来。八岁的艾哈迈德小名叫艾迪，七岁的卡迪贾则叫卡迪。我也跟着笑了。因为我知道，上演这幕滑稽的刀叉剧是像我这样的人融入欧洲生活不可避免的。

"你知道用刀叉进餐意味着什么吗？"阿米尔舅舅笑完之后长篇大论起来。"用刀叉并不意味放弃本民族文化，成为欧洲人的走狗。有些老人过去总认为用勺子是皈依基督教的第一步，其实这根本没什么。这只表明我们开始视进餐为一种享受，一种精致的享受。"说完这些话，阿米尔舅舅用力地点点头，一直等到我也点头附和。

我很快就发现——大概只用了几天时间——阿米尔舅舅每次大笑调侃时，语调中都透着要求听众附和赔笑的意思。如果有任何扫他兴致的事情发生，他能轻易地收起正在大声嚷嚷的玩笑话，皱起眉头来。别看阿莎舅妈平时大大咧咧，成熟老练，可每当这时候她也小心翼翼，不再嘻嘻哈哈。怎么了，先生？她一般会这么问。这时阿米尔舅舅如果愿意被哄，他会露出一点笑脸，开个小玩笑，说明开始消气了。但如果他还在气头上，则会生气地挥手让阿莎舅妈走开，继续板着脸，直到惹他生气的事得到更正，他才会恢复平静。这样的套路是阿米尔舅舅刻意表现出来的，以示自己的威严。每当这时候和他目光相接，我都会知趣地低下头。

安排好我的学业后，阿米尔舅舅带我去德本汉姆百货公司挑选行头。阿莎舅妈不情愿地陪着我们，因为她喜欢玛莎百货。阿米尔舅舅说我从老家带来的衣服不抗寒。就几件单薄的棉质衬衫和涤纶裤子，你脑子怎么想的？你的蛋都会冻掉的！阿米尔舅舅希望我在伦敦看到什么都不懂，凡事都由他来向我解释，替我做决定。我对事情不必有自己的看法。他们给我买了一件厚实的浅蓝色毛衣。这是件高领套头毛衣，能触到我下巴，像一个颈箍固定住我的脖子。他们又给我买了一件海军蓝雨衣，材质摸上去像帆布一样粗糙，很厚。雨衣大小是我正常尺寸的两倍，里面穿着毛衣都不贴身。他们还给我了两件蓝色长袖衬衫，看上去时髦而廉价，摸起来滑溜溜的。最后他们又加了一副浅蓝色厚手套，几双蓝色袜子和围巾，几条深色内裤。阿莎舅妈喜欢蓝色。阿米尔舅舅和阿莎舅妈逛百货商场时，他们讨论选什么衣服，拿着衣服在我身上比试，在挑选颜色时他们还争论一番，最后选了蓝色。所有的选择他们都向我解释了，虽然很简短。

在头几个月里，每天我上学前，无论什么天气，阿莎舅妈都会仔细检查我的着装，看我是否穿戴整齐。阿莎舅妈还边检查边对我说，如果不注意就会得重感冒。到时候谁来照看我？这里是伦敦，他们在这里也只是上班族。所以在前几个月里，我别无选择，每次上学穿得都像出门远征一样。毛衣穿着太热，雨衣又太大，让我觉得这身衣服像是人行道上碰到某个人高马大的英国人弃之不要送给我的。我一离开家门，就脱掉手套和围巾，将它们塞进书包里。我是舅舅家的亲戚，他们出钱供我穿衣上学，所以顺理成章衣服应该由他们选，想给我买什么我就得穿什么。不过我对他们做法中表现出来的直接和生硬感到惊讶。我知道这些都是预料之中的事，但我没料到的是，他们会默认我就应该驯服顺从。我对他们的欢迎深怀感激，一开始也不觉得事事替我做主有什么不可容忍的。但我希望他们放权让我自己选一些穿起来不那么令人尴尬的衣服。我知道那件雨衣不能不穿，而且穿很多年也不会坏，至少我作为阿米尔舅舅和阿莎舅妈的穷亲戚期间是这样的。这件雨衣是一个象征，是我有求于舅舅一家的象征。或许那个时候，无论舅舅给我买什么衣服，我穿着都不会自在，问题不在于衣服，而是衣服背后那种冰冷傲慢的陌生感。

九月份的第三周，也是我抵达伦敦三周之后，我穿戴整齐地正式开始职业学院的学习生涯。在前往学校的路上，我忐忑不安，瑟瑟发抖。伦敦把我吓坏了。道路把我绕得晕头转向。巴士、出租车、小汽车从我身边呼啸而过，汽油味搅得我反胃想吐。急匆匆的人流车流让我分不清东南西北，心慌意乱。我觉得自己很渺小，吓得直往后缩。我觉得整座城市都瞧不起我，好像我是个胆小如鼠、招人讨厌的小孩子，从一个肮脏破败的小岛来到这里。在这里要想活下去，人就要胆子大，吹牛皮，贪得无厌。

* * *

阿米尔舅舅和阿莎舅妈把伦敦生活描述得像神话一般，但实际上这里的生活快速紧张，我也不得不融入其中，像其他人一样忙忙碌碌。我回想过去和母亲在一起的日日夜夜，生活平静，再加上思乡之情，令以往的日子在回忆中更显得宁静祥和。我和母亲几乎从不拌嘴，至少在我变得调皮捣蛋、公开对母亲的情人表示反感之前是这样的。但即使在那件事情上，我们也有一定程度的默契。如果可能的话，母亲会把她觉得我要破坏的东西提前藏起来或锁好，而我也不会坏到把事情做绝，哪怕盛怒之下也会对家里的必需物手下留情。

无论如何我不可能一直生气。过一段时间，我也意识到自己行为的叛逆乖张，因为背叛和谎言就这样惩罚母亲。现在我和阿米尔舅舅、阿莎舅妈过着快速紧张的生活，回想当初和母亲相依为命的日子，非常思念她。

亲爱的妈妈，

一遍遍的问候。① 您和穆里娜妹妹一切都好吧。我希望您已经收到前几天我给您寄的那封信了。这次我随信附了一张海德公园的照片，是我从一本杂志里剪下来的。我还没去过海德公园，但据说离我们住的地方不远，我们准备最近抽一天时间去玩玩。照片里是公园天气暖和时的样子，还是挺值得期待的。

现在是十月，我上周开始在职业学院上学。除了天气越来越冷，一切都非常顺利。今天早晨，小腿肚子抽筋把我弄醒。我走到室外，结果牙齿冻得直打战。我过去以为牙齿打战是玩笑话，现在看来是真的。牙齿的确会打战，人没法控制。无论你怎么做，它们都在不停地打战。

伦敦有来自世界各地的人。我没料到会有这么多外国人，印度人，阿拉伯人，非洲人，中国人。我也不知道那些欧洲人都来自哪里，但他们肯定不全是英国人。这些还仅仅是我在为数不多的几条街道上路过时见到的景象，而伦敦是座很大的城市。当一辆双层巴士驶过时，透过车窗可以看到里面的各色脸庞，活像翻阅儿童插图百科全书里"世界人口"部

---

① 此处原文为斯瓦希里语。下同。

分的某一页。无论去哪里，都得一边用力挤过人群，一边护着随身物品。也许在海德公园里不用这样，因为看上去很空旷，但在其他地方基本如此。

我几乎每天都步行去学院，这样做不仅有助于消除我对街道的恐惧，而且我本身也喜欢步行。步行去学院大约要花四十分钟，但总比在巴士或地铁上人挤人要强。说实话，我挺害怕来自外人的挤压。地铁上人多得我都快窒息了，火车居然能在地下跑！我们真是太落后了！学院距离真的不算远，走路过去更清静些。您真想象不到这座城市多么的大。想当初我在老家时，骑车去学校只要十分钟。您不必担心，我不会成为那种人的，说起伦敦来好像是一片仙境。阿米尔舅舅和阿莎舅妈托我代向您问好。他们对我很关心，我感到和在家一样。我想你和爸爸。现在谁给爸爸送吃的？

爱您的，

塞利姆

舅舅和舅妈对我表现出的不耐烦，我尽量装作不在意。阿莎舅妈一开始待我还像客人一样，每当我和阿米尔舅舅以及孩子们有分歧时，她总站在我这边。可是几周之后我就怀疑她不站在我这边了。每当她大声喊我的名字，让我过去，无论我手头正在做什么，都要放下赶忙跑过去，不然她就会指责我不懂礼数。我不适应阿莎舅妈的说话腔调和大嗓门，也不喜欢她威吓的口吻和无中生有的指责。你是不是以为在这个家里，你还有个仆人？每当我没有迅速奉命行事，她总这样揶揄我。有时她用贴心温和的语气和我说话，仿佛我是她弟弟，但有时她又翻脸，好像我是个懒惰的仆人，或者因为我招惹她的孩子们，像对待一个心不在焉的印度女仆一样对我呵斥有加。每当发生这样的事，她会好久不理我，一副怀恨在心的样子。

也许我的存在打破了舅舅舅妈生活的平衡，侵犯了他们原本自在的生活。所以一有不顺心的事，哪怕再微不足道，他们说话都带着怨气，好像全世界都和他们作对似的。不过他俩也不总是这样，而我也尽力按照他们的要求行事。我提醒自己要心怀感激。我每天去学院上课，一节课都不落下。舅舅舅妈让我看孩子，我就去看孩子，按要求给他们喂牛奶和饼干。他们不在家时，我就陪孩子们玩。这两个孩子都聪慧早熟，已经知道自己今后的人生是要做大事、有大成就的。

一个阳光明媚的周末，我们散步去海德公园。海德公园距离我们住处比想象的还要近。我和孩子们追逐玩耍，阿莎舅妈在一旁观看助兴，阿米尔舅舅负责拍照。他还单独给我拍了几张安静坐着的照片，准备给我母亲寄过去：这个年轻的小伙子正在伦敦著名的海德公园享受天伦之乐，伦敦是个处处举世闻名的地方。可是几天后，当阿米尔舅舅取回冲洗的照片时，却对我那几张照片不满意。在每一张照片里，我都咧着嘴大笑。

"你这样的笑容照出来毫无个性和风格，"舅舅对我说，"看上去像个小丑，干吗要这样傻笑？"

"我也不知道，也许对着镜头，我感到紧张。"我说。

阿米尔舅舅吃惊地看着我。"不要说这种孩子气的话。"他说。

"只要有人给我照相，我都这样笑。"我说。

"你那不是在笑，是龇牙咧嘴，"阿米尔舅舅说，"下次我给你照相时，你要调整好表情，显露出个性，而不是牙齿。"

不久又迎来一个阳光明媚的周末，我按照舅舅的要求，拿几本书放在一张露台桌上，然后正襟危坐、一脸严肃地装作用功的模样。这是阿米尔舅舅希望我表现出来的样子，也是他希望我母亲看到他教育的结果。

几周之后，我在一家超市找到晚间打工的活。出乎意料的是，我居然在做整理货架、拖地这些活中找到一种满足感。一开始我并没有意识到这种满足感是源于逃避，让我离开舅舅家那压抑苛求的氛围，而且所需不多。我并不全知道摆放在货架上的那些商品都是干什么用的。每样东西都是新的，有的让我很惊异，但陌生的物品又给了我意想不到的亲切感。我常想，要是我知道这些物品的用途，该多有意思啊。我必须每天都去超市，很晚才回来，路上很辛苦，坐巴士，学着独立生活。当收到第一份薪水时，我一时间忘记了这份工作多么辛苦。我居然能自己工作挣钱了！这是一种美好的自由感觉，同时也很可笑，好像我真能养活自己似的。假期里，我在一间仓库打工，后来在一家自助洗衣店里干活。我把自己变成一个外来劳工，好让阿米尔舅舅和阿莎舅妈看看，我配得上他们赐予我的好运。

到了十二月，伦敦下雪了。

亲爱的妈妈，

今天我站在冰上了。早晨醒来，四周一片寂静。我走到窗前，向后花园望去，一切全变了。邻居家的屋顶上都覆盖着白雪，处处显得那么洁净。这样的景色让我想起麦加山坡上那个天使，用吹积雪清洗牧羊少年的心脏。人行道上也铺满了雪，刚走上去感觉十分美妙，发出轻微的嘎吱声，但几乎听不见。不久由于无数只脚踩过，再加上飞驰而过的汽车溅出的泥水，白雪变得脏而凌乱。不过第一次站在冰上的感觉，我永远都不会忘记。清冽的空气令呼吸都更加顺畅。我觉得今天是来这里最开心的一天。

这封信我没有寄出去，因为除了上面几行的内容，我不知道该再写些什么。当我想提笔再写时，又没了心情。阿米尔舅舅给我拍了一张在后花园雪地上的照片。我把这张照片寄给母亲，在照片后面写道，"我站在冰上了"。我给自己买了一个厚厚的、螺旋装订的笔记本。这个笔记本的内页纸张薄，在边沿空白处打有孔眼。我把这个笔记本作为我的信笺本，藏在抽屉里。我写了几封信，但都作废了，因为我要不是思绪杂乱，语言直白，就是流露出不开心的思乡之情。我把这些没寄出的信留在笔记本里，这个笔记本也就成了保存我孤独惆怅情思的地方。有时我特意将这些话写在这里。一天阿米尔舅舅来我房间时，我正在笔记本上写东西。见阿米尔舅舅进来，慌乱中我没来得及合上笔记本。舅舅开玩笑似的把笔记本从我手上抢走，装作郑重其事地大声读起来。读着读着他肯定察觉到有些内容涉及隐私，因为他停下来，把笔记本还给我。"将东西写下来不是明智之举，"他沉着脸不满地说道，"写出来的东西永远收不回去。"

我渐渐学会如何在伦敦生活，学会不再害怕拥挤的人群和粗鲁的行为，学会见怪不怪，面对含有敌意的目光时，我不再感到伤心无助，无论去哪里都迈着坚定的步伐。我学会忍受饥饿和肮脏，对于学院里那些飞扬跋扈、心怀不满、等待看我失败的学生，我学会躲得远远的。对于伦敦这座城市里各种乱七八糟、互不相通的语言，我已经习以为常。对于人们说的支离破碎、错误百出、不是漏掉冠词就是有时态错误的英语，我也渐渐适应。虽然也曾尝试过，但我始终无法融入这座城市狂欢作乐的人群。我对夜晚空荡寂静的街道心怀恐惧，下班后总是急匆匆地赶回家，要是发现前面的人行道上有一群人，我就赶紧过马路。不过我也意外地交了几个朋友：雷沙特的父母来自塞浦路斯，他永不歇嘴的荤话总是逗得我哈哈大笑；马哈茂德来自塞拉利昂，我们简称他叫茂德，他的脸上永远挂着笑容，嘴里总说着祝福的话。他们两个是我在职业学院交的朋友。除了上学和打工，我的时光就是和阿米尔舅舅、阿莎舅妈一起度过。我的职业学院的朋友总爱借此和我打趣，说我有个当大使的爸爸，住在荷兰公园，对我管得很严，不让我和来自第三世界的穷小子们一起玩。我对他们说，阿米尔舅舅不是我爸爸，他也不是大使，可他们根本不听。雷沙特还扮作高高在上的大使模样，噔噔地踩着重步走来走去，对着伦敦贫民窟的移民小混混们嚷着污言秽语。

　　"你们要是继续干贩毒和拉皮条的活，我就去特勤部举报你们这些混蛋。"他挺着肚子，嚷着嘴大声说着。

　　看着雷沙特的样子，我也不禁大笑起来，但我觉得雷沙特有点精神不正常。有时利扎德也和我们一起玩。利扎德是茂德的朋友，正在读学位，大概是工程造价方面的。他不怎么开我玩笑，也不爱说话，总是板着脸，面带讥讽。但他这样的人，看到雷沙特疯疯癫癫、神气活现地搞怪，也忍俊不禁。茂德说利扎德曾因在斗殴中伤害他人而被送进少管所，但他本人并不像听起来的那么吓人。我好奇利扎德为什么取这个名字①，茂德说他也不知道，但约鲁巴人②对蜥蜴有一种偏爱。接触了利扎德这样的人后，我意识到自己的生活是多么安逸。我身处安逸之中，反而让我觉得被剥夺了某些东西，而不是免除了麻烦，我觉得自己对生活体验得不够充分。

新鲜感和陌生感不会长久存在，但也不会彻底消失。虽然我平日里干的都是杂活、累活，但我依旧无法掩饰我对所学专业不感兴趣。起先我以为即使没有兴趣也能学下去，但我没有料到身处异域他乡，在一座不友好的城市里，没有和自己类似的学生，没有母亲的唠叨，生活会是这么烦心。阿米尔舅舅一直在监督我，但他平时很忙，经常疲惫不堪，所以对我刻意夸大的学业汇报很容易感到满意。有时在用餐过程中或结束后，他会让我报告一下我的日常学习，对我取得的每一项微小成绩似乎都非常高兴。如果就我和他两个人在一起，他会和我开学院里女孩子的玩笑，问我有没有搞到某个女孩子的电话号码。要是我给出肯定答复，我敢说阿米尔舅舅会皱起眉头瞪着我。你来伦敦就是为了干这种事，把时

---

① 利扎德英文原词 Lizard，意为"蜥蜴"。
② 西非尼日利亚第二大民族。

间浪费在和这些英国妞干龌龊事上面？

我没有告诉阿米尔舅舅的是，他看到我整天随身携带的许多书，其实是我从学院图书馆借的小说，而不是和会计、管理有关的教材。在图书馆里，我第一次接触到弗吉尼亚·伍尔夫、约瑟夫·康拉德和约翰·多斯·帕索斯。能够不慌不忙地阅读这些作家的作品，并通过他们接触到以前闻所未闻的其他作家，对我来说是一种深沉的愉悦。

有时阿米尔舅舅晚上要外出参加外交活动。通常他会先回家洗个淋浴，换一身正装。他会一边吹着口哨、逗弄孩子，一边喜滋滋地展望晚上的活动。他穿晚礼服、打领结的样子光彩照人，活像电视上星期六晚间特别娱乐节目中的民谣歌手。他对自己的外表十分满意，我能想象他进屋后都不屑抬眼看别人，眼里只有他自己。阿莎舅妈有时陪他一起去，但她不像舅舅那样对这些活动如此热衷。每当这时候，舅舅就无暇管我，所以总的来说躲开他的管束并不是件很难的事。况且在第一年，我表现得很好，这也让舅舅放心不少。可等我第一年暑假回来后，我的职业学院学习变得一塌糊涂。不过好歹我将学业退步的情况成功掩饰了好几个月，有时我会乐观地安慰自己，后期突击用功一下肯定能挽回局面。

* * *

我和阿莎舅妈以及孩子们单独在家的时候很多。如果需要我哄孩子或到厨房帮忙，阿莎舅妈就会喊我下楼。阿莎舅妈喜欢我问她有关烹饪的问题。和我母亲不同，阿莎舅妈刻苦钻研厨艺。她要是在哪里看到没试过的菜谱，或外出吃到美食，就会自己尝试去做。有时我就站在厨房看她忙活，听她嘟囔。我母亲正好相反，在吃方面几乎从不换花样，每周都做同样的菜肴，只有缺少相应食材时，才会做点变化。一成不变的饮食难免让人厌倦。

阿莎舅妈爱聊的话题主要集中在她自己和孩子身上。她和我聊过她年轻时的生活，在萨福克寄宿学校的日子——那是她一生中最美好的时光——在都柏林和巴黎度假。有时她兴致来了，会回忆她和阿米尔舅舅的恋爱往事。她还说起过她父亲，他已经不在政府任职了。我过去从未见过他本人，只是在电视上经常看到他。她还提到她的兄弟哈基姆，我也从未见过他，但却对他心怀怨念，虽然表面上故作镇定、一副无所谓的样子。阿莎舅妈说，哈基姆其实算是我继父。听到这话，我竭力克制才没做出反应。她谈论阿米尔舅舅和我母亲时，忽进忽退，遮遮掩掩，围绕相关事件反复盘桓，用最恰当的方式表达出来，所以那些事情每次讲出来时，都会有所不同。噢，有一次我们差点遇到大麻烦，阿莎舅妈道。不过她又收口，没有继续说下去。我很想知道那时她遇到什么麻烦，是不是和我有关。有时她说到中途会停下来，用奇怪的眼神看着我。这时我会故作一脸无辜的样子，或者装傻充愣。我学会了问问题，但不是为了多了解事情，也不在意同一件事翻来覆去说个没完。需要时，我也会主动恭维阿莎舅妈，这样渐渐地我通过一点点诱导，将原本不甚清晰的事情片段汇集到一起。

我也知道阿莎舅妈说的并不全是真话。有时通过她的语气，我确信她在撒谎。只是我不知道她说假话是别有用心还是出于习惯。我认为阿莎舅妈对我很信任，因为我非常听话，并且花很多时间陪孩子。在我眼里，他们的孩子都是皇家贵胄，前程似锦，在父母荫蔽下肯定能获得美差。

现在我对阿米尔舅舅保留的最后一点敬畏之心也消去了。我已经发现他惯爱发号施令，颐指气使，我也学会了如何逃避这种压抑的家庭环境，虽然阿米尔舅舅要我融入其中。阿米尔舅舅十有八九也知道我有异心，通常这也藏不住。我现在对伦敦的大街小巷十分熟稔，不再害怕。周末我和朋友们一起玩，要么踢足球，要么去伦敦市中心逛一下午，或到西区某个不知名的地方溜达，再就是窝在房间里读书、听音乐。现在大多数的课我都不去上，那些学业上的材料让我费尽了力气，费力地学那些东西让我感到厌恶，如今觉得自己力所不能。结果在本该用来上那些令人无法忍受的课程的时间里，我都在学院图书馆找一个僻静的角落埋头读小说。有时我也知道自己在瞎混，这样下去今后要花很长时间才能扳回来，但我当时无能为力。对于这种状态，我没跟任何人说过，连我自己都不愿直面它。我内心那个可怜的少年正在沉沦麻痹，而我自己却选择无视他。阿米尔舅舅问起我学业时，我就撒谎。我很少去上课，也不做作业，最后老师也对我不管不问。

三月份的一个星期天下午，距离各门考试还有几个月时间，此时我已经自暴自弃地混了好几个星期，内心被自我憎恶和焦虑不安折磨得快受不了了。我决心将自己的想法和盘托出。事前我并没有决定要在这个场合坦白，但经过内心几天无声的辩论后，我终于能开口了。那是个温暖和煦的下午，吃完午餐后，我和阿米尔舅舅坐在露台上，阿莎舅妈和孩子们在草坪上用旧床单搭帐篷。

趁着阿米尔舅舅把目光转向我，我脱口而出道："我没法去参加考试。我不想学商科了，学商科对我来说是个错误。我学不好。"

阿米尔舅舅吃惊地看着我，半晌没有说话。我害怕自己控制不住，做出哭鼻子之类的丑事。"进屋来。"阿米尔舅舅说着站起身来。我跟在后面，进了他的办公室，随手关上身后的房门。我不想让大家都听到他对我的詈骂声。阿米尔舅舅审视我很长一段时间，眉头紧锁，好像看着我的外表更有助于听我讲话。"你是什么意思？你之前表现得很好。发生什么事了？"

"一直以来我学习这些科目都很吃力。我既没兴趣，也没天赋。我觉得学的东西又难又枯燥，"我说话时能感到嗓子有些哽咽，但我实在抑制不住这难过的心情。太没出息了，简直像个小孩，"我无法想象在这个专业继续学三年。我没法掌握学习技巧。既然如此，干吗还要去参加两个月后的考试？反正对我又没有用。"

我说的时候，阿米尔舅舅一直盯着我，表情既惊讶又痛苦。他开始给我讲道理：不要轻易放弃，随时都会有意想不到的事发生。不要认为自己学那些科目不行。他力劝我坚持下去，夸我聪明肯干。接着他不耐烦起来，开始发火。"别犯傻了，"他吼道，"考试肯定要考的，你以为生活这么容易吗？什么叫你没天赋！天赋就是狗屁。你需要的唯一天赋就是苦干。至于从事其他职业，我们以后再讨论。现在你必须停止哭哭啼啼，不要偷懒。我辛辛苦苦把你带到这里，照看你，花了这么多时间和金钱，你不能就这么放弃。"阿米尔舅舅的怒吼声震得房子都瑟瑟发抖。他的嘴一张一合，像在大口喘气。他好像气昏了头，失去意识。我的嘴唇止不住地直哆嗦，不是由于害怕，而是阿米尔舅舅的发火令我内心紧张。

"我考试会通不过的。"我小心地说道，说的时候尽量掩饰嘴唇的颤抖。阿米尔舅舅听了这话目瞪口呆，竭力控制自己。"我看不懂教材，"我继续缓缓地说道，"整个学期我都没去上课，我也好久没写作业了。没有意义。"

阿米尔舅舅看着我，一时没有言语。他的脸庞逐渐鼓起来。我原以为他又要吼叫时，他却深吸一口气，背过身去。在外交官学校里，他们肯定受过类似训练。过了片刻，他又转过身来，用镇定冷酷的语气说道："你这个放肆的小混蛋。今后你要照我说的去做。回去上课，每天复习，通过考试，不然我就把你脑袋打开花。你以为你是谁？你肯定从你爹身上继承了某些愚蠢的基因。滚回房间去复习功课……滚！"

我只能乖乖地照做，因为不这样会被扫地出门，而我又没想好如果到了那一步，我该怎么办。我原本希望舅舅听完后只是生气，因为他爱生气，而我也确实做得不对。但我希望过后他会说，那好吧，我们来看看今后该怎么办。在接下来的几天里，舅舅除了恶狠狠地问我有没有去上课，就不再理我。而阿莎舅妈在一旁小打小闹、软硬兼施地劝我几句。我只能按舅舅的要求行事，因为别无选择。毕竟他是我的担保人和资助人，可以轻易将我从这个国家撵走。于是我只好回到课堂，努力完成作业。阿莎舅妈问了我的学业情况，然后一定在舅舅跟前说我表现不错，因为过了一段时间，舅舅威严地鼓励我两句：好好坚持下去，我的孩子。

阿莎舅妈对我说："你舅舅现在所做的一切，一半是为了你，一半也是为了你母亲。你一定要记住这一点。所以别光想着自己。"当阿莎舅妈发现她的话在我身上起了作用——在接下来几周痛苦的日子里，我规规矩矩地坐在桌子旁用功——她对我的信任恢复了一些，说话的口气也更柔和，对我心生怜悯，还时不时主动给我端来一杯茶。阿莎舅妈这样屈尊对待我，当然令我受宠若惊，所以我好几次主动表达了自己感激涕零的心情。有一天我说自己配不上他们对我的恩情，但阿莎舅妈却振振有词地笑着说："噢，我对你说过，这不光是为了你，也是为了你母亲。"

她说这话时，我正坐在厨房的餐桌旁，面前摆放着书本。炉火上做着饭，阿莎舅妈在一旁收拾锅碗瓢盆，擦洗灶台表面。阿莎舅妈的话像挑起一个话头，令我忍不住发问。"可是你们也不欠我母亲什么。"我说。

我本以为阿莎舅妈会看穿我的小伎俩，换个话题。但经过一段长时间的思索沉默后，她终于下定决心。她走到桌前，说道："嗯，我觉得从某种意义上说，你舅舅确实亏欠你母亲。你还记得我曾对你说，我和你阿米尔舅舅刚刚在一起时，差点遇到大麻烦？"

"是的，我记得。"我说。

"不过我上次没有说，你阿米尔舅舅曾被拘留过几天，对吧？"

"这个没说！您是指关到监狱里吗？我从未听说过这件

事。"我用夸张恐惧的口吻说道。虽然我的确不知道阿米尔舅舅被拘留过，但我心里在想，下面故事要开始了。

"是的，关到监狱里，"阿莎舅妈道，"是你母亲救了他。你知道他为什么被关起来吗？原因就是我们俩，我们俩在一起。我们当时刚认识不久，我哥哥哈基姆，你喊他哈基姆舅舅，不赞成我们在一起。"

说到这里，她停顿下来，用逗弄的目光看着我，好像在考虑要不要把全部真相告诉我。我知道阿莎舅妈很喜欢讲这类事。虽然也很好奇，但我只是微笑。阿莎舅妈也笑了，继续往下说道，"其实，比不赞成更严重。他完全误会了。哈基姆误会这件事了。他很生阿米尔的气，非常非常生气。你大概知道他发火时是什么样子。他……"阿莎舅妈又停顿下来，想找合适的字眼来形容，但她很快又转移了方向。"……他派人把阿米尔抓起来。这是个错误，哈基姆做得不对。他认为我们家族受到玷污。他大发雷霆，决定下狠手，事情就是这样。但是——"阿莎舅妈说到这里突然大笑起来，戴手镯的胳膊一挥，好像要把她兄弟的怒火驱走一样。"当他见到你母亲时，他爱上你母亲。于是你阿米尔舅舅就被放了出来。从此以后，我们就幸福地在一起。这就是你舅舅欠你母亲的地方。"

"那她当时有选择吗？"这句话在我嘴里憋了好一会儿，最后我实在忍不住，终于说了出来。说话时我垂下眼睛，尽力不显得冒犯的样子。

"你说什么！"阿莎舅妈厉声道，身子从桌边移开。但接着她的语气镇定下来。"你这话什么意思？"

其实这些话在我嘴里已经待了好久。但我一直没敢开口问出来。它听起来很粗鲁。我在电视上见过那个男的，是某个部的部长。他剃个光头，脖子粗壮。我每次回忆起这张面孔，都会在心里暗想：是他强迫母亲的。怎么不会呢？许多良家妇女都被迫依从这些权贵。那时我还不知道阿米尔舅舅被拘的事。

见我没吭声，阿莎舅妈又道："你刚才说的是什么话？"她的声音由于开始发怒而带上了火药味。我变得小心翼翼起来，没有答话。"没有人强迫她，你知道吗？你可以当面问她。你怎么能这样说你母亲？一点也不尊重。你都不知道自己在说什么。怎么能这么说话？甚至怎么能往这上面想？你就是个冤家。一个忘恩负义的家伙。你这样说，置你阿米尔舅舅于何地？你怎么敢这样说！怎么敢这样说！"阿莎舅妈气得声音直发抖。"你是个卑鄙龌龊的小人。一点不知道感恩，心地阴暗。你住在你舅舅家，居然还这么说他。他把你当儿子看。你怎么能一边吃我们的，一边还这么想？"

那还不是我软弱无能，不知羞耻，唾面自干，我在心里这么想，但嘴上没说，也不能说。因为我自小就养成了逆来顺受的挫败感。因为我母亲就希望我夹着尾巴做人，她见过太多的苦难。我现在就像个流浪汉，任你们摆布。

"这件事不要和你舅舅提一个字，知道吗？"阿莎舅妈说完离开了厨房。

我也站起身，收拾好书本上楼。现在我在屋子里都随身带着书本，以表明对舅舅的指示完全服从。我要给母亲写信，向她询问这件事，我在心里想。但我知道自己不能这样做。

阿莎舅妈这一通发火，说明里面肯定有见不得人的事发生，和我父亲离家也有关系。

我以为阿莎舅妈会把我的话添油加醋地告诉舅舅，然后他会气势汹汹地上楼朝我发一通火。但楼梯上并没有传来噔噔的脚步声。当饭好了，他们让艾迪上楼叫我。我下楼时没有人和我说话，也没有每晚例行的训导。阿米尔舅舅和阿莎舅妈只和他们的孩子说话。接下来的几天里，阿米尔舅舅根本不理我，甚至都不正眼瞧我一下。他对阿莎舅妈和孩子们还像平时一样说话，而我好像不存在一样。

我这种悔过式苦学效果不佳。每门考试完成后，我都知道自己不行。我树立不起紧迫感，知识也没掌握好。虽然最后那几周我确实很用功，但每一份试卷我只能完成一题，另外两题则浅尝辄止。我决定找舅舅谈谈我的出路，免得舅舅想出一个方案后主动来找我。现在我来英国已经两年了。我觉得完全能自己闯荡一番。但要想在英国留下来，需要舅舅配合。于是在考试成绩出来后的那个周末，我趁阿米尔舅舅在书房办公时，敲响他的房门。

"我在学业上犯了一个错误，"我对舅舅说，"这都怪我。我应该早点跟您说，不应该对您撒谎。我应该早点向您说明我真正想学什么，并请您支持我。实在对不起，我现在没法以一个好学生的身份回报您的恩情。我本以为只要勤奋苦学，就能学好一门课程，哪怕对它不感兴趣。但我没能做到。我很抱歉给您造成这么多麻烦。"

"现在我想学文学。我想重新注册，转到学院的文学专业。我必须申请成为全日制学生，否则将拿不到签证。等拿到签证后，我会去打黑工养活自己。不过在校学习期间，我需要出示经济来源。您能做我的担保人吗？您不需要给我任何钱。还有一个办法就是我玩失踪，但那样的话我不知道还能不能继续学业。如果您不做我的担保人，对我来说最好的结局就是回家。"

阿米尔舅舅若有所思地看着我，久久没有言语。我也没有更多的话需要补充。接下来他点点头，说道："你把你的情况说得清楚简明。我现在不解的是，你把这么好的机会糟蹋成这样，到底想干什么？你就是个忘恩负义的傻小子，这点我以前还真没看出来。但你和我们住的时间越长，我越觉得是这样。我要是早知道这样，就不会浪费钱把你接过来，也会少了很多压力。我们不会像现在这样毫无意义地操心你的学业，而你自己却一点也学不进去。另外，你这孩子本质上有点不走正路，不成器。现在作出麻烦了。你对阿莎所说的关于你母亲的话，她都跟我说了。完全是无稽之谈。你不识好歹，对你母亲和我们都忘恩负义，我要把这一切告诉你母亲。我觉得她对你是高估了。"

"我不明白你为什么要学文学，不知道你这个念头从哪儿冒出来的。文学没有用，没有实际用途。你要是学文学，今后能干什么？靠文学你既不能养活自己、学到任何技能，也不会取得任何人生成就。不过这都是你的事。我已经尽力帮你了，得到的回报却是卑鄙和无知。我向你们学校打听你的情况，可他们都对你的问题守口如瓶。这该死的国家和愚蠢的制度！我估计你和那些吸毒者、违法分子混到一起了。这座城市里全是这些人。和他们混到一起后，你就成了标准的外来移民，游手好闲，满嘴谎言。我努力给你更加有价值的东西，上学的机会，一个家，可你却不知足。你情愿花时间和那些移民混混们待在一起。虽然你是我姐姐的儿子，我不能放弃对你的责任，但对你，我还是眼不见为净。同时我会按照你的请求，为你提供经济担保。不过今后我不再资助你，也不想让你继续住在这里。我想和你说好，在我们出发去度假前，你联系好住处搬出去。以后你爱怎么作就怎么作。你要是还有什么其他请求，可以给我写信。"

4
"非统"① 房

我搬到坎伯韦尔几内亚街的一间房子里，和另外三名非洲男子合住。这里和荷兰公园的大使馆宅邸可谓天壤之别，无论豪华程度还是许多其他方面。坎伯韦尔路上充斥着来来往往的车流喧嚣声。而在几分钟路程之外则是破败凌乱的佩卡姆路，路上到处是乱扔的杂物。我是从茂德那里得知这条租房信息的，他是听他一个表兄说的。他表兄也住在这栋房子里。房东姆盖尼先生住在我们隔壁。坎伯韦尔这一带我以前没来过。在我想象中，萨瑟克区是一幅陆地景观画，一片黑乎乎的房子，外面覆盖着一层煤灰，里面则像用人类分泌的体液变干后涂抹而成。这种印象肯定是我过去从什么书上读到的，但我确实把

---

① 非洲统一组织的简称，成立于 1963 年 5 月，总部在亚的斯亚贝巴。其宗旨为促进非洲国家的统一与团结，加强合作，改善非洲各国人民生活，等等。

它想象成一个古老忧患之地。我过去不经常去泰晤士河南岸：一次是和茂德乘地铁去逛布里克斯顿市场，一次是和一群朋友在格林威治玩了一下午，还有一次是参加学院里通识教育课老师组织的一次博物馆之旅。我们那次去的博物馆不是很有名，里面的大多数展品都是从世界上受压迫的贫苦地区运来的纺织物品。所以这次参观多少有领略"少数族裔文化"[①]的味道，教育我们这些学生不要鄙夷落后民族制作出来的粗陋物品。现在我也是怀着同样猎奇的心理打量这间出租房。

姆盖尼先生是个外表整洁、态度友好的男子，六十多岁，脸上带着善意的微笑，说话嗓音刻意拿捏，一副乐呵呵的样子。他非常瘦，个子不高，留着八字胡，头发浓密。他的动作充满活力，略显夸张，仿佛一直在努力干活的样子。他走路时身体有点摇摇摆摆，两只手插在短外套的口袋里，整个身体像在和着某个只有他自己才能听得到的节拍。从外表看，我觉得他有点像老师，但警惕的双眸中又透着易怒厌世的眼神。我立刻就喜欢上这个人，而且和他越熟，对他的好感程度也越增。当我用斯瓦希里语和他打招呼，他久久地看着我，然后露出一个大大的笑脸。

"哈哈，我就知道，"他说，"这家伙是我说斯瓦希里语的老乡[②]。一眼看到你，我就知道。这是个说斯瓦希里语的家伙[③]。我当时就在心里这样想。我们是亲人。"

我先是从他的名字猜出来的，见到本人后就更加确信了。

---

① 英语中的"少数族裔文化"通常指来自第三世界的非西方的民族文化。
② 此句原文是斯瓦希里语。
③ 同上。

姆盖尼先生问我来自哪里，他说他自己来自肯尼亚的马林迪[①]。他离开家乡已经很多年，几乎不剩下什么记忆了。不，这样说也不对。他只是不确定家乡的一切是否还和他记忆中一样。他问我去过马林迪吗？瞧瞧旅行社那些包价游的广告，估计那里已经大变样了。他无法想象他所知道的那个马林迪会成为一个包价游的景点。他问我有没有看过那些旅游小册子？很可能是外围的不义之财涌入，在那里洗钱。旅游小册子里那些宾馆个个如梦似幻，当然如果住的不像宫殿一样，游客们也不会去的。他们自己家估计也同样富丽堂皇。姆盖尼先生问我，想不想看一下要租的房间？他说这一片都是租给单身汉的，简单装修，可以直接入住，正适合我这样的有志青年。只要提前一周打个招呼，握个手就够了。如果我同意，这间房子就归我了。房间虽然小，但现在是空着的，所以我随时可以直接入住。

从坎伯韦尔回来后，我告诉阿莎舅妈明天早晨就搬出去。我这话听起来有点自大无礼，但我确实想把它视作走向独立的一个小小姿态。我的行李依然恰好塞满那只从家乡带过来的廉价纸板样的行李箱。第二天我早早起床，洗漱完毕后，坐在床前等整座房子苏醒。我环顾这间已经住了两年的房间，浑身一阵战栗。这是个阳光明媚的星期天早晨，大家都不用起早。昨天晚上我在楼上假装收拾行李时，他们在看音乐剧《阿拉丁》，看到很晚，故意无视我的行为，不愿为我灰溜溜的离开营造一种仪式感。一想到自己就这样不声不响、耍性子般地离开，我突然感到一阵伤感。我听到所有人起来的动

---

① 肯尼亚港口。

静后，就下楼和大家道别。我亲吻了卡迪的双颊，并等着她回吻我。我和艾迪握了握手，他已经十岁了，不适合再亲吻。我向阿莎舅妈表示感谢，并亲吻她的手。她开玩笑地拍拍我的肩膀，说她还没变成老太婆，要让一位成年男士行吻手礼。接着她突然探身过来拥抱我片刻。"好好照顾自己，保持联系。"她在我耳边悄声说道。我不知道这话意味着什么。

阿米尔舅舅在书房。我只好进去和他告别。我正要张口说话，他抬起手制止了我，这是个傲慢的姿势，是让我不要说那些好听的话来讨他欢心。他的脸色依旧严肃，但不再像以往一起生活时那样带着威吓的意味。我们握了握手，然后阿米尔舅舅将一卷纸钞从左手换到右手，然后递给我。钱就在他掌心，等着我去拿。这个施舍的动作让我一怔，一时没缓过神来，接着摇摇头，谢绝了。"拿着吧，别傻了。"阿米尔舅舅说着用手指将钱塞进我的衬衫口袋里。

当我提着行李箱，背着背包走在人行道上，向公交车站走去时，我感觉自己像个小说中的人物，在结局时准备投身一场冒险，成就一番事业。可是回到现实中，我只不过是去几内亚街罢了，而前面等待我的都是些叫人头疼的、需要奋力挣扎的事。一想到今后只有我一个人住，而且那地方也不是自己想住的，懊悔和自怜就刺激得我眼睛发酸。

* * *

亲爱的妈妈，

一遍遍的问候。伦敦的马路真是宽大，虽说不是全部，但很多都是如此。这些街道肯定不是一开始就这样，一定是推倒许多建筑物后才变宽的。而想起我们老家，城镇都是零碎拼凑起来的，一次盖一幢，每幢房子都想方设法立在那里，因为我们觉得把房子拆成废墟是一种死亡。

我要告诉您一个沮丧的消息。请您原谅我。这几个月很艰难，我把事情弄得一团糟。现在又到了九月，我来伦敦两年了。我觉得九月是一个糟糕的月份；我是九月份第一次来这里，成为一名游子，失去了那么多。一开始，我以为到了伦敦后真正的生活就会开始，从此将做一些和以往不一样的事情。我以为对我来说，一切从此将会改变。在这块繁华自由、充满机会的土地上，没有什么可以令我受挫。我对自己做了承诺。但实际情况并非如此。这个想法不过是我强加给自己的一个谎言，因为我没有选择。我也没有实力和毅力坚持下去。我现在已经离开阿米尔舅舅和阿莎舅妈的家。他们让我离开，这也正合我的心意。我没法成为他们所希望的样子。最后我们各自都无法容忍对方。阿米尔舅舅毫无必要地翻脸将我扫地出门。不过这不算什么意料之外的事。

这页信被我丢弃了，又重新写了一封。

亲爱的妈妈，

一遍遍的问候。希望您一切都好，爸爸也一切都好，希望您有爸爸的消息。现在又是九月，我来伦敦已经两年了。运气好的话，九月其实是一年中最美好的月份，万物还有绿意，有的渐渐变成金黄。等天气转凉，树叶就变了颜色。我以前是从地理课上知道这方面的知识，但在亲眼见到之前并不真正理解。您都无法想象树木变色时的样子。树叶飘落下来慢慢的，有自己的节奏，像在聆听一首练习了好几天的曲子。我这么说是想尽量解释得清楚一些。等刮起大风，几个小时之内，就能把所有叶子从树上抽落下来。

我写信想告诉您我的新地址。您可能已经知道了，我没有继续住在阿米尔舅舅和阿莎舅妈家。我几天前刚搬到这个新住址。他们迄今为止对我的照顾，我非常感激。我考试没考好，打算不再学商科，改换成文学。其实我一开始就想学文学，但我刚来时没和他们说。当时我说服自己还是别学文学，因为文学太奢侈。舅舅、舅妈给我机会来这里学习，我觉得应该学点有用的东西，今后能挣大钱。文学到底有什么用呢？我想问这个问题的人是不会接受我的解释的。我会再努力试试，除此之外，我也不知道还有什么可说的。我会找工作，一边尽力学习，一边打工。我保证以后会更经常给您写信。您要是有空能给我回信吗？好让我知道信收到了，并获得我这个新地址？

爱您的，
塞利姆

几个星期后，母亲给我回信了。她说，马利姆·叶海亚回来了，把父亲接去了吉隆坡。我读到这里，脑海里不禁浮现出多年前校长给我看的那张照片里的人，第一次把他视作祖父。我仿佛看到父亲出发的情景，虽说这么多年来他一直不愿离开。

母亲写道：你父亲到了吉隆坡会和他的家人团聚，他的母亲，还有姐妹们，以及她们的孩子。她们会照顾他，让他开心。听到你在学业上受挫，我很痛心。不过你千万不要认为自己不行。你还年轻，离家去这么远的地方学习，还努力想取得成功，这不是件容易的事。但你绝不要自暴自弃。我知道你不会停止努力的。等你完成学业，你将会回到我们身边。我还很痛心地得知，你对你舅舅说了一些关于我不好听的话。我不知道对你做了什么，让你这么看我。感谢真主，不管你说什么，我都有义务关心你，你对我也有义务。还有就是你要记住，对任何人都要保持礼貌。最重要的是，你要永远记住你舅舅为你所做的一切，心怀感恩。他现在也依然愿意帮助你。你根本不知道他是多么想对你好。我对你抱有很高的期待。有时间给我打电话，我想听听你的声音。

　　　　　　　　　　　　　　　　　　　　　　　你的母亲

　　我写道：亲爱的妈妈，他在撒谎。我没有说任何关于你不好听的话。我只是问那个男人是不是强迫你的。

　　我把这页纸放在笔记本里。

＊　　＊　　＊

　　我的房间是这幢房子里最小的一间，仅够放一张床，一个窄窄的铰链搁物架。搁物架放在斜屋顶的天窗下面，和床之间有点空隙。我坐在床垫上不用下床，就什么东西都够得着。房间的墙纸干净，窗户很容易就能打开，这算是为数不多的优点。房间下临一个铺了地砖的院子，院子不大，放着几盆半死不活的植物或杂草，还有一副生锈的、废弃不用的烧烤架。对面房子的窗户正对着我的房间，距离大概只有十几英尺。我肯定要在原有的软百叶帘上再装个窗帘，这样才能遮挡初升的朝阳。卫生间和浴室都在楼下，虽然里面没有铺锃亮的大理石，但也不脏。

姆盖尼先生称这幢房子叫非统房，非统是非洲统一组织的缩写。因为这里的租户全是非洲裔。亚历克斯来自尼日利亚；曼宁来自塞拉利昂，他也是茂德的表兄；彼得来自南非。我搬进去的星期日早晨，姆盖尼先生介绍我和大家认识。在这些人中，彼得最目空一切，也最老于世故。其他人有问题都问他。当姆盖尼先生说这幢房子是非统房后，彼得说："对我来说，非统就像个龌龊的贷款公司，或者就是个洗钱银行。"

"什么叫洗钱？"姆盖尼先生问。

"洗钱就是把犯罪抢来的赃款合法化。"彼得说。他还向大家解释了开超额发票，离岸银行存款，资产高估交易，现金经济，等等。反正各种洗钱骗局五花八门，无穷无尽。"所有的跨国犯罪者，包括非统那些风云人物，都必须熟悉这些手段，或者雇人帮他们做。和全球大公司打交道吃回扣时，这一套是少不了的。否则他们把钱拿出魔窟去花，就有可能面临刑事指控，最后只能把赃款藏在床底下。"

"你是怎么知道这些事情的？"姆盖尼先生佩服地问道。

后来我渐渐发现，其实我们四个人都过着乱七八糟的人生，长时间地工作，债务缠身，怀着翻身发财的梦想。但我刚认识他们时，并没有意识到这些。我觉得他们稳重平和，习惯了城市生活，而我却像从小地方来的陌生人，由于尚未找到目标和方向而局促不安，虽然我竭力掩饰这一点。

亚历克斯是伦敦国家美术馆的保安。他身材修长有型，走起路来趾高气扬。有时他会在聊天时哼着歌，或出其不意、闷声不响地来一段舞步。我想象他在美术馆上班时，如果四下无人也会这么做，把挂在墙上那些庄严肃穆的画中人吓一跳。亚历克斯性格具有多面性，但我想阿米尔舅舅是不会喜欢他这样子的。亚历克斯喜欢穿牛仔裤、皮夹克、双拼色的衬衫，这一身打扮令他看起来活像贫民窟市场上的江湖骗子。但他却喜欢穿这一身四处招摇，估计他想让人们觉得他是在耍噱头。他也喜欢人们笑他衣着大胆。我觉得他要是想穿，就连豹纹披风、阳具状紧身衣都敢穿。

茂德的表兄曼宁在一家楼宇保洁公司上班，每天凌晨才回来。他的工作是对伦敦市中心高层建筑进行保洁抛光。他一副心事重重、沉默寡言的样子，让人觉得不苟言笑。我觉得他是个值得信任的人，这或许也是因为他是茂德的表兄。我们毕竟在异域他乡，大家都是萍水相逢，于是互相介绍熟人认识变得很重要。

彼得是我们当中的活宝，最善于模仿讽刺他口中所谓吹牛皮的家伙：电视上的新闻主播、肤色各异的政客、宗教激进主义者、鼓吹非洲中心论的精神领袖，还有国际名人，尤其是那些银行家、军队领袖、信仰疗法师……他说这些人统统都是骗子，吹牛皮的人。彼得的本职工作是为一家当地的免费报纸做广告推销员。他给各个公司企业打电话，说服它们做广告。与此同时，要是有机会的话，他自己也给报纸写点小文章。他最新的一篇文章是：养老金领取者扑灭街头小店火灾。他说这都是为有朝一日种族隔离结束做准备。"兄弟，种族隔离马上就要结束了，随时都有可能。"到时他就能回开普敦，正儿八经去一家报社上班了。有时在不经意间，他也会陷入沉默，他的沉默中透着深沉和忧虑。

要是阿米尔舅舅知道这些人，他会将他们视作穷困潦倒的生活失意者，没有一技之长、没有前途的外来移民。而对我来说，现在是人生中第一次可以自主选择如何度过每一个时刻：学习、睡觉、吃饭、整日坐在电视机前。这种自由散漫的生活唯一的掣肘是需要上课和打工。在这两件事情之余，我可以想入非非，做各种白日梦。晚上我在超市工作几个小时，这是法律允许的正式工作，还和以前一样，负责码货和拖地。除此之外，我还打一份黑工。在新十字区的一家服装血汗工厂干活。有时姆盖尼先生在工作中忙不过来时，也会把我带上，直接付给我现金。我想他从一开始就了解我的处境，所以只要碰到合适机会，就帮我揽活。

姆盖尼先生是个单干的建筑工，现在几乎处于退休状态。他在彼得供职的报纸登广告，挑一些自己愿意干的活来做。用他的话说，有时需要搭一把手时，他就带上我一起干。我不是帮他和泥浆、抬建筑材料上楼，就是帮他举着厚木板，或者干完活后打扫房间，或者就是听他一边干活一边和我聊天，聊他的生活和旅行见闻。他爱讲故事，正好我也爱听。我从未见过像他这样口无遮拦的人。他的妻子玛乔丽是牙买加人。虽然两人结婚已经十七年，但姆盖尼先生还从未去过牙买加。每当玛乔丽想家了，她就带着女儿弗里德里卡一起回去看看。这些事情都是我们一起干活时，姆盖尼先生和我聊的。由于我听得津津有味，所以他也讲得事无巨细。他要是讲累了，就用一台老掉牙的盒式卡带录音机播放纳京高①的歌曲。这台录音机上溅满了泥浆点和一小团、一小团的混凝土结块。他边听边跟着哼唱。蔓生的玫瑰，蔓生的玫瑰，为什么我爱你，只有天知道。

"马林迪我也好久没回去了，十七年都不止，"姆盖尼先生说道，"为什么不回去？这就是另外一个故事了。或许有朝一日你自己就会明白过来。但不管怎么说，这也意味着玛乔丽至今没见过我老家是什么样子。我现在厌倦漂泊不定的生活，能在坎伯韦尔安定下来感到心满意足。我以前做过很多年的水手，周游世界。我在南美见过壮观的亚马孙河的入海口，或者也可以说是身处其中，因为亚马孙河不是一眼能望到头的。那种感觉就像在大海边。我还在加勒比欣赏过马尾藻海的落日。只见漂浮的海藻连绵长达数英里，像个小岛。我还在西非的海岸和年轻人还有渔民冲浪嬉戏。这些都是难以磨灭的美好记忆，把工作的辛苦都抵消了。往北我最远到过波罗的海港口再回来，那边我不建议你去。航海这一行干厌了，我就转行做电焊工、木工，最后转到建筑工。我受过工伤……不然还不会碰到玛乔丽，当时她正好是圣托马斯医院的护士。从此我再也没

①　纳京高（Nat King Cole, 1919—1965），美国黑人男中音歌手，钢琴演奏家，以演奏、歌唱黑人爵士乐著称。

让她离开过我。从我见到她的那刻起，我们就结下了姻缘。圣托马斯医院真是太伟大了！"

姆盖尼先生在讲故事时喜欢突然话头一转，我只好点头应和，看看接下来他要讲什么。"我以前没注意到圣托马斯医院有多了不起，"我说，"你不是指它的楼盖得多雄伟吧？"

"我不是指它外表多么了不起，而是说它背后的理念。这是个救死扶伤的地方。你会说，医院不就是负责给人看病吗？没错，但你知道吗，这家医院一千年前就创立了。我不是开玩笑。"姆盖尼先生见我大笑又说道。而我其实是笑他又突然转换话题。"想一想，一千年前，我们的先辈要是生病了，会怎么办？基本上是躺在床上叫唤，叫一个酋长过来在床前祷告，等待死亡天使降临。不好意思，我的话有些不敬。但那时这里的人民已经给自己的病人建医院了，虽然这也许是从波斯或埃及穆斯林那里学来的。"

姆盖尼先生和我聊天时用的是斯瓦希里语。我想这大概也是他从聊天中获得的乐趣之一。"我现在再也找不到人可以这么聊这些事了，没有人能真正听懂这门语言。人们经常把斯瓦希里语和索马里语、吉库尤语弄混，就像把slang 和 shang 弄混一样，没人会在意这些差别。我很高兴有机会再讲这门古老的语言，用一用里面华丽的辞藻和优美的修饰。"

姆盖尼先生每天都特地来我们住的房子看看，陪我们坐一会儿。有时白天过来看见水槽里有没洗的餐碟时，他就动手帮我们洗了。有时他还带一点水果或玛乔丽亲手烘焙的蛋糕给我们这些孩子们。有些晚上他也会来待几分钟，听听我们的聊天和打闹，再回他自己的房子。他好像想看看我们是否相处融洽。似乎也没人介意他经常造访。

彼得的女友芙兰也是常客。我和彼得成了朋友后，他们俩也不把我当外人。芙兰人很可爱，身材高挑匀称，说话柔声细语。她的皮肤呈古铜色，一头黑发束在脑后。芙兰总是面带微笑，性格不张扬，这点和彼得迥异。彼得为人健谈，容易激动，说话犀利机智。芙兰对衣着很挑剔，她的衣服明显都是精心挑选过的，而且搭配适宜。昂贵的衣服和出挑的打扮令她和我们这里沉闷的环境显得格格不入。芙兰虽然举止稳重端庄，但毕竟正值二十多岁，气质含蓄中透着性感，至少对懵懂的我来说是这样的。她在伦敦市中心一家大型百货公司的财务部门上班，所以能以很大的折扣买到衣服和饰品。彼得经常取笑她是"伪中产阶级"。

"我猜是她妈妈给她挑的衣服，对不对？"彼得有一次当着芙兰的面对我说，"她妈妈是英国人，所以不想让自己女儿忘掉这个身份。"芙兰父亲是个学神学专业的卢旺达学生，毕业后就回国了，从此杳无音信。这些都是彼得告诉我的，他时不时就聊自己女朋友这些事。我有时觉得，彼得为芙兰感到羞愧，所以故意轻慢她，这样做既折磨芙兰，也折磨他自己。一般这种事都是不经意间发生的，譬如当芙兰有时一改讲究的作风，用嘴舔餐刀，或者直接用手指从餐盘里捡腌黄瓜吃的时候。

"嗨，你这样做，你那位英国母亲大人会说你的。"彼得会冷不丁来一句，然后就简要地讲一下芙兰母亲是如何被抛弃的。"别忘了你父亲还是个牧师呢。"

芙兰对彼得这种冷嘲热讽默默忍受，从不辩解，这种大度显得有些奇怪，好像她知道某些我不知道的隐情，知道彼得话中有话。一般这时候都很难让人对彼得产生好感。我不知道彼得的这种嘲讽是他内心无法言说的自卑感在作祟，还是故意向外界显示他其实并不那么在乎芙兰，抑或是芙兰做过什么对不起他的事，他咽下了苦果。我和彼得并没有聊过各自的隐秘伤痛，我们都是凭借一己之力独自扛下来。当屋子里只有我一个旁人在场时，彼得和芙兰会在客厅看一会电视，我见过两人坐在沙发上说悄悄话，彼得搂着芙兰。如果其他人都回来了，他俩就上楼去彼得的房间，有时芙兰也留下来过夜。我觉得人一多，芙兰就会不自在，因为彼得可能就会当着众人的面对她揶揄调侃。芙兰把我当弟弟看，虽然我们之间最多相差不过两三岁，而且已经一样高了。很多年轻女孩都把我当弟弟看，真令人沮丧。

亚历克斯和曼宁从不请他们的女朋友来我们住的地方，至少她们没来过。有一次亚历克斯给我看一张女人的照片。照片中的女人摆出一个常见的迷人姿态，转过头看向镜头。她的身体半侧着，头微微朝前倾，好像本来在低头看什么东西，然后应摄影师的要求才抬起目光。她戴着红褐色假发，其中有几缕头发将左眼盖住一部分。她穿一件白色跑步背心，将胸部勒得紧紧的。在这张半身照中，她那条白色运动裤上半段大概露出六英寸。她上身除了背心什么也没穿，裸露的上腹部黝黑发亮。"漂亮吧，嘿嘿？她叫克里斯蒂娜，有朝一日将成为我的新娘。"说着亚历克斯把女孩的照片放回钱包。

亚历克斯喜欢谈论尼日利亚的政客如何贪婪，窃取财富。要论起鼠窃狗偷，世界各国绝对无出其右。他把绝对一词咬得很重，好像带着佩服和敬畏。尼日利亚在腐败方面无人可及。差旅补贴，社区补贴，困难补贴，选区补贴，应急基金，种子基金……但凡你能想出的名头，他们都会为自己投票争取。除此之外私底下还有为数不少的好处和回扣。他列举了数额惊人的贪污款项，以及这其中各种荒谬绝伦、疏忽轻率的操作。譬如那些大官的助手和家人在旅行时将装着成千上万美元的手提箱落在出租车或候机室里。他说起这些事情时，语气中透着有违常理的得意，对自己国家立法者们的胆大妄为、冷酷无情反而露出笑容。他笑得如此开心，以至于浑身乱颤。"这世界上找不到和我们尼日利亚人同样贪婪腐败的民族了。"

每个星期六，亚历克斯都会洗头洗澡，抹护肤品，喷香水，把自己收拾得光鲜利整，然后穿上拼色衬衫，外面再套一件皮夹克，前往托特纳姆会他的女友，同时参加伯大尼灵魂复活教会的教徒集会。他一般星期天晚上才回来。

曼宁的女朋友住在考文垂。他对于自己女朋友的事闭口不提，只是有时去考文垂待几天。每次回来后，他都显得更高兴。关于曼宁的女朋友，我从茂德那里了解到一些情况。茂德也从未见过她，但知道她来自马提尼克①，是个天主教徒。曼宁父亲在塞拉利昂老家是一名逊尼派伊玛目。他要是知道曼宁和他女朋友的事，肯定会不高兴。

① 法国海外省，位于东加勒比海地区。

"大家都知道塞拉利昂人在宗教上多么宽容。"茂德说。

"是的，每个人都会标榜自己多么宽容。"我揶揄道。

"但这是实话。"茂德见我不相信变得着急起来。看他着急的样子，我不禁笑了，让了一步。"但是我认为曼宁害怕家人生气，除了宗教上的原因之外，另一个原因是他女朋友还是有夫之妇，跟自己丈夫和曼宁各有一个孩子，而她丈夫又不愿离婚。曼宁父亲要是知道了，肯定无法接受。和其他地方的伊玛目一样，曼宁父亲十分虔诚，还去麦加朝圣过，基本不接触外面的世界。我不知道他俩的事会怎么发展，除非像这样一直拖下去。正因为如此，曼宁才不愿意谈他女朋友……一段孽缘。他怕家人知道后会告诉他父亲，我真不明白为什么人们会给自己制造这样无解的问题。"

我还没有女朋友，所以大家总是盯着我不放，不停地给我介绍对象，就连芙兰也加入进来，像对待弟弟一样说我长得多么帅，学院里的女孩子们说不定正等着我约她们出来呢。当芙兰说我长得帅时，彼得微微蹙起眉头，这反而勾起我对她的隐秘欲望。

我没法告诉大家的是，一想到和一个女人单独相处时，我就会产生一种异样的感觉，或者说我自认为有这种感觉，虽然我也有生理上的欲望。我不是没有渴望和念想，我也做一些必要的事情去满足它们，但设想自己和一个女人亲热，我就感到恶心和焦虑，不得不尽力压制那些回忆。在回忆中，父亲被挫折和沉默包围，故意无视母亲受到的胁迫和那个男人对她的威逼。对我来说，性的吸引力如同屈从于一种丑陋羞辱的力量，令我充满恐惧。

亲爱的妈妈，

一遍遍的问候。虽然又过了好几个月，虽然我一直没有动静，但我总是挂念着您。时光的流逝，并不能使我忘却，我对故乡的一切都是那么地怀念。我怀念那些熟悉的面容，老旧的房屋和街道。合上眼睛，我就感觉自己走在这条或那条街道上，要想去邮局路就稍稍向左一拐；在市场后面小路经过时，我能听到湿漉漉的路上传来的自行车轮胎与地面摩擦发出的嘎吱声。不需要刻意努力，我就能忆起那些熟悉的景象和气味。还有些景象我已经不能完整地回忆起来，一想到那些遗忘的东西，我就感到心痛。我也不知道自己为什么摆脱不了这种痛苦的思乡之情。为什么家乡和异乡不能一样好？有一个想法，我清楚自己一直在回避。您是一个背叛者，您送我来这里和阿米尔舅舅在一起，是为了免得我碍您的事。再说您也找不到更好的出路给我。

我又重新写了一封。

亲爱的妈妈，

我搬到几内亚街已经好几个月了。我一边打各种零工一边上学，还攒了一点钱。打工让我见识了许多不同的世界。虽然我还不能很快在那些地方有用武之地，但对于过去我认为懂了的事情，现在我有了更深入的理解。冬天快结束了，但有时会倒春寒，甚至五六月份都会发生。这难免让人觉得寒冷永远不会消失，生活永远不会变化，我也永远离开不了这里。

到了九月份，我来英国就三年了。我感觉好像无所事事地过了一辈子，瓦砾废墟在我周遭堆砌起来，将我包围。我努力工作，关于自己和他人都了解了很多，有很多收获，尤其是在今年。许多人对我都很好，尤其是姆盖尼先生。我也不知道他们为什么要对我这么好。我并没有做过什么事，配得上他们的善意。他们对我好，也并不是看中我身上有什么美德。我以前从不知道，恐惧烦恼居然可以和包容大度并存。人是多么复杂啊。姆盖尼先生邀请我和他家人一起吃饭，帮我找活干，找事情做。我只希望自己能更大胆一些，凡事都可以做，并且能做成。可是在现实中，我发现自己胆小谨慎，怕惹麻烦。

我想念您和爸爸，并努力去理解你们。您认为爸爸会喜欢吉隆坡的生活吗？您有他的消息吗？代我问候穆里娜。

爱您的，
塞利姆

＊　　＊　　＊

除了外出打工时给我讲故事，姆盖尼先生也喜欢问我许多问题。有的问题是关于学院生活的。当我向他详细地讲述我们在学习的书时，他总是耐心地倾听。我给他讲《虹》的开场，《古舟子咏》中奴隶的寓意[①]。还有一些话题他一点也

---

① 《虹》是英国作家 D. H. 劳伦斯发表于 1915 年的长篇小说。
《古舟子咏》是英国诗人塞缪尔·泰勒·柯勒律治创作的叙事长诗。

不感兴趣，但我却乐此不疲地强行向他灌输。有时他也会问我一些探究我来历的问题。我一开始比较抗拒，不过在他的追问下，我也只好屈服了，给自己找托词，心想也没有什么理由不回答人家。

"你是怎么来这里的？"一天当我们在老肯特路一所位于楼上的公寓做装修时，姆盖尼先生问我。当时我们正忙着把楼梯井的墙纸铲下来，他停下来问了这么一句。其实我自己疲惫倦怠时，也经常扪心自问："我来这里到底干什么？"但当一个外人问起时，这个显而易见的问题还是显得毫无意义。我迟疑了一会儿，想着该怎么回答。姆盖尼先生肯定以为我没听懂他的意思，于是换了个更明确的问法："你是怎么来伦敦的？"

"我舅舅带我来的。"我说。

姆盖尼先生等了片刻，又进一步追问："噢，是吗？挺有意思。你舅舅带你来的，带你来干什么？"

"他送我进职业学院读商科，但我考试不及格，他就让我离开了。"我说。

我们又继续铲墙纸，但姆盖尼先生对这个话题意犹未尽。"那你舅舅住在伦敦吗？"他问道。

"是的。"我用力地铲着墙纸，甚至稍微有点躲开姆盖尼先生。

"我们要不要去找他，求求他？"姆盖尼先生道。他说话时并没有扭头朝向我，但我能听到他语气中含着笑意。他显然不是真有这个意思。"他是你亲舅舅吗？"

"是的，是我母亲的弟弟。"我说。

"居然这样将你扫地出门？"姆盖尼先生说。我们短暂地沉默片刻。"你没做什么坏事瞒着我吧？"

我摇摇头。"我说了一些他不爱听的话。他觉得我忘恩负义。"

"他是个爱生气的人吗？"

我又想了想。"我觉得他喜欢人们怕他。"

"这是你的命，"姆盖尼先生说，"碰到这种情况确实没办法。你舅舅在伦敦做什么？"

"他是外交官。"

"啊，原来是大人物。你父母还健在吗？"

"还在，但不在一起。"

"他们不能帮你吗？"姆盖尼先生问。

这个问题就棘手了。我只好敷衍道："帮不了。"我没有告诉姆盖尼先生，其实本质上是我母亲送我来这里的。很久以前，我父亲的人生就破碎了。我是他俩生活废墟上的瓦砾。姆盖尼先生又问了许多其他问题，最后把这件事的详情都搞清楚了。不过他没再问我母亲和父亲的事。他知道阿米尔舅舅暂时还为我提供经济担保，但对我心怀不满，所以这种帮忙也不会持久。很有可能两三年后我就要被迫离开，或者消失隐遁。关于这件事，姆盖尼先生后来又和我聊了几次。他把我的情况都记在心里，最后帮我想出个计划。

"我认识一个人，"他说，"这人是个苏丹律师，擅长处理这种事务。"

"这是什么意思？你是说他擅长歪门邪道吗？"我问道。

"他有门路。"姆盖尼先生说完停顿片刻，打量我，看我想不想往下听。我当然想让他往下讲，不停地点头以显示自己很感兴趣。"我以前和他打过交道。他的专业领域就是为申请人办理文书，加入抚养他们的家庭。他的客户主要是索马里人和厄立特里亚人。他收费很高。但我很多年前就认识他兄弟，那时我们住在托克斯泰街同一所房子里，我们一群人挤在一起，什么都不懂。我保证他会管这件事的。"

这位律师的事务所位于沃尔瑟姆斯托的一所前小学里。我看了大门上的名牌，除了贾法·穆斯塔法·希拉尔律师事务所之外，这栋建筑里还有其他一些体面的商户：一家平版和数码印刷企业，一个纺织设计室，还有一家会计师事务所。一位相貌英俊的年轻助理带我们进入这位律师的办公室，并替我们关上门。房间里似乎没有其他人。姆盖尼先生坐到正对着写字台的一张椅子上，我坐了另一张椅子。过了一会儿，我听到自来水的声音，反应过来房间里并非没有旁人。有人在房间拐角的隔断处洗手。又过了一会儿，一名男子从隔板后面转出来，用手巾擦着手。贾法·穆斯塔法·希拉尔五十多岁，高个子，黑皮肤，体格壮实。他长着一张圆脸，胡子刮得很干净，厚嘴唇有点外翻，留着短发。他虽然面带微笑地朝姆盖尼先生走去，并主动握手，但这并不丝毫减弱他咄咄逼人的气势。

"欢迎欢迎，老朋友。"他说道。他短暂地握了姆盖尼先生的手后，又把手伸向我，"这位是我们的年轻人，欢迎你，孩子。"他边说边用右手压着我的手，左手还拉着姆盖尼先生的手。然后他松开我俩的手，招呼我们都坐下。我们落座后，姆盖尼先生首先开口，把我的情况介绍一番。但我觉得贾法·穆斯塔法·希拉尔并没有认真在听。他一直在看我，充满好奇，带着微笑，像盯着一个猎物。

"是的，是的，"姆盖尼先生简要叙述完我的困境后停下来时，他说道，"他如果成为你的受扶养人会很好，非常合适。我们研究一下该怎么操作。"

他身体后仰，胳膊肘支在办公椅上，微闭双眼，思考如何钻法律的空子，一副志得意满的样子。"我们必须为他准备好一套材料。这需要费点时间，花点钱，但我会尽力把事情办成。我俩之间就不必谈钱了，你是我的好兄弟，唯一需要花钱的地方就是付点钱给联署人和证明人。"

他说完后点点头，姆盖尼先生也笑着点头回应，接着身体微微前倾，以示感激之意。姆盖尼先生肯定为这人的兄弟帮过大忙。我很想知道他们在托克斯泰街的故事。贾法·穆斯塔法·希拉尔又转过身子对着我。"这事要花点时间，但不是办不到。"他说。他说话不是很利索，不知道是不是嘴唇外翻导致的，需要费更大的劲。"我们来把一些细节敲定，剩下的就交给我来办。你只要安心学习就行了。学习是最重要的。你以后的身份就是姆盖尼先生的侄子，他是你在世上的唯一亲属。我们还会把你的年龄报小几岁，这样要求让扶养显得更令人信服。去申请这些文件需要一点时间，不过一旦准备就绪，居住权问题就解决了。我会和你保持联系。再见，小伙子。"他说话时眼神显得亲切柔和。

"你们在托克斯泰街到底有什么故事？"我后来问姆盖尼先生。

"我曾许诺不对任何人说，"姆盖尼先生道。但我看见他的眼神有些调皮，就知道他会说的。

"我现在可是你侄子了。"我说。

"那是一件并不愉快的往事，"姆盖尼先生爽快地说道，"我有没有和你说过我兄弟的事？我有一个弟弟，三个妹妹，我是老大。我弟弟是家里的老小。后来我父亲又娶了一个比我母亲小得多的女人。新的家庭，以及我父亲的小老婆对待我母亲的方式，令我无法忍受。我那时十六岁，已经在海上讨生活了。那个每天和我父亲同床共枕的女人颐指气使的样子，让我受不了。于是我和一艘货船签约，环游世界去了。我像太阳一样，绕着地球移动，直到时间一长，再也找不到回去的路。"

"我从利物浦给我弟弟写信，告诉他我住在那里。我是在夜校学会写字的，这封信是我写的第一封信。几周之后，我弟弟给我回信了……我是指他找人帮他写的回信，因为他自己不会写字。他哀求我寄钱给他，接他过来。他确实是在哀求，因为原来的家实在待不下去了。我攒够了钱给他寄过去，他就过来和我一起生活。"

"我跟你说过，我住在利物浦的托克斯泰街，和其他人合住，他们都是穆斯林，其中一个人是贾法·穆斯塔法的兄弟萨迪奇。我们大部分人都肯吃苦，大家都穷，都是在外谋生的黑人。我弟弟却变得又懒惰又凶恶，什么工作都干不长。他只想玩，吃救济，追女人，吸毒品。他和萨迪奇两人臭味相投，一拍即合。英国人就希望我们所有人都变成他们那种样子。他俩整天在街头闲逛，找女人，去酒吧。结果有一天，两人失手杀了一个女人。没错，他俩杀了一个妓女。当时他们在玩一种性虐游戏。他们赶紧跑回来找我。我把所有的钱都给了他们。他们逃之夭夭。他俩都没有合法身份证明，如果被抓，我们都会惹上麻烦。协助他们逃窜，这是很恶劣的事情，但毕竟是亲兄弟……当然警察肯定来了，问了许多问题。我们口径一致，说什么都不知道。但后来我们得知那个女人居然没有死，而且她又是黑人，所以不久警方对这个案子就不了了之了。这就是发生在托克斯泰街的故事。贾法·穆斯塔法·希拉尔现在才会这么感激我。"

"那两人后来怎么样了？"我问。

姆盖尼先生耸耸肩。"他们还在世上某个地方从事肮脏的勾当，"他说，"也许贾法律师知道他们的情况，反正我不知道。"

* * *

在这段时间，我爱上了姆盖尼先生的女儿弗里德里卡。她是个十六岁的姑娘，长得非常漂亮。我不可救药地爱上了她。每当我专门去姆盖尼先生家吃饭，或者在出发干活前等姆盖尼先生，抑或去找姆盖尼先生领工钱——他不愿当着别人的面给我钱——我都盼望能见到弗里德里卡。我在性方面懵懂青涩，在这个追女孩子讲求死缠烂打的国度是一个劣势。我总是感到自惭形秽，配不上人家。虽然有父母的看管，但弗里德里卡的行事让我觉得她在这方面比我更有经验。我确信，她知道我暗恋她，但却并不感兴趣。

不过她依旧对我报以笑脸，有时还夸我两句，好像我们两人中她是年龄更大的那个。虽然讲起来很荒诞不经，但我确实一连好几个月都在深恋她。弗里德里卡对我不感冒，令我极度痛苦，简直无法用言语来形容。如果我有本事，就会写一首诗或一首歌来表达自己的心情。写出来的诗或歌肯定激动人心。我想姆盖尼夫妇一定看出来，并觉得好笑。但这种事也没法帮忙。

我的单相思由于得不到弗里德里卡的回应，渐渐也就淡了，消退了。不过我明白那种情感是真实的，发自真心的，不是凭空臆想。它带给我的痛苦也和孤独想家的痛苦一样真切。想家听起来像是一种愚蠢幼稚的心理，但想家时的忧愁确实麻痹、掏空了我。我把自己锁在房间里，一连哭上好几个钟头。这听起来也显得荒谬，但又真真切切，明白无误。我觉得自己的痛苦有种悲剧色彩，但是没有办法解决。过了一阵子，我只得重新打开房门，回到原来的生活中去找出路。在学业上，我要学得又多又快，另外还有繁重的打工活让我忙活。我渐渐地不再去想自己的心事。

学院的功课让我宽慰，但我怀疑是老师故意给分偏高鼓励我。我们这些学生大多数以前都失败过，现在属于重新开始。这并不是说我们是没有能力的笨学生，也许老师是怕我们丧失信心。当我对老师留的任务感到怀疑或倦怠时，我就提醒自己今后想做的事。我要进一所大学学习，从事脑力劳动，周围全是以学术事业为重的人。

在非统房的一年时光过得飞快。我卖力地打工，尝试自立，学习自己喜欢的功课，还陷入一场单相思。

亲爱的妈妈，

您以爱的名义把我发配到这个地方。您说您希望为我提供最好的条件，但其实您的真实目的是让舅舅把我带走，这样您好过自己的安稳日子。有时我一想到再也见不到您，而这又是您的意愿时，我就感到慌乱惊恐。但冷静下来之后，我又重新开始干活，因为我也没有其他办法。有时我在黑夜中听见您的声音。我知道那声音是您的，虽然稍微有些沙哑，仿佛刚从瞌睡中苏醒，但我知道那是您。

* * *

我在非统房的第二年，租客发生了变化。亚历克斯回尼日利亚结婚了，住他房间的成了另一个尼日利亚人。他的名字叫阿莫斯。这是个爱吵架、爱打架的家伙，凭着一肚子戾气和歹意，强行将自己融入我们住的屋里。他毒害了屋内的氛围，改变了这里的规矩，让它顺遂自己的心意。每当我和彼得开怀大笑或自得其乐时，他在一旁阴沉着脸，一言不发。而等我们闹完之后，他就带着嘲弄和讽刺对我们发作。他个子不高，体态浑圆，精力过人，看上去很壮实，能制得住我们其他人。他说话好像总是带着不满和挑衅，仿佛不这样做不舒服似的。连姆盖尼先生对阿莫斯都有些发怵。一般阿莫斯在的时候，姆盖尼先生都不来。等他不在家时，姆盖尼先生才过来看看。阿莫斯一回来就把电视调到新闻节目。冰箱里全是他买的各种盒装和罐装食物。他不喜欢音乐，强制要求别人安静。他不喜欢酒，谁要是在他近旁开一罐啤酒，他就皱起眉头。他去教堂做礼拜很勤，对穆斯林怀着深深的敌意。只要有和穆斯林相关的新闻上电视，而我碰巧也在一旁，他就转头看着我，好像我是全伦敦唯一的穆斯林，和令他讨厌的事逃不脱干系。

"他们都是狂热分子，帝国主义者，种族主义者，"他说话时由于愤怒，眼珠子瞪得溜圆，"他们来到非洲，毁了我们的文化。他们令我们臣服，窃取我们的知识和发明，把我们变成奴隶。"

我不知道，同样是穆斯林，阿莫斯为什么看我比看曼宁更不顺眼，曼宁的父亲甚至是虔诚的伊玛目，还有姆盖尼先生，更有几百万非洲穆斯林，这些人都可以是阿莫斯指责的对象。不过彼得不怕阿莫斯。两人曾经花好几个晚上互相争辩、对吼，那架势像要打起来。

"穆斯林偷走你们什么发明？你倒是说说有什么发明？"彼得道，"非洲人发明的唯一东西就是长矛①，那还是我们南非人发明的。你们这么长时间干了些什么？只会互相交换一些小玩意。"

"你们南非人没有历史感，"阿莫斯讥讽道，"在几代人之前，白人就把你们的脑子吃掉了。"

"你说的没错，我们狗屁不是，"彼得道，"但我们至少有自知之明，不会杜撰一段并不存在的历史。"

"你就是个自我憎恶的卡菲尔人②，朋友。"阿莫斯道。

---

① 此处原文是 assegai，特指南非长矛，而彼得是南非人。
② 在非洲尤其是南非，印度和巴基斯坦裔穆斯林对黑人的侮辱性称呼。

"谁是你的朋友？我不和宗教偏执者为伍。"

阿莫斯解下皮带，在彼得面前挥舞着皮带扣，威胁他。但他并没有进一步逼近彼得，彼得也没理他。我受不了阿莫斯气势汹汹、吵吵嚷嚷的做派，经常躲到自己的房间里，这也是为了用功学习。

自从离开阿米尔舅舅位于荷兰公园的家，我就再也没回去看望过他和阿莎舅妈。我也没把自己在几内亚街的地址告诉他们。我把经济担保更新文件寄到大使馆。我这样做，一开始仅仅是因为无法接受扫地出门的屈辱，也对临别时阿米尔舅舅对我说的重话难以释怀。不过随着时间的流逝，我回避他们的原因增多了：我对自己的失败潦倒感到羞愧；我生气他们把我带到这里来；我鄙视他们狂妄自大；我什么也不欠他们的。所以那年圣诞节前后，当我收到寄自罗马的一封大使馆信笺时，颇为吃惊。他们肯定是从我母亲那里得到我的地址的。

阿米尔舅舅的名字印在信纸抬头，头衔是大使阁下。他实现了多年前的诺言，终于成为一个大人物。信是阿米尔舅舅手写的，祝愿我在学业上或是在从事的其他工作上取得成功。他告知我现在的新地址。罗马！我想去罗马，想去任何地方，我想把自己从伦敦单调乏味的生活中解脱出来。如果我当初听舅舅、舅妈的话，今年圣诞假期就会在罗马度过了。我给舅舅寄了一张伦敦桥的明信片，祝贺他履新高升，请他代我问候阿莎舅妈和孩子们。除此之外，我又能做什么呢？

那年夏天我参加各门考试，并通过了。曼宁得知这个好消息后，他一言不发地拥抱我，轻轻地吻了吻我的双颊。

彼得听到这个好消息后，只是一个劲地咧嘴笑，把我带到一家土耳其小餐馆大吃一顿庆贺。我们聊了好几个小时，彼得给了我很多建议，最主要的是关于学生生活。我给阿米尔舅舅写了一封信，告诉他我通过了入学考试，两个月之后将开始大学的生活①。几周之后我收到他的回信，还是写在大使馆的公文信纸上。我觉得自己能猜到信的内容。我手握着信，没着急打开，想着这位曾经令我热爱的舅舅。他把我从老家带到这里，却又置我于这严苛的环境中于不顾，我实在打不开这个心结。亲爱的塞利姆，舅舅写道，得知你成功的消息，我松了一口气。我祝愿你在大学的学业取得成功。我估计你来信告诉我这件事，是因为你想让我给你付学费，但我恐怕做不到这一点。我一直以来投资的信托基金和其他投资项目都亏本了，现在无力供你读书。在你这封信寄来之前，我从未收到过你哪怕只言片语的感谢，感谢我为你所做的付出。我也不知道你的生活怎么样。你从未主动写信告诉我们你的情况，甚至连偶尔的问候也没有。我对这种忘恩负义已经习以为常，哪怕它来自我的家庭成员，来自一个我曾经当亲儿子看的人。但现在大家都在经历经济危机，而且危机每次卷土重来都更严重。我还有自己的孩子要养活。你只能学着自己照顾自己。你的阿莎舅妈和孩子们向你问好。

　　我早料到会来这样一封信，对我的忘恩负义最后一次表达怨恨，宣泄不满。我经常在想，阿米尔舅舅到底为什么

① 作者此前在 college 学习，在英联邦国家，college 一词通常覆盖职高和大专，一般为两年制，学生专攻某项技能，所以前文译成职业学院。

带我来英国。我不信他是为了回报我母亲为他的付出，或者说，就算有这个因素，那也不是主要的。阿米尔舅舅并不想让自己长时间被这些麻烦事缠身，不管这些麻烦事具体是什么。而我每天在他面前出现对他来说就是麻烦。我想他带我来英国，是为了显示自己是个有本事的人，对家族有责任感，并且可以说到做到。他大摇大摆地闯进我的生活，把我强行从家里领走，一路带到伦敦这座神话般的城市。而我不但不对他唯命是从、感恩戴德，反而表现得固执己见、冥顽不灵，还令人费解地心怀不满。对阿米尔舅舅和阿莎舅妈来说，他们对我的人生造成的各种麻烦，估计早就自我原谅了，我大概已经成为他们眼中最忘恩负义的小混蛋。所以我早就料到，一旦我不再扮演依附于他们、唯唯诺诺的外甥角色，他们迟早会和我了断关系，就像他们已经做的那样。

不过阿米尔舅舅的信刚从罗马寄来，贾法·穆斯塔法·希拉尔也为我办好了所需的文件。姆盖尼先生为我安排好学生贷款。九月份我搬到布莱顿。"留着你的钱吧，坏舅舅。"我不禁在心里想，从现在起，一切都将是全新的。

我在霍夫的一家名叫伽利略的餐厅找到一份工作，还在校园里租了一个房间。我的房间不大，墙壁刷成蓝白两色，给人一种自由放松的感觉。在一个周末，我花一天时间去坎伯韦尔看望姆盖尼先生、玛乔丽和弗里德里卡。我想看看他们，也想让他们看看我变化后的样子，然后对我说：你不是干得很棒吗？我们都为你感到自豪。姆盖尼先生时不时轻拍我的膝盖，用无声的微笑向我表示祝贺，祝贺我们办成了这件事。其后我又去隔壁的房子打了个招呼，他们也用热情的笑容欢迎我回来看看。就连阿莫斯好像也很高兴见到我，还要我背几段莎士比亚，以证明我在大学里确实学的是文学专业。看见姆盖尼先生和原来的室友，有种回家的感觉，我由衷地开怀大笑。但我还是迫不及待地想回布莱顿。

我喜欢位于海边的布莱顿。我坐巴士沿着海岸线一直向前，在悬崖上散步，让自己吹着冷风，听海浪反复冲击巉岩的海岸。有时我坐在海岸边，看着一道道海浪的泡沫静静地涌上海滩。虽然大多数时候我都是一个人，但我并不感到孤独。说到孤独，我想起我的父亲。平时我并不像儿子想念父亲那样经常想起他，但独自一人散步时，我会想起他孤苦伶仃一个人躲起来的样子。我在想象中给他写了一封信，向他倾诉这一切。

亲爱的爸爸，

沉默孤独的滋味，我想您并不陌生。也许在吉隆坡，有家人的陪伴，您就不会有这种感觉了。我想你会喜欢这里的悬崖峭壁，永不平静的大海，还有雨中的漫步。当出太阳时，悬崖被阳光照得像铺了一层雪。您见过雪吗，爸爸？我想吉隆坡估计不会下雪。我还在冰上站过。您能想象那场景吗？您对我说过，要仔细倾听内心的声音。我理解这句话的意思是告诫我做人不要铁石心肠。我觉得我现在明白这个道理了。当然那句话也许只是您随口一说。我希望您在吉隆坡找到平静。我和您一样，也成为一名在异乡的游子。有时黑暗逼人，就像小时候一样让我充满恐惧，不过我明白万事万物皆为永恒，基本不会消逝。即使有些东西消逝了，回忆也会帮我们重新拾起。我认为自己什么都没忘记，而且永远也不会忘记。

您的，

塞利姆

亲爱的妈妈，

虽然我每次总是说得好好的，可是又隔了这么久才给您写信。您对我的道歉一定都感到厌烦，因为我总是知错不改。但是我保证今后多给您写信。唉，也不知道能不能做得到。您有时显得离我很远，而我的日子过得又似乎很不真实，像一个陌生人的生活。不管怎么说，冷落您都是我的错。从现在起，我会定期给您多写信。我又搬家了，现在住在我上大学的布莱顿。我喜欢这里。这是个海滨城市，不过这里的海和我们那里的海一点也不一样。我会很快告诉您新地址。

爱您的，

塞利姆

5

小乌托邦

我曾对大学生活憧憬向往，身处学术环境，生活在校园里，参加各种研讨班。可是开学之后，我发现自己身处校园生活的边缘地带，在班上几乎说不上话。我一张嘴就出错，不是语法或词汇搭配错误，而是更深层次的问题。我说的内容没有条理，发言支支吾吾，全被别人看在眼里。

我很惊讶我的同学们那么关心世界大事和各种不公平现

象：南美的解放运动，南亚的恋童癖，中欧罗姆人受迫害，加勒比地区同性恋权利问题，车臣战争，动物权益，生殖割礼，波斯尼亚战争中的北约，臭氧层，殖民掠夺的补偿。我曾告诉母亲，伦敦有从世界各地来的人，但我此前从没有体验过多元文化。我也从未和这些来自世界各地的人聊过他们过去的现实生活。哪怕以前住在非统房里，我们也只是从各自生活中找一些零碎的话题简单聊聊，并没有深入探讨。譬如我以前对彼得的家庭情况一无所知，直到有一次阿莫斯用他那惯常的质问方式问彼得属于什么阶级——当时南非的种族隔离快结束了——彼得才不情愿地回答说，他是有色人种。[①] 阿莫斯自己好像是童军出身，参加过尼日利亚内战。但我们都不敢问他，因为他一说起这事，眼睛里就噙满泪花，跑出房间。

事情都是复杂多面的，问题只能将那些基于亲密关系和亲身经历的事情简化得可以理解。人们的生活中不免还有责难、罪过和恶行，这些不是问几个简单问题就能理解的。本来出于好奇进行的询问，可能会被视作强求坦白。你都不知道随口问的一个愚蠢问题，会引出什么内容。所以大家最好互不打听，反正至少我自己是这样想的。不过我的那些同学并不这么想。他们以海报、运动和游行为指导，要认领这世界上的一切不公。而且在这个过程中，他们的举止浅薄轻佻，像一场杂乱无章的狂欢。他们是幸运的人，甚至想拥有他人的不幸。在他们

---

① 南非实行种族隔离制度时，在法律上将人分成四个阶级，白人、黑人、有色人种和印度人。有色人种虽然在地位和权益上低于白人，但是高于黑人。

的祖先及其子孙前赴后继地满世界忙活后——在此期间他们十分卖力，只是一不小心给别人造成一些苦难——现在的英国人似乎想过一种有良知的生活，讲究体面，厌恶仇恨和暴力，大度地让出一切，尊重每个人的人权。

新学期伊始，我开始在伽利略餐厅打工。老板马克是个不苟言笑的人，像个看护羊群的牧羊人一样时刻保持警觉。他的目光四处逡巡，人也四处走动——查看厨房，帮忙备餐，给客人上餐，坐在收银台后面——如果有受欢迎的常客进来，店里又不太忙，他就会陪人家喝咖啡，闲聊两句，放松一下。他是个性格严肃的人，即使像这样放松也带有生意上的应酬性质。他和客人头紧挨着，凝神蹙眉地攀谈或倾听，偶尔爆发出粗嘎放肆的大笑，我猜这一定是某个黄色笑话引起的。马克不是英国人。他和他的老主顾聊天时说阿拉伯语。他们聊天时动作多得很：耸肩膀、做手势，嘴唇做出嘴型来，哈哈大笑的样子。在他们的谈话中频繁出现黎巴嫩和贝鲁特，清楚地表明他们来自哪里。

一个星期日的早晨，我的猜测得到验证。当时马克蓬头垢面、带着宿醉，沉默地坐着啜饮一杯浓咖啡，看上去十分疲惫。接着他有气无力地问我："塞利姆，你这个名字，老家是哪儿的？"

我又给他倒了一杯咖啡，回答道："桑给巴尔。"

马克带着惊讶和赞叹尖叫道："那在遥远的非洲，对吧？赤道的下面，世界的另一边。"我点点头，等着预料中他要说的话。黑色的大陆。"最黑最黑的非洲。"他感慨地说道。"金给巴尔，"他用古阿拉伯语把这个词又说了一遍，"我们小时候在黎巴嫩就是这么叫的。"他说他的真名叫穆萨，但为了做生意方便，他把名字改为马克。这会让顾客感觉舒服一些。

"你刚来求职时，我以为你来自西印度群岛，"马克说，"后来知道你的名字，才明白你不是那里的人。"

"西印度群岛没有叫塞利姆的吗？"

马克耸耸肩。"反正我没听过。我不喜欢西印度群岛的人。"他说。

"为什么不喜欢？"我问。

"我自有我的道理。"他说。

* * *

圣诞节餐厅放假。校园里几乎空无一人，十分安静，我待在我那间蓝白色的房间里，给母亲写了一封长长的信。在信中，我向母亲汇报了我的新生活，我的学业以及我在学业上如何用功。我也写到了马克和他的餐厅，写我们提供的餐食以及如何准备这些餐食。我估计母亲对马克和他的餐厅并不感兴趣，写这方面的内容只是我和她交流的一种方式，告诉她我现在的生活和我们以往的生活不一样。我告诉母亲，我希望自己更喜欢这里，但实际上我只是喜欢这里的某些东西。我向母亲描绘这里的冬天，下午三点天就黑了，而仲夏季节，晚上十点天还亮着。我还向母亲讲述了令我印象深刻的事，我遇到的一些小麻烦和倒霉事。我故意用荒唐搞笑、不合常理的笔触来写，把自己当作笑料，写自己如何在费尽心力得来的新生活中跌跌撞撞。这种轻松的语气让我感到愉悦，我希望母亲读到这封信时也会被逗乐，看看她的傻儿子如何在这大千世界里笨手笨脚地闯荡。我没有问有关母亲的任何事情。这封信只是一份小小的诙谐的圣诞礼物，我随信附了一张明信片给穆里娜。这是我第一次给穆里娜寄明信片。我想她大概十岁了吧。时间过得真快。

我的生活渐渐变得有规律，心情也开始转好。我按要求读了开阔眼界的书，阅读让我明白世界比我想象的要宽广得多。我还读了一些增添勇气、明辨是非的书。我把自己想象成擎着圣杯的骑士，在敌人的围困下平安突围。不过有时我也会陷入迷茫，不知道自己是不是走了正确的路，选择了正确的专业。塞利姆·马苏德·叶海亚，你到底在这里干什么？也许每个人都有这样的时刻。在我要读的东西中，有些内容浮夸，见解刻薄，言之无物，让我望而却步；有些则是我尽最大努力还是自愧无法理解的。学者们花了一辈子心力，搜肠刮肚地炮制、传播这些丑陋的矫饰之作，令我对他们既崇敬又鄙夷。等后来轮到我动手写作时，我觉得自己多少还是学到一些东西，渐渐明白这里面还是有门道的。要有信心，相信自己！

*　　*　　*

那年夏天我和一位在餐厅结识的朋友搬到一个新住处。他的名字叫巴兹尔，是个希腊学生，来英国攻读经济学。他已经修完本科，九月份开始读硕士。他和他的女朋友租了一间公寓。他女朋友叫苏菲，也是一名来自希腊的经济学专业学生。巴兹尔是个高个子，虽然不修边幅，但自有一种优雅气质，做起事来从容不迫。他服务顾客时沉稳得体。虽说马克平时喜欢外表麻利的人，但他不会呵斥巴兹尔。等到下班时，巴兹尔随意地一挥手，把一条薄围巾披在肩膀上，再出门走到马路上。

苏菲的父亲出生在阿鲁沙①。"是父亲说起他在阿鲁沙的生活，才让我关注非洲，而不是仅仅将它视作一片巨大、黑暗、混乱不堪的大陆，"苏菲说，"可以说，这令我更细致地观察非洲。我之所以从事发展学研究，很大程度上也是因为这个原因。我觉得这其中存在某种关联。"

苏菲有一双黑色闪亮的眼睛，蓬松乌黑的短发。我一见到她，就偷偷地爱上她。我至今在性方面未尝禁果，这对我越来越成为一个负担。苏菲在客厅飘窗上安了一个吊床，晚上的时候躺在吊床上晃来荡去，看书，做笔记，或写信。巴兹尔用一个头戴式耳机边听音乐边读文献，或者盯着电脑屏幕。他们几乎每晚都做爱，我想不注意都不行，因为快到高潮时苏菲会发出很大的声音。我还听见他们完事后气喘吁吁的说笑声，然后就是苏菲轻手轻脚地去往浴室。我喜欢在脑海中想象苏菲光着身子下床时的样子。有些晚上，我在准备入睡前会等着听苏菲发出痛苦的呻吟声。苏菲说我这个人太放不开，要学会自信点。我觉得她是在用一种我知晓的方式和我调情。她要是想拿我开玩笑，就会说你真是个雏儿。一个标准的印度洋男孩。

---

① 坦桑尼亚一城市名。

一个周末，彼得过来了。巴兹尔租了一辆车，带着我们前往比奇角①。我们在那里租了一间乡村小屋住了两晚。我们散步、做饭、畅饮，玩牌玩到深夜。我那时还不知道，过完周末我将再也见不到彼得。我至今还记得我们在一起的最后一晚，他对我说的话。你喜欢伤感，对不对？这是你不成熟的地方。后来我觉得他这话又像是在说他自己。几个月之后，他从开普敦给我寄了一张明信片，说他现在已经回家了，因为他的国家自由了。"不要失去联系，兄弟。"他写道。但我们终究还是失去了联系。

* * *

我申请在《冬天的故事》②里试演一个角色。这部戏的导演霍布森博士是我们莎士比亚课的老师。他是个肉嘟嘟的胖子，身上有股汗馊味。他总是穿黑色针织衫，外面套一件灰绿色粗花呢外套。虽然他也定期换衣服，但衣服总是带着味道。当我上去试戏时，霍布森博士问我以前有没有在戏剧方面的经验。我说我上学时演过三次独幕剧，其中一次还是用斯瓦希里语对白。我把这些剧的剧名说了，但霍布森博士没有反应。其中一部是契诃夫的戏剧，因为我们那位老师不知为什么就是特别喜欢契诃夫的作品，里面的角色都是紧张颤抖的贵族老爷，好像要被生活中的剧烈恐惧吓破胆。另一部

---

① 英国旅游胜地，拥有英国最高的海岸悬崖。
② 一部莎士比亚戏剧。

剧的作者是拉宾德拉纳特·泰戈尔。这部剧也是那位老师选的，想让我们知道世界上艺术是多种多样的。在剧场里上演的并不全是莎士比亚、萧伯纳和帝国主义者看腻的玩意，他这样对我们说。而我参演的那部斯瓦希里语戏剧是我一位老师自己写的剧本。这部剧的名字叫"Msitiri Mwenzako"，我向霍布森博士翻译成《朋友不可辱》。在这部剧里有滑稽、背叛、阴谋等元素，还有宣泄愤怒的尖叫场景。霍布森博士在便笺本上简单记了一下，说声谢谢，然后给我在舞台监督组派了个活。

霍布森博士并不想让我在他的剧中出演角色。我曾听说他是 BNP① 的同情者，甚至为该党在竞选活动中写过材料。此后一有时间我就去排练现场观摩，什么都看。当导演发怒时，我就静静地坐在一旁。我还是剧中一位女演员的仰慕者，她的名字叫玛丽娜。玛丽娜和我是一门文学课的同学，在这门课上我第一次接触赫尔曼·梅尔维尔：在甩尾巴啦！② 虽然我对玛丽娜只是远远地仰慕，但这并不妨碍我又暗恋上她了。

迄今在英国的三年时间里，我曾在派对上吻过几个女孩——那些亲吻都是在环境昏暗、音乐喧嚣、大家都有些微醺的情况下发生的，彼此都心照不宣。坦诚地说，我也在三个不同的派对上被三个女孩主动亲吻，当时我并没有做什么引起她们注意的举动。其中一个女孩一边拉出我的衬衫，手

---

① 英国国家党的简称，该党是极右翼政党。
② 梅尔维尔代表作《白鲸》第47章里的一句话，描述离开的白鲸。

伸进我的牛仔裤，一边对我说，我要不是黑人，她就和我上床了；可惜我是，所以她不能。我问她，如果我是中国人她会不会。她想了片刻，说她会。说完这些，她又继续吻我。出于自尊，我应该将她推开，高傲地走开才是，可我当时完全无法抵挡这种诱惑。

玛丽娜的眼里只有相貌英俊的罗比。人们很容易就能看出罗比是剧组中最好的男演员，不过这没有关系。对我来说，玛丽娜太漂亮了，能远观我就已经很满足了。玛丽娜有一头乌黑浓密的头发，明亮的棕色眼睛。当她突然转头迎着光时，眼睛里闪着暗蓝灰色的光芒。在最后彩排的那天晚上，正当我在舞台侧翼有些没精打采地站着时，玛丽娜轻轻地走过来，一言不发地给我一个大大的、紧密的拥抱。当时她把我搂得很紧，整个身体紧贴着我。我猜她知道我为什么来看这么多次的排练。接下来她轻轻地吻了我的脖子。过了片刻，她松开我。我发现罗比正在看着我们，和我们的距离只有一米左右。在晦暗的光线下，他的目光透着恶意。我能察觉玛丽娜松开我之前，在我怀里猛地一惊。那天晚上罗比在扮演角色时表现得像个狂怒的流氓。他表演结束后还发了一通脾气。事后玛丽娜刻意避免和我目光接触，我又偷偷地缩回到黑暗中的小角落里，没有进一步添乱。演出就演了一场，观众都是来自本教区和演员认识的熟人，有时还在不该笑的地方笑场。

我怀着渴望回味和玛丽娜的那次拥抱，以及本该顺理成章地发生却戛然而止的接吻。我想我永远都不会忘记那次拥抱，我对玛丽娜陷得更深了。也许我该表现得更大胆一些，事后应该再去找她。自我怀疑是叛徒。[①] 我错过了一个暗示。我当时应该抓住机会，毫不犹豫地大胆行动。

巴兹尔和苏菲那个夏天走了。我们许诺写信保持联系。我还一再发誓来年夏天去雅典找他们玩。分别时，苏菲拥抱了我，对我说，我永远不会忘记你，我说，我也永远不会忘记你。他俩回希腊后，我们联系了一段时间，但后来明信片寄得越来越没有规律，慢慢绝迹。

* * *

我搬到五街道的一幢大房子里，和另外五个人一起合住。他们也都是外国学生。我是从另外一位在马克餐厅打工的学生那里知道这个房源的。房子很脏，我估计冬天会很冷。房子的窗户被风一吹都活动，发出咯吱的响声。室内的地毯和小地毯都磨成了破旧的碎片，没法清洁，但产生的纤维和灰尘却会让人过敏，而且很可能会持续一辈子。房屋的门窗楼梯等木构件都带着潮气，我一进屋就闻到整个房子被一股强烈的腐臭味包围，像一个病入膏肓的人散发出的难闻味道。我知道这味道对我们身体不好，但是没办法。

* * *

餐厅生意很好，在天气宜人的夏末，摆在人行道上的餐

---

① 此句是莎剧《一报还一报》里的名言。

桌总是坐满了人。由于生意好，马克准备再招一个服务员，而且他说最好是一名年轻女孩，因为游客看到年轻女服务员会感到更放心、更高兴。于是安妮成为了我们的同事，也给我的痛苦画上一个句号。在我看来，安妮非常符合马克的招聘标准。她动作麻利，对顾客总是热情客气，在后厨爱聊天，而且从不迟到。这种活她以前干过，所以重拾旧业后得心应手。马克让她负责人行道上的用餐区，安妮像是在舞台上进行表演，只见她游走在桌子之间，对犹豫不决、探头探脑的过路行人笑容可掬。到她来的第二天快收工时，马克已经见到她就笑容满面，哪怕安妮并没有在看他。

安妮身材苗条，脸有点圆，一头棕色短发，中等身材。这些特征在她这个年龄恰到好处地处于比例协调的状态，但更迷人的则是她的镇定自若。她在餐厅走来走去，从未踉跄摇晃，或拿错东西。她的举止显得胸有成竹，至少我是这么觉得。马克对安妮青睐有加，不过这是他对刚来餐厅女服务员的一贯风格。他会和她们调情一段时间，仿佛在练习他的求爱技巧，可一旦这些女服务员感受到马克的爱意，马克虽说还会和她们聊天，但会主动降低热度，让她们专注工作。生意就是生意。

不过安妮已经有了选择。令我意想不到的是，她选中的人居然是我。她总是对我报以友好的微笑，遇到不好处理的问题或麻烦，会来找我。有一次她和我说话时，把手搭在我胳膊上，还有一次我们虽然没说话，她却短暂地在我身上靠一会儿。她上班第一周的星期六，当中午的用餐高峰过去后，她问我晚上有没有什么安排。

我耸耸肩。"没有，"我说道，"你呢？"

"我要回家给自己做卡博纳拉①。"她眼睛睁得很大，目光坦诚，带着笑意。"你想来吃我做的美食吗？"

"我爱吃卡博纳拉。"我大笑着说，笑她用这么简单直接的方式邀请我。

那天的白天漫长炎热，但当我们从餐厅下班时，海边吹来凉风。和安妮一起离开时，我和马克对视一眼，马克的眼神里含着笑意。我们一路步行，因为那天晚上天气很好，安妮住在喷泉路，离餐厅步行只要二十分钟。她的脸庞在汗渍映衬下油亮亮的，双眸由于笑容和兴奋显得分外有神。我不知道自己当时是什么形象，走了没多久，安妮就牵起我的手。当我们拐进喷泉路，安妮在人行道上停下脚步，开始吻我。她噘起嘴，张开嘴唇，迎合我的舌头。安妮的公寓在三楼，她张开双臂做出一个请进的姿势。现在外面还很亮，日光从一个硕大的窗户照进生活区，床在墙角凹进处。她走了进去，我跟在后面。那天晚上，安妮一份卡博纳拉也没做，我们做爱做了好几个钟头。这不像是第一次做爱，我凭借着本能做自己以前从未做过的事。安妮很清楚自己想要什么，引导着我的嘴和双手让自己得到满足。后来我们躺在一起时，安妮久久地搂紧我。我俩的嘴唇贴在一起舍不得松开。噢，我早该知道做爱就是这么一回事。

我已经失去时间概念，不知道是日光还是月光从窗外照进来，但我俩谁都没有睡意，在相互的爱抚中，我以一种前

---

① 一种蛋奶意面。

所未有的放松感不停地说着——或许第一次时都是这样。我不知道自己说的是否是真心话，但肯定全是甜言蜜语。安妮的双手在我身上游走，一遍又一遍地说，你长得真帅！我长得帅？我们后来肯定睡着了，因为我突然在黎明的晨曦中醒来，想起自己身在何处。安妮侧对着我躺着，在我身旁睡得正香，气息轻柔。我微笑着回想昨晚发生的事，一切都那么美好而又不可思议。我觉得安妮的嘴角也带着些许笑意。

我后来一定又睡着了，因为过了好久我才再次醒来，安妮的一只手放在我脸上。已经八点多了，去餐厅上班已经迟到。我在安妮的小淋浴间简单冲洗一下，后悔当初不该答应只要有空就去餐厅上班。我匆匆吻别安妮，冲下楼梯。下班后直接回来，安妮对我说，我们吃卡博纳拉。我迟到了一个小时，餐厅已经闹哄哄的。每个员工都在全力以赴准备星期日的早餐。人行道上的顾客边浏览报纸，边喝着浓缩咖啡。马克没有看我，而我由于心情舒畅也不以为意。马克用满意的目光巡视着餐厅里的人。当他的目光转到我时，他故意看了看手表说，操归操，生意归生意。

星期天餐厅只营业上午半天。收工后我绕道穿过教堂路，准备买一支牙刷，结果耽误了回喷泉路的时间。我当时脑海中有一个挥之不去的想法。一种对某件事情忽略的感觉，感觉自己做错了事。那个星期日的上午，我走在教堂路上，心中感到一阵刺痛，一阵歉疚感，觉得自己对不起父母和他们生活中的悲伤。与安妮共度良宵是一种奢侈的欢乐，一种我无权享用的自我放纵。我强行打消这个念头，在第二个拐弯处走向安妮的公寓。我在楼门口对讲机前刚一开口，她就让我进去了。不消几分钟，卡博纳拉就做好了。我们坐在敞开的大窗户下吃起来，餐盘就放在大腿上。

下午我们又回到床上。我一度感到这种慵懒的快乐会无休止地进行下去。但显然我们不可能永远这样。后来安妮向我解释了事情的原委。她说话时既不带歉疚也不煽情。她是个自信的女人，知道该怎样照顾好自己。

"我男朋友在轮渡上工作，他叫戴维。他现在在从朴茨茅斯到桑坦德的轮渡上，所以按理他应该星期一早晨回来。在此之前，他走的是朴茨茅斯到加来的航线，那是个夜班航线，第二天返回。我俩当时就在那班轮渡上认识的。我当时在轮渡的餐厅上班。短时间干上一阵还行，新鲜、刺激、热闹，时间自由，每天都能遇见很多新的人。但这个活终究不适合我。我无法应付漫长的夜晚时间。我要是累了会晕船。于是我星期一就开始来这个餐厅上班了……"

"就是一周前吗？我感觉自己已经认识你很久了。"我说。这句插话又引来安妮的一番爱抚亲吻。

"反正我知道周末戴维都不在家，"她继续说道，笑容里含着期待，"他不在家时，我就想放纵一下。只要有机会，我喜欢时不时放纵一下。你注意到我迷上你了吗？我是不是表现得很明显？"

"我觉得你很规矩。"我说。

"你知道吗，除了你健美的身体，我还喜欢你什么吗？你说起话来柔声细语，搂着我的时候像是生怕一不小心我就从你手里溜走，"安妮道，"我喜欢这种感觉。不过你今晚不能住这里，我需要收拾一下，床单洗一洗，在星期一戴维回来之前把这里弄得和以前一样。我还要把头发中你的气味去除掉。"

我在步行回家的路上暗自发笑。在别人眼里，你居然是个说话柔声细语、身材健美的印度洋男孩。这太荒唐了，荒唐到连苍蝇都能做——这是罗密欧还是茂丘西奥[①]的台词？——不过我还是仿佛觉得自己做了一件勇猛威武的事情。

安妮并不认为她和戴维之间是一种固定关系，至于以后两个人会不会天长地久，谁又能说得准呢。但她现在毕竟住在戴维的公寓里，由戴维付房租，所以她不能太造次。或许等戴维下回不在时，我们会像这次一样，再在一起度个周末。安妮在餐厅一直干到八月底。在此期间，我又去喷泉路她的公寓住了三晚。在上班时，安妮不和我动手动脚，或只是动作迅速地闹一下，但如果她发现周围没人注意，就会给我飞吻。虽然安妮只在餐厅工作了一个多月，但对我来说却足足像一个季节般漫长。安妮让我的生活充满刺激，同时又有一种莫名的焦虑。安妮打消了我对玛丽娜的欲念，甚至有一段时间她让我对其他一切都不去想：一团火盖过了另一团火，一种情伤减轻了另一种情伤。九月初，安妮随她的男朋友搬到朴茨茅斯。这本来是计划好的，但临近搬家时，安妮却拿不定主意了。朴茨茅斯有什么呢？

"还有你的因素，"安妮说，"其实我的话已经到嘴边，想告诉戴维关于你的事情，说自己想留在布莱顿。但我住哪里

---

① 茂丘西奥是《罗密欧和朱丽叶》里的人物。

呢？我最后会混得潦倒破产，住进贫民窟。我不想那样，但我又舍不得你。我觉得自己有点爱上你了。你会想念我吗？"

安妮走后，她在餐厅那几个星期的样子时不时如幻象般出现在我脑海里。我对她的记忆持续了很多年。后来我悟出来了，安妮不是我能应付的，而换个角度来看，她过的享乐生活也有点变味。我还记得每次欢愉之后歇息时，她都呆呆地张大嘴巴，表情餍足。我想虽然她那么说戴维，但两人关系可能会比她说的更长久。或许人们就喜欢生活在危机边缘，这丝毫不奇怪。我想找个人聊聊安妮，可惜找不到合适的人。

* * *

最后那一学年伊始，我搬到一间只有一个卧室的二楼公寓。这个公寓屋顶的蓄水箱发出烦人的漏水声，房东找来管道工也没修好。有时一连好几周都没声音，但突然某个凌晨我就听到不疾不徐的潺潺水声，流进马桶里。我想找个平面状的东西把裂缝处补上。我害怕马桶里的水会溢出来，把楼下的天花板冲塌。我一想就睡不着觉，无法驱除这种恐惧感。

我刚来伦敦那几年，脑海中还时不时清晰地浮现出父亲孤独衰颓的形象。他在街头乞讨过吗？我相信他从未做过那种事，但我确实看见他靠近路人，伸出手来。这个清晰的形象我既害怕想起，却又无法消除。有时午夜醒来，我的耳边还响着梦中发出叫喊的回声，因为我害怕内心痛苦的母亲在沉默愧疚下会做出伤害自己的事情。我必须去死，因为我做了不正经的事，已经无法挽回了。

楼下的公寓住着一对年迈的中国夫妇，大多数时候安静无声，只有天热要打开厨房窗户时，才会听到他们炒菜时发出的滋啦声。周末一位年轻的中国女人时不时会来看他们，带来一些从商店买的东西。有时她还会打理一下那个小花园，除除杂草，给花盆换一些从超市买来的新的盆栽植物。偶尔碰到天气干燥时，她会把床上用品拿出来晒晒。我猜她是这对老年夫妇的女儿。她每次来，我都能听到她的声音。她是个大嗓门，爱抱怨，仿佛在教训这对生活平静的老夫妇。但也许一门听不懂的语言，被一个陌生的声音说出来，听起来就是会有点咄咄逼人的架势。她可能只是在给这对老夫妻讲平时生活中的事情。这对老夫妇从不进花园。我只在室外见过他们两次，当时他们正在走路，没有说话，一个在前，一个在后，朝大路走去。由于岁数大，他们佝偻着身子，脸上全是皱纹。老头穿一件肥大的西服，这件西服也许当年穿着挺合身。老太太好像穿着好几层衣服，里面是一些罩衫，外面是两三件外套。他们看上去像是去做一件重要的事：参加聚会，出席葬礼或是去医院看病。我朝他们挥手打招呼，他们却不理我。

亲爱的妈妈，

一遍遍的问候。这是我又一个新地址。谢谢您的上一封来信，我差点没收到，因为我夏天在搬家。得知您去达累斯萨拉姆的医院看病的消息，我很难过。您没具体说因为什么，我希望检查结果一切都好。几天前我也经历了一场惊吓，当时我正在房间里看书，突然感到冷，打寒战，冒虚汗。用我们过去的话说就是"中了邪"①。出虚汗持续了好几分钟也未见好。我猜身体肯定某个部位出问题了，心、肺、脾，谁知道呢？

第二天我去大学诊所看病，以为会是重病，结果大夫觉得一切正常。这是我有生以来第一次做正规、细致的身体检查：心脏、肺部、血压、血糖，一切都没问题。医生最后还笑了，说我真是太幸运了，有这样一副好身体。这件事情过后，我也没再出现不舒服。

您让我回家探亲，等我凑够路费，我会回去的。谢谢您给我的电话号码。如果碰到紧急的事，我会知道怎样和您联系。代我问候穆里娜，祝她在中学一切顺利。

爱您的，

塞利姆

我也给父亲写了点东西，但不是以信的形式，而是在笔记本上写几行句子或一段话，都是脑海里的一些胡思乱想。我模仿阿尔·毕鲁尼②或某某圣贤之子的腔调，写一些简短含混的箴言警句，在脑海中想象父亲坐在吉隆坡树下低矮的椅子上诵读这些东西：在片刻的入定中，我面对着树林，发现花园里闪出一道刺目的感知之光，是谁在用意志裁决教友间的事？

---

① 此处原文是斯瓦希里语。
② 著名穆斯林学者，精通数学、天文、哲学。

亲爱的爸爸，

我现在怀着伪饰的感觉生活。我不知道该如何谈论那些令我伤心的事，谈论一直伴随我的失落感、罪愆感。或许没人知道该如何发问。甚至就连那些可能会发问的人，也不知道该如何询问像我这样的人所遇到的麻烦。您是不是有过类似的境遇？也许人们之间不可能相熟到会去关心他人，或者想去推断他人的麻烦，抑或压根看不出他人的麻烦到底是什么，所以更无从谈起去询问了。反正要是别人问起我来，我不知道该从何说起：说我母亲和降临到她身上的灾祸，说关于您的事，说阿米尔舅舅的事，说我自己在这野蛮世界的旅程，说我如何厌恶这种生活，这个地方，还是在这里的苟活呢？

如果有人问起，我会强颜欢笑应付过去。我正努力教会自己这一套。这比撒谎、逃避、编一个海滩度假房的故事要容易一些，也比步行去大学或谈论瓢泼大雨容易一些。我以前喜欢大雨，对大雨怀着一种难以言传的敬畏：亘古的闪电，洪水浸泡的泽国，仿佛要把世界的边缘冲塌，黑影中野兽的嗥叫。我猜吉隆坡也经常大雨倾盆吧。

爱您的，

塞利姆

* * *

大学毕业后，我继续留在布莱顿。家乡太远，一时回不去，而且我也没有给自己挣得回去的权利，因为这些年来我漂泊在外，一事无成。如果我就这样两手空空、一文不名地回去，就又要受到那个名字我都耻于说出口的男人——也就是我母亲的情人——的摆布。他会为我谋个工作，将我置于他的荫庇下。我可以回伦敦，但自从在布莱顿住下后，我逐渐不喜欢伦敦的喧嚣、混乱和肮脏。不到万不得已，我宁愿在布莱顿多待一段时间。

这些年来，我悄悄变成了一个小气鬼。我装作不小气的样子，但其实每个子儿都算计着花，有钱就存起来。我买的都是廉价衣服，一直穿到破旧为止。能克制的消费，我都尽量克制，用顽强的毅力，锱铢必较地攒钱。这种克己的生活也有乐趣。搬到二楼单间卧室的公寓，房租虽然由我一个人承担，但我也不用再忍受在五街道合租时脏乱的状况。我一开始的想法是攒够一张回家的机票钱，因为我怕自己在这里实在混不下去。毕竟我是在阿米尔舅舅和阿莎舅妈的帮助下来伦敦的，所以一直有一种不安全感。当我发现监护人喜怒无常时，我就变得心里没底。最开始一张返家的机票对我来说是不可想象的。但经过年复一年的积攒，我账户上的数字不断增长，这令我不免暗自窃喜。到我毕业时，我攒的钱已经够买机票了。

我给母亲写道：

亲爱的妈妈，

现在可以稍微放松庆祝一下。我来英国已经七年了。您是否都已经不再计算日子了？我希望您享受那奢华的公寓，和那些昧着良心的人打成一片，其乐融融。我也不再掐着手指算日子，而且很快就可以入籍了。像我这样在英国的人都会这么做。如果运气好的话，我们就可以加入英国籍，不再是外国人了。一切都发生了巨大的变化。我觉得自己像是被漂白了，或是清空了身体中某些重要的东西。不过我总算拿下了大学学位，用的时间可真不短。我也不确定得到的东西，是否配得上我经历的痛苦。当初如果我听从阿米尔舅舅的话，我现在就是一名会计，或者做类似的工作，而不像现在这样还在餐厅打工。除此之外，我也不知道自己还能做什么别的工作。您有爸爸的消息吗？我在脑海中想象他在吉隆坡过着平静的生活，徜徉在各个植物园里（只要是英国人殖民过的地方，总是有植物园），或是躺在他父亲住宅的走廊阴凉处，吟诵他儿时背下的诗篇。

我又重新写了一封：

亲爱的妈妈，

一遍遍的问候。我希望您一切都好，穆里娜也一切都好。雨季结束了，家乡那边现在一定天气凉爽，绿意葱葱。我今天收到结果了，写信就是想告诉您这个好消息。我已经顺利通过考试了。我多么希望能亲自和您一起庆祝啊。每当我遇到什么好事，我都想起您。得知您的检查还没定论，我很难过。不过这也可能是好消息。

爱您的，
塞利姆

大学毕业后，我一边找工作，一边继续在马克的餐厅全职打工。马克说我在他那里想干多久就可以干多久，但他没法给我涨薪水。生意就是生意，我的教友。他说话时显得狡诈油腻。我到处找工作：英国机场管理局（盖特威克离我住处坐火车只需二十分钟），地方报社，房地产公司，银行，美国运通（它的英国主要机构就在我居住的那座城市），苏塞克斯大学，布莱顿大学，推销员，甚至还被一则广告吸引，想去做见习火车司机。为什么不呢？但所有这些尝试全都不了了之。

* * *

新年假期，我去拜访姆盖尼先生。"我们还以为再也见不到你了。"他说。他已经把那幢非统房卖给一位来自扎伊尔的商人。这个商人正在重新装修房子，准备把它变回家庭自住房，然后再卖掉。那条街的房价正在飙升。曼宁已经搬到考文垂去了，但没有留下新地址。阿莫斯在利比亚找到一份工作，结果遭遇一场严重的不幸。一片沙砾进了他的眼睛，引起感染。姆盖尼先生是从一个人那里听说的，他是个木匠，和阿莫斯一起去利比亚做同一份工作。"还有人来找过你，"姆盖尼先生说，"你的那位朋友，曼宁的年轻亲戚，茂德。我问他是哪个茂德，他说是马哈茂德的简称。这个名字挺好，干吗还要简称？当然我当他的面没这么说。他看上去情况不好：浑身发抖，鼻子呼哧呼哧的，衣服很脏。他好像吸了什么。他朝我索要一英镑，我拒绝了。因为你一旦给干那种事的人钱，他就会再来找你。他想知道怎么和你联系上，我说我也不知道。"

"可我给你地址了啊？"我说。

"难道你想让他一路去布莱顿找你吗？你为什么不装个电话？"

我有好几个月没见到姆盖尼先生了。他现在喘气吃力，眼睛也失去了往日的神采。我不想久别重逢一上来就问他的健康。玛乔丽准备了一顿丰盛的小型家宴，弗里德里卡也来了，她穿一身红色纤薄纯棉套裙，美艳不可方物。姆盖尼先生见女儿回来，笑得乐开了花，把她拉近仔细端详一番，然后再简短地拥抱一下。

"我的孩子，你真是太美了。你打扮得这么漂亮是给他看的吧？"姆盖尼先生朝我点着头开玩笑地说，"你想好放弃现在的那位，来找童年的心上人啦？"

弗里德里卡打了一下她父亲的手，是那种年轻女孩面对老男人调戏时玩笑似的轻拍，又像是一个女儿对年迈父亲的撒娇。玛乔丽在一旁解释道，弗里德里卡现在和男友克里斯住在斯特里特姆，两人准备不久结婚。对于弗里德里卡出众的美貌，我不知道该怎么形容。她就像个仙女。我觉得她的美有内涵。如果我能领悟这种内涵，就找到了一条理解某种重要事物的途径。

"你长得越来越漂亮了，"我说，"你男朋友克里斯真是太幸运了。"

弗里德里卡笑了，扬起眉毛表示不信，好像我说的不过是客套的玩笑话。

"他今天本来也要来吃午餐，"弗里德里卡说，"我跟他说起过你，我想他也乐意结识你。但他今天要上班。他是丹麦山医院的理疗师，没法换班。"

弗里德里卡自己是位于布里克斯顿的蓝巴斯市议会人事部的职员。当我说起自己现在在布莱顿一家餐厅打工混日子，想回伦敦碰碰运气，她让我留意几天后蓝巴斯市议会发布的一份招聘启事。后来她果真给我寄了一份招聘剪报。我一直拖到最后一刻才申请，同时又试了试几个其他的部门和企业，但心里几乎肯定都没戏。最后蓝巴斯市议会向我伸出橄榄枝，这令我无法拒绝。我正式成为一名地方政府职员。

6
比莉

我在布里克斯顿山找到一间单人公寓①，公寓的楼下是一家摩托车店铺。好像还嫌不够吵似的，和我住同层的邻居，还有楼上的邻居总是喜欢拌嘴吵架，一吵就吵到深更半夜，还吼叫、摔门、扔东西。所以我一有条件就搬家，先是搬到克拉彭广场一个面积很小的转租房间，最后搬到帕特尼的一个双卧室公寓，才算安定下来。这段居无定所的日子持续了一年多，在此期间对于许多事情，我都是能忍则忍，尤其是懒散无聊的办公室生活。但一想到我银行账户上悄无声息入账的工资，我也就释然了。伽利略餐厅里匆忙急迫的打工生

① 自带厨卫的单间公寓房。

活令我厌倦，让我精神紧张，不是这儿就是那儿感到焦虑。与之相比，在政府部门上班，虽然是混日子，但生活更规律，更有条理。

有一段时间，我对自己的生活感到心满意足。我告诉自己，把现在的生活一边当作度假，一边想着另谋出路。但过了数周之后，我的焦虑又势不可挡地复发了。我觉得自己是个漂泊的浪子。我害怕漂泊这个词。我害怕成为英国的一名奴隶，习惯于被奴役。也许趁着自己还有力气，我现在该离开。不过一两年之后也可以，因为我现在有居留许可，不至于担心被驱逐出境而匆忙做决定。我可以攒点钱，或者接受再培训，然后去海湾地区或南非找份工作，那些地方有些工作岗位是专门给我们这些人留的。我也可以回家乡，看看能不能找点事做。有时我觉得自己正在等着回去，有时又觉得永远都不会再回去。

与此同时，我按部就班地去工作，恪尽职守，咬牙坚持，直到手头工作变得习以为常，不必再刻意去压制工作时产生的无聊感。我很羡慕有些同事对待工作那种郑重其事的态度，也假装像他们一样。但我不知道他们是不是也是装出来的。我和同事一起出去饮酒，或者一起去看板球赛、足球赛、摩托车赛，有时也去某个突然时髦起来的景点做一日游，或者参加音乐节，看马戏表演，观赏温布尔登网球赛这一世界上最著名的网球锦标赛。我们互相交谈时好像大家都是一个阶层的，说着同样的语言，有着相似的成长经历，爱好相投。在我的家乡，没有人会说和他们有关的东西都是世界上最好的。一个不了解整个世界的人，怎么可能说出这样的话？他们在这里拥有许多世界上最好的东西，世界上最好的守门员，最好的大学，最好的医院，最好的报纸。他们从娘胎里出来就享受这些东西，自然有底气这么说话。而我却不同，我只在必要时才这么做。我正在变得像个英国人。

我和许多女人都发生过关系。也就是说，和那些我遇到的认识不久的女人，只要她们纯粹想玩玩，我就会陪她们半真半假地来一段短暂的风流韵事。有时情况难免会变得复杂，甚至必然会有一些狠心事，但我在把握时机方面越来越老到，知道什么时候该溜走。曾经有很多年我不知道该如何接近女人，觉得男女之事下流，而且一旦一方失败，就很容易陷入屈辱的境地。但后来我想明白了，只要双方你情我愿，这种事很简单。我学会如何看穿女人的心思，也学会如何将自己的意图透露给她们。我不过分追求，也不贪得无厌。顺其自然反而令我风流韵事不断，而且好聚好散。我一度乐此不疲，觉得这是人生头等乐事。这些短暂的露水情缘让男女双方都获得满足，也让我觉得刺激，从而压抑了有时不可避免产生的厌恶之情。

姆盖尼先生现在彻底退休了。他已经没有力气干活了，患上非常危险的高血压。医生对他说，他过去可能发生过轻度中风，自己却没意识到。他现在需要避免操劳，不然就会伤身体。姆盖尼先生对医生的话半信半疑，但是玛乔丽却不敢大意。她坚持要求丈夫服药，但姆盖尼先生却不愿吃药，因为吃药的副作用让他变胖、便秘。不过在这个问题上，玛乔丽不容丈夫分说。

"你真是个倔强、无知的老顽固，"玛乔丽对姆盖尼先生说，"你现在别无选择，老老实实吃药。早一点听话，你就会多享点福。"

"我才六十七岁。"姆盖尼先生抱怨道。他不服老。"我现在该干些什么？就这样无所事事地长肉？我从小时候起就开始干活，干了一辈子。我怎么停得下来？"

"你身体肯定早就十分劳累了，"玛乔丽说，"干吗不歇一歇呢？"

我倒不觉得姆盖尼先生会发胖。如果说吃药对他有什么影响，我反而觉得他体重正在减轻，但手腕和脸部肿大，或许还有其他我看不见的身体部位在变化。他好像不能太用力，举水杯时手直发抖。他的性格也不像几年前那样慷慨仁慈，变得更加易怒，虽然他多数时候总是朝自己发火，有时也朝玛乔丽发火。他还很容易哭泣，每当我看到他眼睛里的泪花，我就把头扭开，生怕自己也被他带哭了。他看上去很疲惫，和他交谈变得很困难，因为他无法集中注意力，总是走神。他说有时早晨醒来时，不知身在何处。他一遍一遍地回忆早年在海上的艰苦岁月，接着又回忆这几十年来在英国的生活，在什么环境下都干过，住的是临时收容所和拥挤的出租房，像牲口一样，他如是说。最后承蒙上帝开恩，给他送来玛乔丽。他就这样从一个故事讲到另一个故事，有时还对自己大发脾气，因为记不起来某个人名、地名或日期，或者将两个结果弄混了。他还提到一些人生憾事，感叹当初在有能力时纠正过来就好了。当我问他具体什么事情，他却什么也不说。

"你现在想家吗？"我问他。

他没有马上回答，我也没有追问。过了片刻，他说："这儿就是我的家。"

几天之后，我收到母亲的一封信。信中说她必须回达累斯萨拉姆做更多的检查。接到这封信，我又去找姆盖尼先生。这次他又变回以前的老样子，爱说爱笑，爱帮人出主意。我把母亲来信的内容告诉姆盖尼先生，因为姆盖尼先生正好问起我母亲的身体状况。

"去做什么检查？"姆盖尼先生问我。

"我也不知道，她没告诉我。"我说。我以前和姆盖尼先生说过，我母亲正在做检查，但他可能忘了。"你也知道，人们谈论自己疾病时，总是有点忌讳。"

"和自己儿子还忌讳什么。给你母亲打电话。你公寓里现在也有电话。就当你母亲想让你打，你就给她打。"姆盖尼先生道。他说这话时，一副火冒三丈的样子，仿佛是我的舅舅。

当初我和阿米尔舅舅、阿莎舅妈住一起的时候，他们会定期往老家打电话，每次他们也都让我和母亲聊两句。母亲讨厌电话，我老早就知道这一点。我也讨厌电话，讨厌在电话中听到母亲的声音。自打从舅舅家那个伊甸园被逐出后，我就没给母亲打过电话，因为那个男人可能会接电话，而我不想和他说话。

没错，我公寓里确实有一部电话，旁边就有母亲的电话号码，但我还是没有下定决心打电话。这件事成了我又一块心病。可是我不知道该和母亲说什么。在我看来，电话是紧急联络时才使用的工具，我现在没有什么紧急的事要和母亲说。我已经好几年没对母亲说过话了，一下子不知道该从何说起。况且那个男人可能会接电话。不过那一周的周末晚上，出于良心的自责和姆盖尼先生的训斥，我给家里打了电话。我拨通号码，响了几声铃后，没有人接电话。我正准备如释重负地挂上电话时，那头有人拿起话筒。

"喂，"他说。果然是他。我没有应声，他在那头又说，"是谁？①谁在打电话？喂，是国际长途吗？能听见我说话吗？"

我放下话筒。他的声音强壮有力，和我想象中那个粗脖粗手的男人形象相吻合。我应该张口说话，让他叫母亲来接。我应该像一个有阅历的成熟男人那样去应对局面，而不是像个孩子似的去逃避。我努力去忘记生活中的这次不期而遇，却始终无法克服那种耻辱感。这件事一连好几天都让我耿耿于怀。

又过了几周，我特意去找姆盖尼先生共进午餐，他又问起我母亲的病情，问我有没有给母亲打电话询问检查结果的事。我撒谎说打过电话了，但没人接。

"你就只打一次？"姆盖尼先生道。我没回答。"你现在手上有你母亲的电话号码吗？别犟了，赶紧现在就打。就用我家的电话。"

"我晚一点再打吧。"我说。

"把号码给我，"他说，"我来给你母亲打电话，告诉她你不光是个没用的外甥，还是个不孝的儿子。"

"我现在身上没带电话号码，晚一点我肯定打。"我说。

---

① 此处原文是斯瓦希里语。

姆盖尼先生肯定听信了我的话，因为那天下午他竟然忘乎所以地拍打我的膝盖。

在弗里德里卡的婚礼上，姆盖尼先生又回到了老样子，对谁都笑脸相迎。当人们为他播放纳京高的爵士乐时，他在地板上合着节拍转了几圈。我在上班时有时能见到弗里德里卡，她总对我说他们家的一些消息，而且用一种已婚女人的说话方式和我聊。她的语气有挑逗的意味，但是毫无戒心，像是一个成年女子在逗弄一个孩子。我记得当年彼得的女友芙兰也这样对待我。不知道芙兰后来怎么样了？她和彼得一起走了吗？彼得回到新南非后过得如何？

我在帕特尼的第二年，姆盖尼先生去世了。我去参加了在斯特里特姆一家殡仪馆教堂举行的葬礼。玛乔丽让我读一些能让人回忆起姆盖尼先生家乡和成长经历的东西，我先念了《开端》①，接着又念了《忠诚章》②。因为我不知道任何适合在葬礼上念的祷告文，而且我估计姆盖尼先生也不知道。我给母亲写信告知姆盖尼先生的死讯。我以前在信中谈到过姆盖尼先生好几次，谈论我们如何用斯瓦希里语交谈，如何在一起打工，如何在他家受到热情的招待。所以姆盖尼先生去世后，我觉得姆盖尼先生也是她的熟人，应该被通知到。我是这样写的：当时葬礼现场除了我之外没有人念祷告语，这有点不正常。而我也只会念《开端》和《古兰经》中最短的一章。不过我想姆盖尼先生的在天

---

① 《古兰经》首章，一般穆斯林做礼拜时简短地作为开头。
② 《古兰经》第112章。

之灵是不会介意的。他的家人也都出席了葬礼，用他生前的话说，家人是上天对他的恩赐。他们能在场，比我为他念祷告文更重要。生前他就对失去的很多东西都看开了。我在写这封信时，心想如果姆盖尼先生现在在旁边，他会对我说什么。快给你母亲打电话。这个想法令我震颤，我不加多想就拿起话筒。

"真主保佑你平安①。"还是那个冤家对头的声音。

我久久地拖着没有回话，思考该继续说话还是挂断。最后我终于说道："真主保佑你平安。我可以和我母亲说话吗？"

"塞利姆，是你吗？你知道现在是几点吗？"那个男人说，语气很严厉。接着他又大笑起来，说："老天，等一会儿，你怎么样？一切还好吗？没出什么事吧？"

"没有，没出什么事。我只是想打个电话。"我说。

"你好。"母亲接过话筒。她的声音还是那样熟悉亲切，就像我们不久前才说过话。

"妈妈。"我说。

"我知道是你，"母亲声音中充盈着欣喜，"哈基姆拿起话筒前，我就猜到是你。谁会过了半夜还给我打电话？"

我忘了时差。和母亲通话时，我在脑海中想象她的面容，她的眼睛，她做的手势。我说打电话没什么事，只是想问候一下。我询问她的健康状况，她也关心我的身体。我问母亲她做的那些检查，母亲说大夫们也不能确定是什么情况，可能是更年期的早期症状，身体虚弱，头痛之类的。不过医生

---

① 在伊斯兰国家，这句话经常用作打招呼。

还要做进一步的检查。他们现在还不清楚我母亲的母亲死于什么疾病，为了排除遗传病的可能，医生正在检查母亲的心脏、血压、肾脏等等，但都还没有确切的结论。母亲问我什么时候回来探亲，我说会很快回来。尽管在电话中我和母亲没有太多的话说，但听见她的声音还是令我异常喜悦。

又聊了几句家常话之后，我说我要挂了。我本想问母亲有没有父亲的消息，但最后还是没问。"别忘了再打过来，"母亲说，"要经常给我打电话。下次选个穆里娜也能和你聊的时间，晚上打过来，别忘了算一下时差。穆里娜总是问起你，她连你长什么样都不记得了。"

"我会的。"我说。

我对自己说，假如现在不有所作为的话，我会像姆盖尼先生一样成为英国的奴隶，直到某一天也被英国扼杀。打完电话后，我躺在深夜的黑暗中，再次在脑海中审视自己过去设想的种种计划。这些计划都是试图将我从毫无意义的生活中摆脱出来。等到了早晨，我又穿戴整齐地去上班，将自己融入到一天的日常生活中。

姆盖尼先生的葬礼结束后，玛乔丽回牙买加散散心。她原本打算在那里过一个月，但到期后，她又住了一个月，接着又是一个月。圣托马斯医院尽可能地为玛乔丽保留了职位，但玛乔丽一直没回来。她就这样一直待在牙买加，连自己的物品都不回来打包整理一下。弗里德里卡和克里斯代她做这些事。他们把玛乔丽估计想保留的东西给她寄过去，剩下的都处理掉了。接着他们把玛乔丽的房子也挂牌出售，并去银行办理她退休金的事项。当弗里德里卡告诉我玛乔丽如何毅然决然地舍弃一切，返回老家，我竟然笑了，觉得这太不可思议。要是早几年走就好了，带上我爸爸，弗里德里卡说。不过姆盖尼先生那时太虚弱了，经不起再一次的折腾。

* * *

就在姆盖尼先生之死让我陷入一场小小的精神危机，令我反思这些年的经历时，我遇见了比莉。她的全名叫宾迪娅，但从小人们就叫她比莉。她的父亲是英国人，不过成年后大部分时间都在印度生活。正是应他的要求，孩子们都起了印度名字，但他称呼他们时只用英语名字昵称。他对比莉的兄弟们自然也是这样，只在仪式场合或正式需要时才用给他们起的印度名字。

我是在去国家剧院观看《樱桃园》时遇见比莉的。我在周日的报纸上读到演出广告：特雷弗·纳恩[1]的巨作，科林·雷德格里夫和瓦妮莎·雷德格里夫[2]倾情献演，众星云集。我虽然在上大学前读过契诃夫，但当时感觉比较失望，所以想也许是时候再给契诃夫一次机会。演出在国家剧院的科特索厅举行，里面坐满了人，闹哄哄的。但我左边的座位一直是空的，直到关门闭灯前不久，那人才过来。来了之后我才发现她是个女的，而且很可能比我右边衣着普通、岁数较大的另一名女观众（她下身穿一条亚麻裤，上

---

[1] 英国戏剧、电视和电影导演，代表作有音乐剧《猫》（1981）和《悲惨世界》（1985）。

[2] 英国一对著名的兄妹演员。

身穿一件开襟厚毛衣）更成熟、更时髦，因为她带来一股香水味，移动时笔挺的衣服也发出嗖嗖的摩擦声。我尽量压制自己对她的好奇感，好将注意力放在舞台上，不过这颇费了我一点时间。

演出开始的头几分钟，我便沉浸在剧情里，被里面哀婉的对白、漂亮的布景和灯光深深吸引。瓦妮莎·雷德格里夫扮演柳鲍芙·朗涅夫斯卡雅，科林·雷德格里夫扮演她的话痨哥哥加耶夫。现实中的兄妹两人正好扮演剧中的兄妹，这本是老套的商业噱头，但他们的演出确实精彩。在剧中当柳鲍芙突然悲叹道：要是这个负担从我身上移除，要是我能忘掉过去，那该多好啊。我也不禁被剧中这位中年妇女的丧子之情打动，悲从中来，眼睛酸胀。看来人类的悲伤总是来自过去的悔恨和痛苦，这不因时间、地点和历史的改变而改变。当柳鲍芙后来说到自己遭遇丈夫的背叛、爱情的失败，我也不禁为她哭泣。全剧临近结束时，当罗巴辛的手下人摧毁樱桃园时，我觉得砍在樱桃树上那嘭嘭的斧击声会伴随我一辈子，好像是施加在我肉体上的暴力。三个小时的演出过得飞快，最后我和其他观众一同站起来热烈地鼓掌。

我左边那个女人转身要离场，我也准备离开。我在幕间休息时看了看她，当时我坐在原位，她起身出去。她长得妩媚动人，脸很耐看，虽说身材壮实但五官精致。当我们顺着两排座位之间的通道往外走时，她朝我看过来，然后又看一眼，笑了。她轻轻说声你好，明显是和一位熟人打招呼的样子。我的思绪还停留在刚才的剧中，所以对她的回应肯定有点心不在焉，所以她才笑了。她提醒我，几个月前我们曾在一个婚礼上遇见过。

"露西和摩根的婚礼……在泰晤士河的船上。"当我们缓缓从观众席往外走时，她回头对我说道。

她说完，我想起来了，我确实陪一个名叫特蕾莎的女孩参加过一场婚礼。当时我是陪特蕾莎去的，我既不认识新郎，也不认识新娘，没有受到邀请。不过特蕾莎说，如果我去，他们一点也不会介意。我从特蕾莎的话中能感受到她的期待，正如她所在阶层的人都彬彬有礼，善于交际。我和特蕾莎是在基尔伯恩一家爵士俱乐部相遇。当时我是和一群朋友去的，大概是有人推荐，或者这家俱乐部入了某个"必去清单"。到了俱乐部后，我们一伙人和另一伙人拼桌，我发现自己正好挨着特蕾莎。特蕾莎有一双温柔的黑眼睛，笑容很含蓄。但和她混熟后，你会发现她其实是个侃侃而谈的人，而且语带机锋，还会放声大笑。她在一家公关公司上班。她告诉我，有一家矿产企业是她们公司的大客户，那家矿产企业在非洲有业务。她告诉我那家矿产企业的名称，好像这让我俩有了共同点。那天晚上，一位身穿缀满亮片拖地长裙、包着插一根鸵鸟羽毛的彩色头巾的非洲女人出来给我们唱了一支歌，这首歌的语言我们谁也听不懂。这里的听众都是来给她捧场的。那天晚上之后，我和特蕾莎又出去玩了三次，她跟我说了很多有趣的故事，我猜这些故事是经过添油加醋的，内容都是关于公关界那些见不得人的事情。她对我没有性方面的兴趣，而我除了性对她也没有任何兴趣。那次在泰晤士河上举办的庆祝露西和摩根婚礼的派对，是我和特蕾莎最后一次一起出去玩。

在剧院门厅，我又仔细端详这个看戏时坐在我旁边的女人，但我还是没有认出她来。我当时在婚礼上谁也不认识。而且几杯酒下肚，要记起什么更是难上加难。她在婚礼上认识的人多吗？她说她和露西是大学同学，毕业后一直保持联系。

"我们现在还联系着。"她笑着说。

"太棒了，"我说，"现在很容易就失去联系。我们去喝一杯吧？"

剧院酒吧人满为患，于是我们步行走到外面的人行道上，找了一家专卖葡萄酒的酒吧。我和比莉就是这样相识的，或者更准确地说，就是这样再次相识。过了几天，我主动给她打电话，于是周五晚上我们一道看了场电影，吃了顿饭。饭后我提议去酒吧喝一杯，但她拒绝了，说第二天还要去加班。她在利物浦街的一家银行工作。那里离她的住处阿克顿很远，而她第二天早晨还要回伦敦城①上班。她正打算搬家，但现在还是要辛苦地两头跑。别的同事也和我一样，她说，但来回奔波确实累人。她现在和母亲一起住。她母亲总是担心她迟到。她哥哥也住在家里，不过他尽可能地待在外面，毕竟作为一个男人，这也可以理解。他们兄妹的父亲已经去世，当时她才只有五岁。

我问比莉想不想再见面，她说她也不确定，不过我可以给她打电话。那一周的晚些时候，我给她打电话，下班后我们去喝了一杯。我俩的关系就这样缓慢地进展着，下班后一

---

① 伦敦金融机构聚集区。

起喝酒，有时一起看电影或吃顿饭。就这样过去了好几周的时间，不是六周就是七周。我不知道自己该更主动一些还是退却，她现在是从容不迫还是踌躇勉强，我是不是令她厌烦。我能设想出许多原因，可以解释比莉为什么犹豫不决。作为有一半印度血统的女孩，家里还有个老母亲，要和一个来自桑给巴尔的名叫塞利姆的男孩交往，这件事想想都不靠谱。我本该早早放弃对她的追求，去找一个更情投意合的伴侣，但我现在的心情已经不能用常理来衡量。虽然我也对自己这种像对待猎物似的死缠烂打感到不耻，却做不到轻易撒手。

距离我们在国家剧院相识大约两个月后的一天晚上，我们在霍尔本附近一家安静的餐厅闲坐。比莉一直在说话，而我明显有些心不在焉。我对她怀有一种以前对其他女人从未有过的爱意，我觉得最好还是向她挑明，免得让她误会，主动离开我。四月的一个阳光明媚的星期六，我们去基尤 ① 玩。我将她揽入怀中，她也抱了我一会儿。我知道这种感觉，一种渴求，像第一次和女人做爱一样。我们逛完各个花园后，整个下午就躺在草坪上，外套铺在身下，接吻，爱抚，聊天，沉浸在两人关系更进一步后带来的放松感中。

"你的父母是怎么认识的？"比莉问我。

"在青年联盟总部举行的一次学生辩论会上认识的。"我说。

"嗬，真厉害，具体讲一讲吧。"比莉说。

"我也只知道这么多。说说你父母吧。"

---

① 英国皇家植物园的一部分。

"他俩是在德里认识的，我爸爸当时是佳能复印机的一名销售主管，"比莉说，"不，他不是推销员，他是销售主管。一个在印度的英国人是不可能去当销售员的。我们兄妹几人都出生在德里。我有两个哥哥，苏雷什昵称索尔，阿南德昵称安迪。我出世时，大哥十一岁，爸爸想让他回英国上中学，大概是基于认祖归宗的渴望。不过爸爸说，他主要是为了索尔还有我们其他孩子以后上大学更容易些。"

　　"爸爸他自己没上过大学。他从寄宿学校一毕业，就通过一个亲戚找到工作。这个亲戚在印度有些门路，于是父亲最后就在印度的佳能复印机公司上班。不过现在世道已经大不一样。要是没有大学文凭，不会有太多机会。于是我们就搬到伦敦，"比莉说，"这种事爸爸的公司还是完全可以做到的。对爸爸来说，这是叶落归根，但对我和二哥来说，是第一次来英国，不过我当时还小，什么也不懂。苏雷什和妈妈以前曾随爸爸回过英国。爸爸像导游一样带他和妈妈去过巴斯、马盖特、剑桥、诺福克湖区等旅游胜地，沿途住的都是家庭式早餐旅馆，在伦敦时则住在旺斯特德的姑妈家。我们都叫她霍莉姑妈。她还住在那里，已经七十一岁了。"

　　"但搬回伦敦对爸爸来说有点水土不服。妈妈说他岁数大了，整个身体更适应印度，大脑、四肢，尤其是心脏。妈妈说了一大通这样的话。而且一有丁点机会，妈妈就采用比喻说法，尤其是能和情感联系起来的时候。遇到特殊的场合，妈妈还用印地语写诗，关于爱情、责任、母爱、牺牲、奉献这些主题。我觉得这些诗读起来更像祷告文。如果你喜欢厚重题材的话，这些诗都很好。"

"厚重题材是指什么？"我问。

"生命与欢乐来源于无知，无知为我们打开通过无限的大门／我拜倒在圣母智慧和慈爱面前。就是这种风格，"比莉道，"反正不知道是否真是这方面的缘故，爸爸确实不想离开印度。到了伦敦，他的健康急剧恶化，两三年后他就没法工作了。他比妈妈岁数大，但那时还没到退休年龄。他去世时五十九岁，这个年纪如今算是早逝。看看霍莉姑妈，况且我妈妈的父母都八十多了，还健在。"

"他得的是什么病？"我问。

"心脏病。那年我五岁，一天他正在花园里干活，突然中风。我当时也在花园，正拿着玩具洒水壶和几个塑料杯在玩耍。我听见他叫了一声，当我抬头一看，爸爸已经跪倒在地。后面发生的事，我不记得了，估计肯定是我哭喊着进屋叫妈妈。记不清了。我只记得爸爸在医院又痛苦地熬了几个星期。"

"很长一段时间以来，我对爸爸的记忆就停留在那几个星期。"一阵沉默之后，比莉继续说道。我想这番话又勾起了她的回忆。"我现在还记得那些令人心碎的探视，我们都在哭，爸爸却躺在病床上不省人事。后来还会想起一些其他的事。现在有时候我还要狠命工作，才能驱散脑海中他在医院病床上的形象。你能明白我的意思吗？某个形象、某个时刻会没来由地在脑海中反复出现，由不得你控制。爸爸叫我比莉，不过我更喜欢宾迪娅这个名字。我现在用比莉这个名字是为了纪念爸爸。我觉得自己当年是个多愁善感的孩子。"

"现在不是了吗？"我问道。比莉说到这里又快掉眼泪了。

"现在不那么多愁善感了，"她说，"反正如今大家都叫我比莉，我想让他们改口也不容易。我大哥讨厌自己的英文名字，现在也从来不用那个名字。可是他在马德里定居，所以能够让所有新结识的人用他喜欢的名字称呼他。他在马德里做一名汽车设计师。我以前跟你说过吗？"

"是的，说过，"我说，"你另外一个哥哥做什么工作？"

"他是房地产公司的房产检视员。那家房地产公司叫霍普＆伯勒。他们经手的都是几百万英镑的豪宅。你听过这家公司吗？"比莉期待地看着我发问。

"没有，我没听说过。"我实话实说。

"这家公司很有名。"

那天回到我的公寓时已经是傍晚了。那年夏天几乎每个星期六我们都是这么度过的，白天去一个景点，然后回我的公寓。我们先做爱，再出去吃点东西，有时也在家自己做点吃的。比莉不在我住处过夜。"我喜欢和你待在这里，"她说，"我喜欢白天和你厮守，也想晚上和你在一起。但现在还不行。我现在和妈妈住一起，每天晚上必须回去。如果你了解她这个人，就会明白我说的话是什么意思。我不能把她一个人留在家。"

比莉继续说道："我妈妈的娘家最初在孟买，过去一直都是这么叫的。但她的父亲由于公职调动，不得不把家搬到德里。几年后，她就是在德里和爸爸相识的。当时妈妈也在佳能公司。"

"我出生后不久，我们全家搬到伦敦。这对我妈妈来说也是件艰难的事。她从小身边就有用人伺候，已经习惯了家务事由他们来打理。那时她身边有亲友，儿女绕膝，都能给她做伴。但到了伦敦之后，一切事情她都要依靠自己亲力亲为。她始终没有真正克服这座城市在心理上给她造成的最初冲击，也始终没能适应强加给她的生活，尤其是没多久，她丈夫还为此丢掉性命。爸爸去世后，她变得抑郁，爱厉声尖叫。厉声尖叫这个词是我特意选的。"比莉说。说完她停顿片刻，好让我仔细品味一下。"我小的时候，母亲的尖叫让我感到丢脸。我觉得她的尖叫声能刺破沿街四邻的墙壁，招致他们的耻笑。那时我不知道，她这样叫是因为孤独、压抑和恐惧。"

"那她当初为什么不回印度呢？"我问。比莉久久地看着我。我知道她肯定在想：那你当初为什么不回去呢？为什么现在还留在这里？"我的意思是，她有没有想过回印度？"

比莉耸耸肩。"这件事很麻烦，"她说，"阿克顿的房子在妈妈名下。孩子们又都在上学，已经安定下来。是爸爸选择住在阿克顿，因为这里不是贫民区，学校也比较安全。如果回印度，妈妈就要把孩子也带走，那样就违背了爸爸当初的期望。而且要是回印度，她就不得不搬回去和父母住，她也不想那样。所以妈妈最后还是出于责任感吧，要忠于爸爸的遗愿，让我们在这里接受教育，上大学。"

"爸爸去世后，妈妈变得有些神神叨叨。在我小时候，她总是把爸爸挂在嘴边，"比莉道，"说起爸爸来，她都是马拉松式地没个完。不过倒不那么让人压抑。通过妈妈的描述，我们了解了许多关于爸爸的细节，他的形象变得栩栩如生，好像随时都会走进房间。但最近有点变了味，因为妈妈时不时用爸爸做幌子来要挟我们，按她的意愿办事。"

比莉现在成了我生活的中心。有时我们周中下班后也见面，但大多数时候我们会等到周末。星期六的早晨像是有一种令人兴奋的魔力，我抑制不住自己的喜悦之情，迫不及待地想见到比莉。但这种喜悦感建立在一种脆弱不安的基础上。如果比莉迟到，我脑海中就会疑窦丛生，担心由于我们在一起时变得模式化，没有新意，她感到厌倦，再也不来了，或者尽可能拖着不来。她会为我感到丢脸，为我的工作，我的胸无大志，我的异国背景，我的平凡身世，我的黑色皮肤，我的囊中羞涩。一般就在我这样胡思乱想时，比莉微笑着向我走来，紧紧地、长时间地拥抱我，令我毫不怀疑她对我强烈的欢喜之情。每次她过来，这样抱着我，我心头的阴霾就一扫而光，喜极而泣。她也知道我的心思，知道我等待她时心情多么紧张迫切。但她不知道隐藏在这一切背后是我的脆弱心理。她以为是我浓烈的情欲在作怪，所以笑着在想，我一定深深地被她迷住了。

那一年的秋末，当人行道上落满了湿漉漉的树叶，公园里一片风吹雨打的景象时，比莉第一次同意住下来陪我过周末，这时距离我们相识已经有七个月了。她对她妈妈说，准备和一位大学里的朋友住一晚。她还告诉妈妈，正考虑离开家，搬出去和一位女同事合住。

"妈妈不理解我这个心愿。当我说起这件事，她一开始很不解，接着心情难受，好像我说了什么……我也不知道该怎样形容……没良心、没心肝的话，"比莉道，"我来这里之前，刚和她说这事。说完后我就匆匆离开，免得她长篇大论。我想让她在我不在家时先考虑一番。不过我回去后肯定还要和她费更多的口舌。"

在接下来的几个月里，比莉每天向我报告她和她妈妈之间激烈的争吵，痛苦的沉默，无休止的保证。她二哥阿南德也住在家里。他站在比莉这边。"我尽力向她解释事情的前因后果，每个人都要离开原来的家，组建自己的新家。大家都想过自己的日子，掌控自己的生活。这些道理妈妈都懂，但她故意装作这听起来像奇谈怪论，因为她受不了这种事发生在自己身上。她希望有可能的话，把我们都留在家里，我大哥苏雷什去马德里时，妈妈也是很不情愿。"

对于比莉妈妈如此不想让女儿离开家，我并不感到惊讶。我能想象我母亲也有同样心理，不能理解离开家去追求在她看来毫无意义的东西。虽然我们已经处了好几个月——我喜欢英语中这些甜蜜的委婉语，像"处了"这种词——但我还没见过她的其他家庭成员。一开始我对此并不在意。毕竟我也没见过以前认识的那些女人的家人。碰到女孩子邀请我参加家庭场合的聚会，我都会客气地婉拒。我不向往那种亲密的氛围。但比莉对我来说是个例外。她准备搬过来和我同居，所以需要消除她母亲和哥哥的疑虑，要让他们对和她同住的人有所了解。每次我和她提及此事时，她总是轻描淡写地打发过去。"离我搬过来不还有很长一段时间吗？"她说，"不过你会见到他们的，总有一天会的。"

比莉对家里的说法是，她准备搬出去和一位女同事住。如果我现在和她家人见面，他们就会产生怀疑。我却禁不住想，她阻止我和她家人见面，是因为她清楚她的家人不会接受我。我能想到他们不接受我大概有几个理由。但如果比莉真的要搬过来，我觉得最好还是把这件事挑明，说服他们，因为她不能在家人面前把我一直隐瞒下去。可是每次我这样说时，比莉总是摇头否决。我知道还有麻烦在前头。

尽管我忧心忡忡，比莉还是搬过来了。一个周末，她带来一个行李箱，像是要外出住几天的样子。她在我这里住了一个星期。星期六，她提着空行李箱回家，到了星期日又带了一些自己的物品过来。她就用这种缓慢的方式往我这里搬，又不显得完全从家里搬走。我喜欢和她住一起时表达亲密的种种做法：专门为她配了一套钥匙，调节中央供暖器的加热次数让她感到舒适，将她的内衣放在烘干机里烘干，一起逛街购物，每天晚上和她一起上床，醒来发现自己躺在她的身边。至于做爱，有时更是做一整天。她浏览我的书架，却很少从上面抽一本书下来翻翻。那时候我正在认真研读契诃夫的著作，所以竭力也想令她对契诃夫产生兴趣。

"别忘了，我俩是通过契诃夫认识的。"我提醒她。

"不，说实话，我这个人不喜欢看书，"她说，"那次我去看《樱桃园》的演出，是因为我在学校里学过这个剧本，一个银行同事大肆宣扬这部剧演得多好。一天晚上我对母亲聊起这部剧时，阿南德正好在旁边。后来他为我搞到一张票，他喜欢做出一些慷慨的举动，给人惊喜。于是我想那就去看看吧。我去了后发现，我的意中人正在旁边的座位上等我。"

比莉的母亲从未要求来我们公寓看看，也没提出见见那位银行同事兼室友。不过她显然向比莉暗示，应该邀请她来家里玩玩，她认为比莉会主动发出邀请。而比莉却在着手制定紧急预案，使我们能在短时间内匆忙消除公寓内我存在的一切证据，包括用某种方式将我隐藏起来。看她演练这套预案，我不禁大笑，因为我总能发现她的一些疏漏之处。"这是什么？"我假装问道，拿起一件罪证：一只10码的鞋子，一条腰带，脏兮兮的洗衣篮里几条内裤和袜子。

"我是用于遮掩的。"关于洗衣篮比莉说道。

"为什么用洗衣篮遮掩？你不觉得你妈妈首先要查看的就是你的洗衣篮吗？如果我想知道你和谁住一起，肯定首先去看看洗衣篮。"我说。

经过几个月的遮遮掩掩，我终于和阿南德见面了。比莉一次回家后，他开车送她回来。当我们见面时，阿南德没有表现出惊讶。他肯定事先已经知道大概，比莉已经向他袒露秘密，但还瞒着她妈妈。阿南德和我握握手，从笑容里看不出什么态度。阿南德一头栗色鬈发，说话柔声细语，身材结实。当他自我介绍，说自己是阿南德时，我觉得他和我想象中叫这个名字的人一点不一样。我猜所有遇到他的人都会这么想。他走进公寓后，灰色的眼睛迅速环顾四周。我想他一定是以一位房产检视员兼兄长的身份在脑海中做一番计算评估。他拒绝在此停留，但驾驶那辆梅赛德斯汽车驶离时，朝我们挥了挥手。

就这样我成了比莉和她二哥之间分享的一个秘密。比莉说，阿南德认为我们这种隐瞒的把戏很难维持下去。阿南德很少来我们这里。他要是想见比莉，就和她约好在城里一起吃午餐。除了我们同居这件事需要半遮半掩，我和比莉之间一切都很顺利。我喜欢爱抚她，我想我永远也不会忘掉她那光洁的肌肤。是不是恋人的肌肤摸起来都是这么美好？一天晚上，我准备向比莉讲述我母亲。在我和比莉耳厮鬓磨的这段时光里，我忽略了母亲。我们晚上通常边看电视边听她聊那些浮华的美剧剧情。那晚正当我要接过话头，跟比莉谈论母亲时，她却睡着了。白天我们在海滩玩了一整天，进餐时还喝了葡萄酒，而比莉酒量不大。第二天醒来后她记起昨晚的事："你正要聊你父母，我却睡着了。"

"我只想跟你说说我母亲，她以前看电视时也有这个坏习惯，喜欢对电视里的剧情评头论足，恨不得改写剧本。"我说完这些话打算就此打住。

"不行，"比莉道，"再跟我多说点。"

"我七岁时，爸爸离开我们，"话一出口，我突然意识到自己居然从未和任何人说过这件事，"就这些。我到现在也不知道他为什么离开。"

"跟我说说。"比莉拽着不让我走。于是我又跟她讲了一些，但还是不完整。最后在比莉的不断央求下，我越说越多。我尽可能地把事情向她复述一遍，但依然不是全貌：我提到了父亲的沉默，午餐篮，母亲情人的秘密来访，提到了阿米尔舅舅，穆里娜，还提到了母亲的忧伤。"她的双眼有时泛白，仿佛眼珠子里外颠倒，眼睛朝向里面看。有时她会突然吸着嘴唇，好像身体刚刚挨了一击。我不知道到底是什么回忆令她这样，然后又为什么如此沉默绝望地坐在那里。但是这样的情形往往转瞬即逝，等舒缓下来，母亲的眼神又因不驯、焦虑和愉悦等情绪变得活跃。当我问她刚才为什么那样，她说是因为回想起一些事情。"

"回想起什么？"

"我不知道，"我说，"她不喜欢说她自己的事。自从离家之后，我父亲心里有了创伤。他变得不愿多言，也不爱做事。他像个隐士一样，住在一间商店后面的房间里。父亲和母亲都变得不爱说话。"

"这就是你内心的黑暗面，"等我说完后沉默下来，比莉说道，"我以前就知道，你一直在回避某些事情。"

和比莉说完这些后，我觉得自己潦倒卑微，袒露家丑，靠贩卖痛苦来博得她的同情。但比莉却不这么认为。这个门槛我们终究要跨过去。你一定要将令你感到痛苦的事情说出来。

那年夏天，另一道门槛又升起来了。比莉妈妈正式决定造访我们的公寓，看看她女儿的住处。比莉启动紧急预案。第二天就是比莉妈妈约好来访的日子，我被请出家门，去外面远足。在我看来，这种做法毫无意义。任何人，更别说一位母亲，一进我们的公寓就会发现这根本不是两个女人在合住。虽然我们在次卧巧妙地摆了几个箱子、一些书籍和一张单人床，想营造一种假象，让比莉妈妈觉得这是一个合租房，但从房间的摆设看，这绝不可能是一个银行女同事的房间。当我结束马拉松式的散步回来后，却发现比莉坐在电视机前，电视没打开。

"她想见你。"当我问比莉情况如何时，比莉说道。

"听起来像是命令。"我说。比莉生气地看着我，却没有说话。"情况吓人吗？"我想和缓一下气氛，问道。

"你觉得呢？"比莉说。

比莉妈妈是在阿南德陪同下来的。简单参观一番公寓后，她就说，这个男人读了不少书啊。在随后的逼问中，比莉被迫将一切和盘托出。这是个注定要来的结果，迟早而已，我说。我们明天去见她，然后再合计接下来该怎么办。我努力想让比莉告诉我，她为什么这么悲观，但她却不说。别担心，我说，我会哄好这位烦人的老太太。但比莉却气鼓鼓地告诉我，对于这种家务事，我一无所知。第二天在前往阿克顿的路上，比莉一副心里没底的样子。而我到她家时，心里也充满恐惧。阿南德开门让我们进去。他脸上还是那副不置可否的笑容，和我握握手，并亲吻一下妹妹。他将我们带进客厅。比莉妈妈正坐在沙发上，脸上露出淡淡的迎客笑容，和预想的差不多。

"塞利姆。"比莉向她妈妈介绍我。我的名字听起来像是在一个圣洁的地方说出一个污秽的字眼。我迈步朝前，和她握手。我猜比莉妈妈大约六十岁，脸庞显得比比莉稍胖一些，但两人五官相似。她穿一件莎丽^①，上面有棕色、金黄色和米黄色条纹。她戴一副硕大的有色眼镜，看上去温文尔雅，没有显露出令人胆寒的表情。她拍拍身边的沙发，说出比莉的名字。与此同时，阿南德领我坐到靠窗的一张椅子上，他自己则后退到房间深处，在沙发另一端的一张椅子上坐下。毫无疑问，这样的座位安排可以方便对我进行全方位的审视。大多数时候，主要是比莉和阿南德在交谈，说工作上的一些

---

① 印度妇女用于裹身包头的整段布料或绸缎。

事，聊东聊西的。有时我也会被问到一个问题，但并不是那种出难题性质的，而只是邀请我表达一下看法，或者提供一些无关紧要的信息。比莉妈妈几乎没有说话，但始终面带微笑地倾听，眼神慈祥，哪怕目光落在我身上时依然如此。看上去情况不错，我心想。我试图和比莉的目光接触，但比莉只是简短地回应了一下。

在来之前，我预计会有抑制不住的谴责眼神，和我的父母、我的工作以及我的宗教有关的尖刻问题。但我和比莉妈妈最近的一次接触也不过是阿南德在说话时，我朝比莉妈妈看去，发现她也正带着揣测的目光看着我。她接住我的目光，笑了笑，又朝她儿子望去。蛋糕和茶也适时送了上来。经过两个小时左右波澜不惊的拜访后，我们启程返回帕特尼。

"我喜欢你妈妈，"我说，"她看上去很优雅。你长得很像她。"

比莉摇摇头，像是在担心什么事，却又不准备说出来。我猜她一定在脑海中复盘这次拜访。等她开口时，她说这次见面出奇地顺利。但我听出她的嗓音中有种排斥我的东西。第二天她上班时给我打电话，说妈妈招呼她晚上回阿克顿的家一趟。

"有什么事吗？"我问。我不想问是否和我有关，但无疑肯定和我有关。

"我不知道，"比莉说，"我大概会回来得比较晚。"

但当天晚上比莉根本没有回来，也没有打来电话。我担心极了，在脑子里想象比莉面对家人反复灌输的严苛现实，想象她的家人对我大加鞭挞。我们对他的家庭一无所知，他肯定也不是胸怀大志的人，只不过是蓝巴斯市议会体育和休闲部的一个职员罢了。他今后在经济上会成为累赘。你在银行的工作有前途。瞧，他们已经在投资理财方面对你进行培训。既然这样，干吗年纪轻轻的就委屈自己，和一个身世可疑的家伙好？这人还是个来自非洲的穆斯林！

我等比莉上班时给她打电话，但她没接。那天上午十点多钟，我收到她发来的电子邮件：昨晚的事十分抱歉，我稍晚些和你见面。这封邮件不但没让我宽慰，反而更令我担心。她为什么不给我打电话？那天晚上当我回到公寓时，比莉已经到了，而她平时一般比我晚回来。我拥抱她，但她的身体在我的怀里绵软无力，眼神充满疲惫和挫败。

"发生什么事了？"我问。

"对不起，真的对不起。"比莉说。

我等待片刻。我问到底发生了什么事，不过此时我觉得自己开始反应过来了。

"他们全都在场，"比莉的声音萎靡不振，"苏雷什专程从马德里赶回来主持裁决。我们走后，妈妈就把他召回来，她见你的目的只是为了验证自己在细节上的一些推断。然后她就给苏雷什打电话，说我和一个来自非洲的穆斯林黑鬼同居，要苏雷什第二天就回来，说服我和你断绝关系。苏雷什已经从阿南德那里听说过了。一切都是计划好的。他们毫无顾忌地用那个字眼：不管他人有多好，黑鬼就是黑鬼。我原以为宗教会是主要麻烦……对不起，我不得不和你分手。"

"不，你不能这样。"

"你不知道……我妈妈说如果我不从，她就自杀。"

"她绝不会那么做的！"

"我怎么能在这种事上冒险？"比莉泪流满面地说，"你不知道她会变成什么样子，她现在非常偏执。当我对她说不同意和你分手，她说这件事没有讨论的余地。她说我必须做出牺牲，这是为了维护家族的荣耀。我不知道你是否能理解她的家族荣耀观念。"

"不，她只是嘴上说说罢了……是为了让你哥哥们对你做工作。"我说。

比莉摇摇头。"如果我不服从，我真不敢保证她不会做出那种极端的事情。妈妈情绪抑郁时，就会说要自杀。我听她说，她自杀过。她还说，自杀是每个人都需要直面的，人从一生下来就会有自杀念头，并且会在身上潜伏一辈子。她还说，我和你待在一起的每一刻，对她来说都是折磨。如果我不离开你，她就杀死她自己。我怎么能肯定她不会那么做？我已经答应明天就搬回家住。"

我努力劝说她，可比莉却说她别无选择，继续谈论下去也没什么用。我们上床后，她静静地躺着，我在一旁不停地说着，苦苦哀求。后来她转过身去，背对着我。最后我肯定也睡着了，因为清晨街上传来的车水马龙声一下子把我惊醒。比莉还在仰面熟睡，右胳膊像往常一样搭在头上。我匆忙洗漱穿衣，因为要迟到了。我尽量轻手轻脚，免得弄醒她，不过我怀疑她是在装睡。她说过她要打电话请病假，好收拾行李。我一整天都坚信，等我回家时，她已经走了。但她没走。她一直在等我回来。

"我就是为了和你告别。"她平静地说，没有笑容，语气坚定。

"其实不必这样，"我语气温柔地说，"我们谈谈还能做些什么。总不能把一切就这么弃之不顾。"

"我现在什么都不想谈。我需要离开这里，把发生过的所有事情再思考一遍。我想最好还是快一点行动。这是我现在唯一能做的，"比莉说，"但是不辞而别也不好。毕竟这不是你的错。所以求你还是什么也别说了。我已经给阿南德打过电话，他马上就过来接我。"

我点点头，在房间里坐下来。面对如此决绝的态度，我只能报以沉默。过一会儿我走进卧室，换下工作服。阿南德过来了。他依旧微笑着和我打招呼，拿起比莉的行李，但没有说再见。黑鬼就是黑鬼，哪怕当面不说。比莉离开前，我们互相亲吻一下，是那种最轻微的吻。

在阿克顿那边看来，比莉选择和我一起的生活，肯定和实际真实的生活感受不一样。这样的行为轻率、幼稚，甚至是背叛。我想她的兄长们在劝说她时，肯定把我说成像个流浪汉，贪图觊觎他们家的天伦之乐，想把比莉勾上手，置她于不义的境地。最后比莉无法抵挡哥哥们的轮番劝说，而且关于她妈妈，比莉肯定没有向我透露全部实情。在我看来，她要挟自杀是一种搅局之举，目的是为了操纵、控制比莉。我不能理解自杀怎么会成为一个神圣的行为，也不能完全理解对于一个虔诚的印度教妇女来说，自杀的意义有多么重大。反正当时无法理解。在离开前，比莉并没有向我解释这些事情，所以我只能尽量去猜测，并在后来有了更多的发现。

比莉在我们的事情上没有任何通融，我们分手后，她拒绝我所有试图联系或再见面的请求。这一定是她对兄长和母亲的承诺。我第二次给她打电话后，她屏蔽了我的号码，使我无法打她的手机。她也不回我的电子邮件，最后把我的邮件地址也屏蔽了。我打她的办公电话，用尽各种办法，隐瞒自己身份，最后总算等来她接电话。她对我的问候一言不发，然后平静地说道："不要再打这个电话了。再打我就会被解雇。"面对这种峻拒，我觉得自己被残忍地抛弃。打完这个电话，我再也没有试图去联系她。

　　亲爱的妈妈，

　　一遍遍的问候。希望您和穆里娜一切都好。这段时间当我独自一人享受平静时，我想起来穆里娜已经十七岁了。我差不多是在这个年纪离开家的。我想象不出她现在的模样，肯定是年轻女孩的样子，但距离我上次看到她的照片已经过去很长时间。我本该请您每年寄一张她的照片，这样我就可以跟踪她的成长轨迹，可惜我没有这么做。心粗的我从来都没有过这个想法。有时我依然以为自己停留在刚离开家时的年龄，这种感觉不是刻意思考的结果，而是冷不丁地发现自己、想象自己的时候才出现。我仿佛看见很久以前那个十七岁的少年来到这里，或者至少我能感受到他那时候的心境。过了这么长时间，我还待在这里。我刚来时，从未想过自己会在这里待这么久。每个人都说：我觉得我不会长期待下去。

　　很抱歉我又是很久没有音讯，但这并不意味着我不思念您。您千万不要以为我是不关心您才不和您联系的，只不过每天似乎都差不多，忙忙碌碌，最后却没有什么好说的。但今天我倒是有一些消息跟您说。我准备购买一套公寓，就是我现在住的帕特尼的这套公寓。我很想知道您看见这套公寓会是什么想法。或许我该拍几张照片，拍下我坐在舒服的扶手椅上读契诃夫的样子，寄给您看看。您会觉得房间比较封闭，空间有些浪费——就我一个人。我经常想起我们以前居住的那个小房子，一切都是那么紧凑温馨，还不显得压抑沉闷。在这儿，我有时感到没精打采，空气中灰尘很重，让人呼吸不畅，有时我觉得快窒息了。

这里现在是夏天，天气变幻无常，经常是狂风暴雨夹杂着冰雹，然后又迎来短暂的阳光明媚。自从纽约杀戮事件①以后，新闻报道和公共场合人们的语言也发生了改变。大家都在谈论穆斯林激进主义者和恐怖主义者。他们用的是那套熟悉的自由主义话语，却刻意用暴力进行渲染。我觉得这也是见怪不怪了。有些留着大胡子的穆斯林讲的话也无法辨识真假。他们说这是基辛格和那帮犹太人策划的阴谋，安放炸弹然后栽赃到穆斯林头上，好让美国接管并征服穆斯林世界。他们充满仇恨愤怒，带着自以为是的正义感去密谋残暴的事件。这听起来和我们小时候津津有味读的那些故事毫无共同之处：回归麦地那，夜行，岩石圆顶②。我如今在这里更感觉自己是个异乡人。我很讨厌这点，但还得继续待下去。我觉得自己是个背叛者，却又不知道到底背叛了什么。

妈妈，几周前我失去了我心爱的女人。我觉得自己好像

---

① 此处指"9·11"事件。
② 《古兰经》中的经典故事。

失去一条生命。我跟她说起过您和爸爸，还有我们家的变故。迄今为止我只向她谈起过您。现在我感觉仿佛很廉价地把您的一部分给出卖、泄露出去了。有时因为孤独我觉得身体不舒服。有时我会记错日子，本来是星期三，我以为是星期四。可小时候，星期三我记得牢牢的，因为星期三让人感觉最糟糕，一周还长着呢。

我也不知道买这套公寓意义何在，但买下后我有种安全感，好像自己现在不会再无声无息地漂到一个巨大黑暗的陌生之地。我把能借到的钱全借了才买下它。但这必然会给我带来痛苦，在未来一年乃至更长时间，我都会因自己的贪欲而懊悔不安。我的笔记本已经记满写给您的未寄出的信，我很快就得买个新笔记本。

7
母亲

比莉离开带给我的打击，过了好几天才传遍我身体的每一处神经。最后我变得萎靡不振，疲惫消沉，甚至有些麻木。这种事如果不发生在我身上，我是根本不会相信的。我把比莉抛弃我视作一种肉体上的厌恶，两性感官上的强烈反感和兴味索然。我不得不强迫自己做一些最简单的事情，铺床、冲凉、做饭。但即便是我自己做的饭，我也吃不下去。我的睡眠不超过两三个小时，醒来后怅然若失。工作时我无法集中注意力，读书也读不进去。房间里的寂静让我感到压抑，有太多物品唤起我对比莉的回忆。我想回家探亲一趟，打破现在这种一成不变的生活，既让母亲高兴，也让自己宽心。回家肯定会让我不再想比莉，但我并未付诸实践。就这样一连过去了好几周。最后我找到一些办法，强迫自己走出神经麻木的状态。买下这套公寓就是其中之一。房主和我联系，说想出售公寓，我同意购买。这件事占据了我脑海很大一部分空间，将我对比莉的思念挤占出去。

长途徒步是另一个方法。我想那天比莉妈妈来公寓时，我被迫在外面散步是一个契机。我喜欢上了徒步，于是开始尝试独自长距离地穿越伦敦。有时我清晨出发，穿过泰晤士河，然后根据自己的兴致，有时向西，有时向东，最远曾走到奇西克和哈克尼。我整天待在外面，或者也可以说我强迫自己不停地走，最后再坐火车或巴士返回帕特尼。我总是随身带一本书，兴致来了就找一个合适的地点坐下来阅读。有时我走到坎伯韦尔，溜达经过当年住过的非统房，或者去荷兰公园，看看刚来英国时住的房子。到了春天，我有时下班步行回家，然后再出来去公园散步，或者远足至克拉彭广场，沿途在某个咖啡馆或小酒馆坐下来喝一杯。

一个星期五，我走了一夜，经过旺兹沃思、图万贝克、布里克斯顿、丹麦山、刘易舍姆，最后到达格林威治。路上我遇见泡夜总会的，醉酒胡闹的，还有像我这样走在沉睡的伦敦街道上散步的。多数情况下，我避开干道通衢，尽量在密如蛛网的小路上寻找路线，遇到彷徨不决的时候，我就朝左走。我在书中读到，查尔斯·狄更斯有一次和妻子吵架，曾在晚上步行七个小时，从位于伦敦中部的塔维斯托克广场走到罗切斯特附近盖德山庄自己的家。我还读到一群人身穿当年的装束，重走乔叟笔下朝圣者的路线，从索思沃克到坎特伯雷。我梦想自己也能尝试一下，在夏末的某一天，等太阳把大地烘烤得暖和一点，也走一趟这条路线，随身带一个小扁酒瓶，路上喝点酒给自己提提神。

　　亲爱的妈妈，

　　得知您喜欢我买的这个公寓，我真是太高兴了。但我得跟您说，这个公寓很小，买公寓也不意味着经济宽裕。其实恰恰相反，我现在每个月要偿还一大笔钱。总是不断地经受这样的考验却又得不到确定的结果，肯定会让人灰心丧气。或许这也意味着没什么可担心的。在这里，时间日复一日（年复一年）地过去。我很诧异时间流逝得这么简单、这么快。我算了一下，惊讶地发现自己在这里已经生活了这么长时间了。我觉得您说的对，我是该回去一趟，不然您都快忘记我长什么样了。我已经计划好，新年后回去，到时我有一些假期。我会抽出一个月时间，回老家看看，看看我的老妈妈。

　　谢谢您寄的穆里娜的照片。最近和您还有穆里娜通话真是太美妙了。我随信附了一张公寓的照片。

爱您的，

塞利姆

*　　*　　*

　　在接下来的新年前夜，我前往肯特郡的福克斯通和一位朋友共度新年。我和她是在一次培训课上认识的，彼此印象不错。后来她来伦敦前，给我打电话，想要见面。我们相处几次后，就在一起了。她名字叫朗达。虽然我把我们的关系讲得这么轻巧，但其实朗达是个不安分的女人。我对自己说，过完新年就不再和这个女人来往。

　　元旦的上午天气温暖，云层很厚，有稀薄的、若隐若无的雾霾。隐在雾霾后面灰白色的阳光却出奇地明亮，像镜子里的镀银层。这样的景象让我心情不好，因为某些种类的光会令我莫名地情绪低落。朗达的公寓在一楼，我坐在公寓的后廊，眺望面前的草坪，草坪随着斜坡一直延伸到旁边的诊所。这片草坪没有围栏或树篱作为边界，因为它全部属于那家诊所。这天是星期六，这儿又是小镇的尽头，非常宁静。小镇的这一片面积不大，只有几排维多利亚式带山墙的宅子，有些虽然是三层，但依旧是独家独户居住。小镇的路两旁都是高大的、叶子落尽的大树。我估计到了夏天，浓荫会把人行道遮得像昏暗的森林地表。从我坐的位置可以望见诊所的建筑。我猜朗达住的房子或许以前也是诊所大夫家的。这两幢房子是同一处房产。

　　我不时听见一辆汽车驶过，声音微弱不清，像在耳边低语，让人以为马路离房子有一段距离，不过我知道马路就从房子前方通过。虽然这天既是元旦又是星期六，但周围没有别的声音。朗达还在床上，戴着眼罩以示自己不想被吵醒。她的女儿苏珊娜睡在一位朋友家。在这个星期六的前几天，朗达一天凌晨给我打电话。我知道是她打来的，因为她总喜欢在这个时间打电话。她第一次给我打电话时，我以为电话来自另一个国度。现在每当她半夜给我打电话，我都不得不压抑内心痉挛似的负疚感，后悔自己没有经常给母亲打电话。

在新年夜好几天之前的一个凌晨，当我清醒过来去接电话，我知道对方是朗达。我本不想见她，但还是接起电话。我说了声"喂"，等待朗达在我俩交谈前那习惯性的停顿。果然过了几秒钟，她开腔了，说她睡不着。她说讨厌失眠，问我是不是一个人，有没有把我吵醒。我说是，然后就不说话了。又过了片刻，她说新年前夜也将一个人度过，这令她受不了。她不能忍受寂寞，尤其还是新年前夜。她问我有没有事，想不想来和她住一两天。这时我开始放任自己的沉默，在这沉默的几秒钟里，朗达的形象涌入我的脑海：她的眼神明亮中带着忧伤，温暖赤裸的身体在我旁边，她的痛苦。她这人身上有点不对劲的地方。她长得并不好看，下颏松弛，眼睛很小，但她表现得却仿佛自己是个美女，正是这种自恋让她显得妖冶撩人。

她打电话前，我们已经好几周互不通音讯。再上次我们在一起时，吵了整整一晚上，把对彼此的鄙夷不屑全部发泄出来，也对维系两人在一起的各种缘由进行大量的挖苦讽刺，最后才停下来。朗达不高兴时，说话总带着难以理解的肯定，使用的语言令我思索这座语言神殿的废墟下有何抽象意义，使得我胡思乱想，浮想联翩。我犹豫了很久，思考是否放任自己和这个女人继续纠缠下去。因为她说出来的话，好像和别人通常理解的不一样，她用的语言，侧重点只有她自己懂。过了一会儿，当对她的记忆再度涌上心头，我说，好吧，到时我过去。片刻之后，电话挂断，她整个人倏尔消逝。

这就是她的做事方式，任性，不安，易怒，一切都是为了要证明自己那愚蠢的独立。而在我看来，她却常常接近可悲的境地。每次我离开她，我都在想这是最后一次了。在这个和煦的星期六上午，坐在后廊等朗达起床时，我对自己的上述想法笑了。我的笑容里有一点点伤感和自怜，因为我不知道在我们的关系中，谁对谁更依赖一些。

* * *

我母亲在新年前夜去世。我是四天后才知道的，因为我星期一下午才从福克斯通返回。那时候母亲已经按日子下葬了，《古兰经》的祷告和吟诵已经结束。除了悲痛，我没有什么可做的。阿米尔舅舅星期一晚上打电话告诉我这个噩耗。

"塞利姆，是你吗？我有个不幸的消息。"他说。短暂停顿片刻，他继续说道："你母亲去世了。"

一股悲恸不由自主地传遍我全身，但我并没有哭出声来。由于我没出声，阿米尔舅舅接着往下说。他的声音低沉肃穆。

"我星期五上午从德里给你打电话，希望你能及时回去赶上葬礼，或者至少能赶上后面几天的念经。但电话没人接。我都开始怀疑穆里娜给我的号码不对，或者你搬家换号码了。我自己买到一张阿曼航空的机票，在傍晚时分到达，总算及时赶上了葬礼。我每天都给你打电话，一天打两三次，但一直到今天才打通。我甚至请大使馆的人帮我核实你是否依然在英国居留者的名单上。"

"我星期五在上班，"我说，"然后又外出几天，对不起没接到您的电话。"

"我们星期五下午将你母亲安葬，"阿米尔舅舅说，"当天晚上在马拉清真寺为她念经。我们在祷告文中还加了你的部分，因为我们知道你肯定希望我们这么做。"

"谢谢您，"我说，"这实在太突然了。"

"感谢真主，我们祈求真主慈悯她的灵魂。你妹妹穆里娜一直陪你母亲到最后一刻，听到她最后说完临终证言才灵肉分离。能够得到真主的首肯，在约定的时间归天，这真是极大的福分。"阿米尔舅舅说着引用了一句《古兰经》。接着他告诉我，谁清洗遗体，谁带着众人读祷告文，他对这些人如何地感激，因为母亲去世时弟弟和儿子都不在场。舅舅悲痛欲绝、发自肺腑的这番话让我吃惊，我以前从未听他这样说过话。

"死亡原因是大脑中的一个血块，脑血栓，"阿米尔舅舅说，"你知道她有高血压，对吧？还有糖尿病。这你也知道吧？不过你也许不一定知道。你从不主动和你母亲联系。你几乎没给她写过信，从未想过打个电话问问情况。所以你怎么可能知道呢？好了，算了，现在说这些也没有用了。你至少应该在外出时留一个号码，以便在这种情况下能联系到你。你难道没有手机吗？现在人人都有手机。"

我把这种场合下要说的一切可怜自责的话全都说了：我责怪自己身为儿子在母亲临终时不在身边，责怪自己由于不接电话让大家焦急。其实我早就在存款中预留了买机票的钱，以防万一。可是当事情真的发生时，我却没接到电话。我外出那几天没带手机。那时我还不习惯用手机，也不经常用，有时忘带手机，或者忘了开机。不仅如此，我反而和朗达在一起。一想到朗达以及她那些没完没了的鬼把戏，我就对自己的欲壑感到恶心。

"事已至此，一切都已无可挽回了，"阿米尔舅舅道，他的嗓音又变得刺耳坚硬，"我估计你过得不错，生活也取得一定的成功。现在我有你的电话号码，下次我途经伦敦时会给你打电话。我们一起喝喝咖啡聊聊。你最好把手机号码也告诉我，万一你不在家好联系上你。对了，关于丧葬费用你不必担心。这事由我和哈基姆来处理。好吧，就这样。家人让我代为问候。多保重，保持联系。"

其实我一直在等待这个噩耗的到来，充满恐惧，觉得这是意料之中的事，但又无能为力，只能保持克制。母亲所说的那些检查让我非常担心。当我问及时，她肯定对我没说实话，因为她总是说什么也没查出来。她才五十三岁，如果在这里，过着这样的日子，生活在这样的时代，她是不会这么早就离世的。但她并不生活在这里，而以前的日子又充满艰辛。我等阿米尔舅舅挂断电话才放下听筒。我为错过母亲的葬礼而内心不安，但并不对错过葬礼感到多么伤心。对了，关于丧葬费用你不必担心。这事由我和哈基姆来处理。操办一场配得上母亲体面的葬礼，会让他们获得满足感。反正与其说他们在乎母亲的脸面，还不如说他们在意自己的脸面。阿米尔舅舅向我提及丧葬费用，就是想提醒身为儿子的我做得多么不够。

我拿出那个保存母亲信件的鞋盒，整晚通宵地从头到尾阅读每一封来信。有很多封信。阿米尔舅舅又在胡说。我和母亲的通信比我印象中还要多。哈比比①，这是母亲在每封信的开头对我的称呼，意思是宝贝。信的结尾都是玛玛考②，意思是你的母亲。

哈比比，

收到你的来信，得知你的消息，真是太让我高兴了。我非常满意你被职业学院录取，这么快就正式开始学业。我知道你是个勇敢的孩子，一定会按要求完成学业上的任务，让这次留学之旅取得巨大成功。你一定会努力学习，然后回家和我们过幸福的生活。我这辈子哪儿都没去过，所以无法想象你在那边是如何生活，看到哪些东西。你一定要跟我讲讲，好让我的脑海中可以浮现出画面。人们和你说话，你听得懂吗？我听说现实生活中没有人像广播电视上那样说话，你到了那边之后会听不懂别人说什么。自从你离开家后，房子里冷清极了，虽然穆里娜尽可能让它变得热闹起来。她也很思念你。

玛玛考

哈比比，

我刚读完你这个月月初寄来的信。这封信好几天来一直放在邮箱里，可我还不知道。去邮局要走很远的路，我只能偶尔去一次，所以抱歉这么晚才回信。我喜欢你在雪中的那张照

---

① 原文为阿拉伯语。
② 原文为斯瓦希里语。

片。看了照片我都想亲手摸摸雪。当然我只能看看照片而已。不像你，我还从未在冰上站过。你现在真是个探险家！

你千万不要抱怨周围人爱发怒，不要抱怨太吵闹。生活中没有什么事来得很容易，你只要保持戒心，尽力做就行了，不要去惹麻烦。我们这里听到的关于欧洲年轻人的说法都跟酗酒和暴力有关。如果遇到困难，你舅舅会给你建议，所以凡事在做之前都要征求他的意见。请代我向他和阿莎舅妈问好。

玛玛考

哈比比，

今天居然有你两封信在等着我。如果按照这个速度，你会让我变得贪心的。我很高兴得知你取得优异的成绩。我就知道你肯定会取得成功，令我以你为荣。这里的雨季已经结束，天气很好，不太炎热，到处都是绿色，微风柔和，徐徐不断。你肯定会喜欢在这里。

今天我们搬到新的公寓，非常舒适，里面有各种现代化设备，还有一个浴缸！公寓背面有个阳台，我准备种一点盆栽植物。我一直想在室内种些植物，却始终没有地方。从某种角度来看，离开老房子令人伤感，但从另外的角度看，这也是幸事。终于可以摆脱那个背后说坏话大王碧·玛亚姆！

你一定要给我寄一张照片来。我想亲眼看看你穿着那件他们强迫你穿的丑陋大衣到底是什么样子。他们肯定是为你好，你这个不知好歹的坏蛋。穆里娜说她爱你，我也是。

玛玛考

在我来英国的第一年，还有几封这样的信件，语气欢快，充满鼓励，有时也带着温和的责备。但后来当我在学业上遇到麻烦，与阿米尔舅舅、阿莎舅妈关系也出现问题时，信的语气也变了。我把离开荷兰公园后母亲寄来的信也从头到尾读了，能感到她对我遭遇的挫败的失望，信中鼓励的口吻也是强装出来的。此后我写信的频率肯定越来越少，因为母亲大多数来信一开头总是在抱怨好久没收到我的信了。有时母亲的来信开头会道歉没有及时回复，或者表示收到我上一封信的惊喜之情。其实我本来可以做得更好。读完母亲的来信，我开始浏览自己的笔记本。笔记本一共有三本，里面全是只写了开头或者被我整篇废弃的信。不过后来有几封信读起来好像我压根不打算寄出去。这些信母亲都没有读到。这些没有寄出的信是我在脑海中和母亲的谈话。两个笔记本已经写满了，第三个笔记本还有一些空白页。我利用这几页空白给亡母又写了一封信。

　　亲爱的妈妈，

　　一遍遍的问候。天气看上去快要下雪了。我知道您最喜欢收看天气预报了。我还没看天气预报，不过从感受到的寒意和宁静来看，快要下雪了。

　　您为什么不告诉我糖尿病和高血压的事？您知道血栓的风险吗？我想，我一直在等待您离世的消息，不是我盼望您死（请不要介意我在您身上用这个字眼），而是我害怕自己永远无法对您说，磨难总算结束了。我现在干得不错，有一些好事可以跟您说说。如果您早一点告诉我，我就去看您了。

虽然我现在没有什么重大的好消息告诉您，但一些点滴小事也能将我的生活串起来，向您展现这并非毫无希望的人生。只不过这些小事不值得大书特书罢了。

爱您的，

塞利姆

*　　*　　*

两天后——我需要一些时间来准备——我拨通了母亲的电话。我预计哈基姆会接电话。对于这个男人，我现在决定称呼他的名字了。看到我结束这种赌气般的耍小性子，我想母亲一定会露出笑容。她以为我拒绝哈基姆以及他的礼物，是冲着她去的，是对她的指责。但是她这样想就错了。我拨电话时还能感到一种淡淡的反感，或许也是害怕，一种直面剧烈贪欲时不自觉产生的无助感。但我想和穆里娜说话。她同样失去了母亲。我想听见她的声音，问候她，让她宽心。我不想从她那里获得任何东西，也无法给予她任何东西。这就是我的想法。是穆里娜接的电话，但我听到的却是母亲的声音。

"穆里娜。"我说。

"塞利姆，"她立刻说出我的名字，"塞利姆，塞利姆！听见你的声音真是太好了。你的声音一点没变。"

"穆里娜。"我说。

"我知道是你打来的。一听见长途电话发出的空旷铃声，我就知道是你。"

"对不起我没及时接到电话，"我说，"我本该回来的。"

"事情发生得太突然了，"穆里娜说，"妈妈和平常一样正服用血压药，自己能照看自己，但出事那天她头疼得厉害。在此之前她头疼已经好几天了，但并未太在意。我们不知道头疼是发病症状。那天她还感到头晕，右腿发麻。医生后来告诉我们，这是血栓，就是血块从身体其他部位移过来，将脑动脉阻塞住。"

"对不起。"我说。

"我知道，你要是能回来肯定会赶回来的。要是见到你就太好了，"穆里娜说，"哪怕你是因为奔丧才回来。我们大家都很想念你。妈妈经常说到你，几乎天天都说，好像早晨刚看到你似的。你知道她是怎么说你的吗？她说你忠诚，是有信仰的人①，总有一天你会回来的。但现在事已至此，我们也无能为力。"

我想不出该说什么，只能心怀愧疚，无言以对。我过去在等待上花了太多时间，现在一切都太晚了。我听我妹妹向我讲述葬礼的事。"阿米尔舅舅回来得正及时，他从机场直接赶到葬礼现场。爸爸安排一个助手在机场接他。阿莎舅妈和爸爸家的姑妈们都很帮忙。爸爸的一个堂兄还陪我在扶灵队伍中走了一会儿。我还没想好接下来该怎么办。我肯定不能一个人住在公寓里，况且我还要在达累斯萨拉姆上最后一年学才能毕业。我准备等毕业后再做决定。这套公寓是在妈妈名下，是她的财产，所以现在属于我们两人了。你要是回来，

---

① 此处原文是斯瓦希里语。

哪怕只是短暂探亲，也有地方住。"

穆里娜用出乎意料的镇定口吻讲述这一切，像一个经常打电话的人，知道怎样在电话上讲事情，做决定。她从小成长在有权有势的人当中，这大概能解释她为什么说话这么自信。或许也可以说她继承了她爸爸胆大无畏的基因。说着说着，她肯定意识到我一直沉默不语，于是停下来，过了一小会儿说："塞利姆，你还在听吗？"

"噢，是的，"我说，"我正在听你说呢。"

"我一打电话就聊个没完。"她笑了。

"这是长途电话，肯定花了你不少钱。下次我来给你打吧。"

"不要介意电话费，"我说，"我把电子邮件告诉你。我们不能让一个学生打长途电话。"

后来穆里娜在一封电子邮件中告诉我，我父亲回来了。她这样写道：在妈妈葬礼三周后，他回来了。我不知道他回来是否和妈妈去世有关。这件事是爸爸告诉我的。他只说有人告诉他，塞利姆的父亲回来了。我不知道他这次回来是不再走了，或只是探亲。过几天我要去达市上学，这是我在商业学校最后一年的第二学期。我们保持联系，你有事就告诉我，我有事也告诉你。

父亲回来的消息真是太出乎意料了。我从未想到他会回来。得知这个消息我笑了，我的老父亲居然决定回家。我想象他一定是获悉母亲去世的消息才回来的。昔日的夫妻之情促使他回来。我决定我也要回去，时隔这么多年，重新追上这位神经兮兮的老头。我立刻给穆里娜回邮件，告诉她我决定回去，让她帮我问问，我父亲到底是长住还是短住。穆里娜立刻就回复邮件。我们两人肯定都一直坐在电脑前：好嘞，等着。这就是个时间问题。我去达市之前帮你问清楚。

　　亲爱的妈妈，

　　他因为你回来了，我不知道经历了这些不愉快之后，他为什么要这么做。如果我问他的话，你觉得他会告诉我吗？在我以前的印象中，他不是个健谈的人，这点你肯定知道。

第三部分

8
归来

我在工作上做了安排，留出假期，提前订了一张机票。我要等到六月份才能有一个月的假，不过现在不着急，因为父亲又和过去一样，去卡米斯商店后面的房间里住下了。穆里娜去商店问候他，带去我的消息。父亲当年前往吉隆坡时，她应该六岁。不过她不认识父亲，或者毋宁说父亲不认识她。那时候父亲已经和任何人都不怎么交往了。穆里娜跟我说，她向父亲自我介绍，说是塞利姆的妹妹，父亲说，啊。他只说了一声：啊。他看上去身体不错，只是有一点虚弱。当穆里娜告诉他，我几个月后将回来时，父亲露出笑容。告诉他，我会在这里，愿真主保佑，他说。

我没想好回去后住哪里。我应该住到哈基姆送给我母亲的那套公寓吗？我肯定不想住那里，我也同样肯定穆里娜希望我住那里。这是妈妈的公寓，现在是我们的了，穆里娜在电子邮件中写道，我在这里度过了大部分的时光。但对我来说，这套公寓象征着黑暗。我不想拥有它的一丝一毫。首先，它过去是穆里娜父亲的财产，现在变成穆里娜的了。我得想个办法让她明白这一点。我提前在互联网上预订了一个旅馆，这样到时候就不会有争执了。

我试着去想象父亲的样子，但又没有太用力去想。我的脑海中很难消除那天下午我去告别时他的样子。他在卡米斯商店后面的房间里，表情疲惫，衣衫褴褛。我现在记不太清他当时给我的晦涩难懂的建议。到底是，赐福是爱的源头还是爱是赐福的源头？不过这些已不再重要。它们只是话语，话语并不会真的让人不幸福，从长远看是这样。但记忆却能让人不幸福，那些静止不动的黑色时刻，拒绝主动消失。所以在出发前的几周时间里，父亲一直在我脑海中保持着那说话含糊不清的隐者形象，就像我少年时每天见到的那样。他现在居然又回到那种生活中！是什么样的信仰让他做到这一点！他是个有信仰的人。① 那位老学究肯定去世了，接下来当母亲也去世时，父亲回到了她的身边。

自从我来英国后，我并不经常旅行。我曾和几位朋友乘坐欧洲之星列车去过巴黎，也曾和朗达乘轮渡去布伦② 玩了一天。几年前，我还和一位女性朋友去阿姆斯特丹来了一趟城市短假游③。剩下的就是偶尔去英国各地转转。所以这次返乡之旅是我第一次长途旅行。本来隔了这么长时间再回去，我就有些焦虑，旅行经验的缺乏又加深了我的焦虑。但随着出发日期的临近，对于即将到来的旅程，我觉得心情比自己预期的要平静许多。我告诉穆里娜已经预订好旅馆，免得她再劝我去家里住。穆里娜说她会去机场接我。

---

① 此处原文是斯瓦希里语。
② 法国北部海港城市。
③ 上世纪末，由 Time Off 等旅行公司策划推出的以城市为目的地，利用周末小假期进行的旅游。

飞行是激动人心的。晨曦时分，当飞机飞临桑给巴尔上空，在着陆前短暂的时间里，我用眼睛搜寻陆地上熟悉的景致。第一口呼吸就让我识出家乡空气的味道，虽然这种感觉和我以前想象的不一样，也难以用语言来形容。但我知道这种味道，哪怕半夜把我叫醒，我也能识别出来。走下飞机舷梯时，站在后面的人轻推我一下。这趟航班挤满了英国游客。他们肯定迫不及待地想去享受假期的快乐，而我却希望多停留一会儿，好好品味一下返乡的心情。

当我正在过海关时，我看见护栏外面的穆里娜。她站在飞机场出站口外面的人行道上，左手搭在将乘客和外面隔开的金属栏杆上。我凭借她上一封电子邮件里附的照片认出了她。不过即使没有照片，我也会认出来。她长得和母亲太像了，比母亲可能还高一点。我朝她挥挥手，她也朝我挥手。虽然隔着一段距离，我能看到她的笑容从容镇定，好像对即将到来的场面并不慌张，好像她要见的这个哥哥只是离开不过几天，就像妈妈一样。我们拥抱亲吻，然后她向后退，用自信的目光仔细端详我。还是那么帅，她说。接着她领我走向汽车。她自己开车。在我出国之前，女人开车还是稀罕事，不过我预料到国内的情况已有所改变。她说话的样子好像已经认识我一辈子，可其实我上次见到她时，她才三岁。

"顺便说一句。"在我们兴奋的交谈和我听她说话时走神去看窗外熟悉的景色之间，她说道。我对这种用随意口吻说出的顺便说一句非常熟悉。这通常是个引子，而且后面的内容一点也不随意。于是我全神贯注听她接下来的话。

"顺便说一句，"她忍不住笑着说，"我把你订的旅馆退了。你和我住一起。”

“干吗要这么做？我已经付款了。”我说。

“不，你还没付，”她语气肯定地说，“我向旅馆核实了。你不要再争了，也不要再犟了。既然有自己的公寓，我绝不会让自己的哥哥住在别处。如果那样的话，人们会怎么说？你能想象吗？”

我又和她争执一番，可无论我怎么说，她脸上始终保持平和的笑容。“先看看你喜不喜欢这个公寓，”她说，“你在这儿想住多久就可以住多久。下周我要回达市住四个晚上，参加最后一门期末考试。然后我就可以回来了。到时我们再细聊这阵子发生的事。你会发现，住在家里比你一个人把自己关在旅馆里要强。”

我再一次惊讶她为何行事如此利落果断。母亲以前一定不像这样，或者说即使这样也是在生我之前。所以我猜穆里娜是遗传她父亲的性格。公寓位于基蓬达，穆里娜把车停在什叶派伊斯玛仪派①的一个居民区前的院子里。这个居民区高大的正门看上去很新，穆里娜说刚刚翻修过。阿迦汗基金会②在老城区投入巨资，修复古老的伊斯玛仪建筑，并重新铺设人行道。你等弗洛达哈尼花园③修好去看看，她对我说。

---

① 伊斯兰什叶派的主要支派，信徒约 700 万，主要分布在伊朗、伊拉克、黎巴嫩等地。
② 伊斯兰世界一个重要的发展组织，致力于改善穆斯林的生活水平和福利，修复伊斯兰世界历史遗迹。
③ 位于桑给巴尔石头城郊区的著名旅游景点。

"这辆车不是我的，"穆里娜解释道，"这是我姐姐的车，不过我随时可以借来用。她现在在波士顿上学。所以你想让我开车带你去哪里就尽管说。我傍晚时把车子还回去，如果你愿意的话，可以过来和家里其他人见见面。爸爸现在在国防部上班，他快退休了，不用整天都上班，还车的时候我们可以去看望他。"

我没有马上答话，沉默了片刻。"下午我要去看看我父亲。"我说道，心里后悔自己不能坚持原来住旅馆的计划。对于那些乱七八糟的客套礼节，我知道无法拒绝。为了避免内心愧疚，我要先去看望父亲。我不能让父亲发现，我回来后见的第一个人不是他，而是那个灵魂毁灭者。"那些事情后面再说吧。"我说。

我没有直接去卡米斯的商店，而是慢慢地在大街小巷转悠。有些人居然认出我来，跳起来和我打招呼。时隔这么多年，他们怎么还能记得我？我自己感觉变化这么大，而他们却怎么看上去没什么变化？我到了商店，发现卡米斯坐在凉棚下的一张长凳上，外貌基本上和以前差不多，只是老了一些，也更胖了。一个小伙子在铝制柜台后面招呼顾客。卡米斯一眼就认出我，站起来高兴地咯咯笑着，和我握手。寒暄之后，他说："进去吧，他估计在睡觉。去把他叫醒。"

父亲不在睡觉。他坐在桌旁看书，就像当年一样，只不过现在戴了一副眼镜。当我出现在敞开的门口，他摘下眼镜，坐在那里凝视我一会儿，然后站起来，向我伸出一只手。我没有和他握手，而是拥抱了他。他的身体单薄瘦弱，头发也白了，从前额往后开始变秃，剪得很短。我把给他买的一包礼物送给他，几件衬衫，一些书，还有糖果。父亲说了些客气话，接过包裹，放到一旁，也没有打开看看。我们简单聊了一会儿之后，他说："我去换衣服，然后我们一起出去散散步。"

一开始我们只散步，没说话。我发现自己现在比父亲高。我不记得离开前我比父亲高得这么明显。我们走得很慢，我觉得他时不时有些跟跄，好像尽力在保持平衡。刚才拥抱时，我就感受到他的虚弱。现在从他的步伐和笑容里，我再次看出这一点。他时不时摸摸我的胳膊，说一些爱怜赞赏的话……你看上去真不错……表现出的外向和以往大不相同。我们在一家小餐馆前停下来，点了茶。这家小餐馆很吵，顾客和店员之间点餐和打趣的声音十分嘈杂，令我无法放松心情。这里的一切都油腻腻的，杯子、桌子、随茶送来的圆饼。这种油腻不光肉眼可见，而且渗透到餐馆的整体氛围和装潢布局里。我觉得自己在这里会很不适应，但我忍受了下来，因为这是父亲最喜欢的餐馆。别处也许有更干净的餐馆，但父亲每天至少来这里两次，喝茶、吃晚餐，因为餐馆老板和他从上学时就认识。

*　　*　　*

前几天我们就这样平和地叙旧聊天，反复去那家餐馆，没有去碰不好回答的问题。我早晨去找父亲，我们一起散步，顺便做一些日常杂事，买一些水果作午餐，为收音机换新电池，路过餐馆时买个圆饼和一杯茶。然后我们回父亲的房间，再聊聊天，一直到午餐时间。这时我回穆里娜那里。上午她一般用来复习功课。她爸爸的表妹碧·拉赫玛上午会过来为我们准备午餐，打扫卫生，并带来他们家人的问候。我还没去拜访他们，准备不久后去一次。

傍晚时分，我会再去看望父亲。我们一般和卡米斯坐着聊一会天，然后又出去散步，或者去海边，或者在街上溜达，像人们在一天中这时候通常所做的那样。我们在路上和熟人打招呼，随便聊几句。你准备什么时候回来和你父亲团聚？你这次是带家人一起回来的吗？你还没结婚，是怎么回事？前几天见到熟人一般都是这些问题。我和父亲以及穆里娜聊天时，主要聊的都是关于我的情况。这些年我过得怎么样？伦敦的生活是什么样子？我在哪里工作？具体做什么？英国人是不是像看上去那么傲慢？

我把在英国的生活尽可能说得积极乐观。令我自己也惊讶的是，这么一说之后，这些年在英国所承受的负担好像减轻了。更惊奇的是，我觉得自己怀念在英国的日子了。当我问父亲问题时，他用自己的方式回应。他不正面回答，我不强迫他，也基本上不去鼓动他说。我觉得自己应该小心翼翼，免得吓着他。不过父亲现在说话非常连贯，好像也没有顾忌。我开始预感早晚他会把一切都说出来。我只需要让他按自己的方式来做。父亲说话连贯得让我惊奇，不仅是因为他过去沉默寡言，而且我不记得他居然知道这么多事情。

第二周的周初，穆里娜前往达累斯萨拉姆参加商科的结业考试。她计划去四天。她离开的第一晚，父亲请我去小餐馆吃晚餐，主菜是咖喱山羊肉和印度抛饼，配菜是油炸红鲷脂鱼。食物油汪汪、亮晶晶的，但父亲毫不犹豫地开吃起来。他吃得很香，身体前倾，以免食物滴落到衣服上。我也摆出一副狼吞虎咽的架势，免得被人嘲笑变得像个英国人。我爱吃这些菜，但希望烹饪手法更家常一些，大大减少用油量，不要带这么多骨头，肉的部位不要太廉价。当我对他说这些时，父亲大笑起来，嘘了一口气，像他多年前经常做的那样。他说他爱来这种小餐馆吃这种垃圾食物，在吉隆坡时还馋这些东西。这些食物让他回想起年轻的岁月。我说这些食物对身体不好，太油腻，但父亲摆摆手，并不理会。

吃完后，我们回到他住的房间。这次父亲说了很长时间。最后我索性舒展身子躺到地垫上，父亲躺在床上，我们聊了一夜。有时说到某个要紧处，他又习惯性地闪烁其词，把话题岔开了。但随着夜渐渐深了，他对我越来越推心置腹，亲密无间。他好像要把一切都说给我听。他不会直接把一件事情说出来，有时中间会停顿很长时间，让我误以为他可能睡着了。父亲说话没法像作证或做总结一样。他总是说说停停，好像要重温一下话中描述的情景，或核实一下内容，有时对某些事情他不愿意回忆，有时对另外一些事情却又笑着流畅地讲述出来，还用一只胳膊肘支起身体，看我是否听懂他说的意思。

有些事情是我母亲告诉他的，因为他当年不可能在场。有时他回忆某个细节时，需要绕回到刚才已经讲过的某件事中；还要考虑由于出现这个细节，其他相关的事情也要相应地改变。有一次我问他一个问题，因为我没听明白某个细节。父亲沉思了一会儿，好像有所醒悟，接着他问我是否真的愿意听这些旧闻旧事？我是不是听厌了？难道不想回基蓬达我母亲的公寓去睡觉吗？此后我就不再问问题了，任凭他信马由缰，想说什么说什么。

到了早晨，我回公寓睡一会，傍晚时分再回来看父亲。我们绕城转了转，父亲向我指点他聊天时提到过的地方。我们以前的旧宅和周围拥塞的老街区都还在。主路旁那几排公寓也在，但小路上全是垃圾杂物。那几排公寓后面很脏，尽是些黑漆漆的泛着荧光的水洼，各种废旧金属以及人们扔掉不要的家具。城里到处都是人，马路上车辆比我记忆中多了很多，也更加吵闹。散完步，我们照旧去那家小餐馆，享用油腻的晚餐。之后，我们回父亲的住处，听他讲述更多他想对我讲的事。于是又是一夜的长谈和倾听。在这第二晚，当夜深了，街上已经漆黑，一片寂静，父亲终于讲到他爱情失意、失去母亲的那段日子。这时候父亲站起来，关掉电灯。在黑暗中说这些事对我来说更容易些，父亲说。在黑暗中，他的声音仿佛在我耳畔。下面就是他对我所说的。

9
第一夜

我父亲马利姆·叶海亚是一名教师。这个你是知道的。他就在你小时候上学的那所学校教宗教课。不过你上学时，他已经不在那里了，所以你从未见过他。具体来说，他教的是伊斯兰教，而不是一般性的宗教思想或宗教哲学。我不知道到你上学时，宗教课还是不是这么教。

我父亲是一名宗教学者。他在去公立学校教书前，已经在《古兰经》学校教了很多年。他还是小伙子时，他的老师们发现他能领悟真主的话，而且天资聪颖，不但自己能懂，还会教小孩子。大概从那时起，他就开始在《古兰经》学校教书了。其实识别这方面有天赋的人并不难。对于他们当中有些人来说，能理解真主的话是一条受赐福的人生道路，他们可以发挥自己在宗教学问上的才华。这些人会成为当地的传奇人物，走在大街上人们会用戏谑玩笑的语言赞美他们。我父亲马利姆·叶海亚当年就是这样一个年轻人。当他只有十几岁时，人们爱拿他的学问开玩笑。到了后来，他成为一个名人，人们在祈祷时总是推举他领读。这是无权无势的普通人能给予同辈的一种敬意。祈祷时你领着大家，大家就会尊重你。当马利姆·叶海亚带领人们祈祷时，那些最长、最难的《古兰经》章节，他凭借众人皆知的记忆力可以毫不打结、一气呵成地背诵下来。在教徒集会上，如果有人向他请教，他不但会把相关宗教问题涉及的章节和诗节解释得清清楚楚，而且语气不容辩驳，语言娴熟流畅，这种才华只能是真主赐予的。

　　他不光是一名学者，他们那代人对世界的全部理解都是通过宗教和各种宗教比喻获得的。这并不是说他是个无知的人，死守着中世纪的思维模式。不过他确实坚信邪恶力量的存在，并且认定它会吞噬人类生命。邪恶力量以各种坏心肠的精灵形式在空中飘荡，围攻那些萎靡不振、意志不坚的人。对于欧洲的学问和成就，他一无所知，或者说近乎一无所知，也不关心。对于历史上那些狂暴的战争和民族冲突，他也不感兴趣，所以他不可能援引历史来解释当今世界上的事件。和全世界的人一样，他知道欧洲人狂暴意志造成的恶果。他不太关注其他宗教和其他民族的所作所为。对他来说，那些都是一群群遥远的异乡人在晦暗的世界边缘地区所做的无法理解的事情。他们做的那些事，除了他们自己之外，对外人毫无影响。如果需要对某个难题或事件进行解释，他总能在穆罕默德或他同伴的人生中找到合适的例子，有时也能在穆罕默德之前的先知故事中找到。除此之外，在穆罕默德之后源源不断出现的宗教学者的深思熟虑中也总是蕴藏着智慧和启示，就像我父亲过去常说的那样：感谢真主如此慷慨仁慈，给予我们能理解的指引教导。

就连马利姆·叶海亚给孩子们讲的故事，也总是点缀着一层宗教智慧，或者就从穆罕默德的人生中撷取某些片段。他在讲这些故事时并不用一种执拗的方式，而是仿佛它们平常就在他脑海中无意识地萦绕，或者是在交谈中突然生发出来的，不像是强行向我们灌输，但其实就是如此。我被父亲渊博的知识深深吸引。无论我问他什么问题，他都可以解答，而且解答得从容不迫、细致入微，还能举出几个例子。有时候我把一个问题放在心里一两天，等到父亲状态好的时候再问他。所谓状态好，就是他不感到疲倦，不在聚精会神想事情，也不受剧烈的头疼病的折磨。到了那时，我就知道会从他那里获得一个翔实的回答，而不是简单的敷衍。

譬如说？你是说，什么样的问题？有一次我问他的名字有什么涵义？那时候我对人名所寓含的各种意义十分感兴趣。我父亲喜欢这样的问题，因为这些问题适合展开讲。他告诉我：叶海亚是一个先知的名字，基督教徒称这位先知叫约翰。你母亲的名字玛哈富达，意思是受真主保护的人。你妹妹苏菲亚，意思是心灵纯洁的人，像苏菲①一样。父亲还告诉我，我的名字取自阿卜杜拉·伊本·马苏德。他是个牧童，历史上第六个皈依伊斯兰教的人。父亲向我讲述这个牧童如何无师自通，成为穆罕默德时代最伟大的《古兰经》学者，也是最受尊崇的《古兰经》吟诵者和诠释者。他还讲了阿卜杜拉·伊本·马苏德在古法②的岁月。在那里，他遇到其他学者，他们一起致力于传授教义，为伊斯兰文化做出贡献。这就是信仰的作用，父亲对我说，信仰能够揭示人们的谬误，令人们警醒，让卑微的人取得崇高伟大的成就。你的名字就来自这样一个伟人，父亲说。

奇怪的是，马利姆·叶海亚最后去了一所公立男童小学教书。他自己从未上过那种学校，也没学过罗马字母。一开始他是为了履行自己的社会责任，才接受这项义务。否则他可以在《古兰经》学校一辈子当一名宗教老师养活家人，无怨无悔地过一种苦修生活。《古兰经》学校老师的收入主要来自学生家长支付的少许报酬，还有学生上学时带给老师的捐赠品和本地土特产，以感谢老师教给孩子们真主的话语。那时候的宗教学者都过着这种生活。对马利姆·叶海亚来说，宗教学者只是他从事的事业之一，一项清贫却值得尊重的事业。经过一段时间之后，我父亲对政府

---

① 在伊斯兰教中，苏菲指苦行禁欲主义者。
② 城市名，在今天的伊拉克。

给公立学校教师支付工资十分感激，他可以每个月稳定地获得收入，这笔收入可以使他自己和我们这些家人的生活获得意外的改善。但父亲真正的工作是学习和传播真主的话语和圣训。这才是他为之献身的事业，也真正带给他成就感。他在公立学校教的那些男童同时也上《古兰经》学校，或者曾经上过《古兰经》学校。这对于我们当时这些孩子来说是必须的。所以学生早已知道课程大纲里父亲要教的内容。但父亲还是不得不再教一遍。这能有什么坏处？在他的课堂里，每个学生都得高分，否则的话，这些学生算什么穆斯林儿童？

你也许好奇，我父亲最后怎样成为公立学校教师的。当时的殖民政府为了安抚学生家长，让他们相信上公立学校不会偷走他们孩子的灵魂，把孩子变成不信教者，所以不得不同意在学校开设伊斯兰教的课程。一开始说服家长并不容易，没有人想上公立学校。这些学校除了改变孩子的思想，还有什么用？当时流传一些故事，是关于基督教传教士和他们的阴谋诡计，说他们如何用甜言蜜语来哄骗民众。这些英国人为了达到目的，没有什么坏事做不出来。家长们立场坚定，坚决不让孩子上公立学校，除非学校开设伊斯兰教的课程。马利姆·叶海亚虽然从未上过正规学校，但能传授、诠释几百年来流传下来的伊斯兰圣训，背诵《古兰经》章节，不用稿子也能在葬礼上朗读祈祷文，所以就被一所殖民政府公立学校招聘去当老师。其他学者也被招到别的学校教类似的课程，这样家长就会允许孩子接受殖民教育了。这听起来很讽刺，对不对？像我父亲这样的宗教学者居然使得殖民教育变得具有可行性。

在我很小的时候，我经常陪父亲去清真寺和其他场合。他一般领着教徒做祷告或其他仪式。我就帮他拿着用活页装订的材料。轮到他讲《玫瑰经》时，我就把眼镜或念珠递给他，按他的吩咐给他来来回回拿材料。我知道父亲喜欢在工作时有我陪着，教徒也对我很好，许多人朝我微笑，还和善地拍拍我。我也喜欢这种置身众人当中的感觉，成为他们的一员。他们叫我小圣徒，预言我今后将继承父亲的事业，还笑我小小年纪就虔诚早慧，不过大家都很喜欢我。当我长到十几岁时，就偷懒放松下来，借口有学校功课不再去陪父亲。父亲和其他人显然知道我在撒谎，是在逃避。我就在父亲教书的学校上学，他肯定清楚学校对功课的要求。他一定很失望我对宗教和宗教学问的热爱是如此肤浅。

上面讲的都发生在独立时期①，后来就爆发了革命，很多事情就此改变。

*　　*　　*

说到这里，父亲停止了回忆，将视线移开。我记得母亲当年一回忆起革命时期，就痛苦难受。等父亲沉默了几分钟后，我就这么说了，提示他继续往下讲。他抬起头来，又一声不吭地坐了片刻，接着喝了一小口水，继续讲下去。

_____

① 此处的独立时期，是指桑给巴尔摆脱英国殖民统治，成立君主立宪的苏丹国时期。后来 1964 年桑给巴尔爆发革命，推翻了苏丹王朝，成立桑给巴尔人民共和国。

*　　*　　*

革命后的一两年里，像许多老教师和政府公务员一样，我父亲失去了公立学校的工作。他知道这种事迟早会发生。新政府宣称要节省开支，刈除旧时代的特权残余。新上台的统治者和来自社会主义兄弟国家的顾问们就是这么认为的。其中民主德国和捷克斯洛伐克的人占据了教育界的要职，中国人接管了医院，苏联人则在安全和军事领域当参谋。这些顾问大多使用比"刈除旧时代特权残余"更强烈的措辞。他们爱用坚硬残酷的语言，像清洗体系、切除烂疮、剪除焦枝，就像其他人曾经对他们所做的那样。对于受怀疑对象，唯一可行的改造就是消灭或流放，剪除焦枝。总之，大多数和旧时代有瓜葛的高级行政人员和教师心里都清楚，他们早晚会失去工作。他们中的有些人过去习惯了养尊处优的生活，无法想象自己和自己的工作被贬抑到这种程度。而其后他们感受到的轻视和贫困，和以前的生活相对照，无疑更令他们感到雪上加霜。在现实中，像我父亲这样的人日子同样不好过，因为他们以前的生活还算小康，现在政府一声令下，行动起来后，他们的居所变得逼仄，食物简陋粗糙，几乎身无长物。

当历史被改头换面重新叙述时，普通人别无选择，只能静静地坐在那里，麻木冷漠地静静等待旧的故事被嘲弄、解体。再过一段时间，大家可以私下里悄悄交流那些掠夺者们偷走了哪些东西。随着形势越来越严峻，屈辱和危险逐渐递增。寻找工作和安身之所的需求让很多人意识到他们原来是阿拉伯人、印度人或伊朗人。于是他们又捡起曾经任其枯萎的亲属关系，和国外的亲属重新联系。其中有些关系是人们在脑海中臆想出来的，属于病急乱投医。但也有很多关系是实打实的，只是长久以来被遗忘了。所以在印度洋沿岸有亲戚和熟人的家庭，都焦急地翻箱倒柜，寻找以前的旧信和纸片，看看能不能找到通信地址，虽然这么多年来大家音尘久疏。政府对这股寻亲热并未加以禁止。既然政治上要求去殖民化，就不能容忍心怀贰志者。政府要求民众全心全意效忠本民族和本大陆。随着革命的爆发，政治变得愈加暴烈严苛，迫使许多人不得不逃亡，因为他们担心自己的性命不保，未来无着。而对政府来说，寻求海外关系证明了这些人具有根深蒂固的异心。政府在耐心地等他们离开，同时尽可能悉数盘剥他们的财物。

这时有人在迪拜给马利姆·叶海亚找了份工作。他获得一本护照和离境许可证。这在当时并不容易搞到。倒不是说这种事难办，而是当时无论什么事都不好办。他在迪拜找到一份好工作，那里正需要他这样有学问的人，并给予优厚的报酬。父亲在做临行前准备时非常低调，生怕引起政府人员的注意。他坐渡轮离开，只提一个小行李箱，让人觉得只是出去几天而已。他在达累斯萨拉姆买了前往迪拜的机票，因为在达市没人认识他，也就不会有人存心阻碍他。马利姆·叶海亚不是那种苦修派学者，那些人视手表是对真主权威的挑战，坐飞机飞行是一种亵渎神灵的行为，因为这是在嘲弄真主的安排（如果真主想让我们飞行，他就会给人们翅膀）。对于停在机场要载他去迪拜的飞机，到底是用什么灵巧手段飞起来的，叶海亚也不会去多想。在他眼里，飞机就跟一头驴子、独桅帆船没什么两样，都是真主提供的交通工具而已。反正真主伟大。对马利姆·叶海亚来说，那些造飞机和开飞机的人，和日常生活离得很远，是一种虚幻的存在，他们也不在他的关注范围之内。那年月生活在小地方，没有电视、因特网和电子邮件还是过得去的，与世隔绝，不了解世界风云变幻，过一种心安理得、自持自足的生活。

几个星期之后，在迪拜安顿好，父亲给我们捎来消息。他找到一间出租房，在工资下来前先借到一笔钱款，可以把家人接过去。他没有告诉我们在找出租房时遇到的困难，房租有多么贵，借钱时他如何被迫同意屈辱的条件。身为丈夫和父亲，他有责任忍受这些，不需要多费口舌。

那些屈辱的条件到底是什么？他后来才告诉我，必须找六个人担保，才能借到钱款。这六个人还要收取报酬，并且一定要看他的银行账户。他还要牺牲巨大的无形资产，并且每月偿还一大笔钱，为此他只能去借更多的钱。这是噩梦般的经历，但他承受下来，没有向我们吐露分毫，直到后来才说。对我母亲来说，她只知道这笔钱终于可以让全家人和父亲团聚了。

我母亲玛哈富达把父亲的安排告诉我，我说不要他们带我一起走。我不愿离开。我那时已经十七岁了，住在从小生活的房子里。你也是在那所房子里长大的。我在上中学的最后一年，而且不久前刚和父亲闹过矛盾。就是那个众人尊敬的、学识渊博、得到真主赐福的父亲。我无意对父亲的功过妄加评论，但我觉得他有时对人要求太严，不近情理，而且脾气越来越坏。我觉得，他期望我在信奉真主方面比表现出来的或者说心里想的更加虔诚。就像我之前说过的那样，在十几岁时，我对真主神恩的狂热有些消退。这很可能是我父亲生我气的原因之一，再加上他丢掉了公立学校的差事，又担心在海湾地区找不到工作。

我觉得自己对父亲的要求越来越不耐烦，虽然有时我也自责，觉得自己任性无礼，规劝自己遵从他的教导。我知道我这个人有点儿吊儿郎当，遇到问题时，我总是把"我不懂"挂在嘴边，让人觉得我很幼稚，而父亲的博学也没能让他的脾气变得好一些，对我少动怒。他逼着我去参加那些祈祷仪式。如果我不去，就是没尽到自己的义务，真主会惩罚我的，他这样对我说。他还纠正我平时生活上一些越轨之事，那些事情有时在我看来不过比较新奇罢了。就像所有年轻人一样，没有课的时候，我喜欢睡懒觉。但父亲对此感到不满，把我叫醒，让我起床，去做些有意义的事。

"去做功课。"他总是这么说。

"现在放假，"我回答道，"没有作业。"

"不要和我顶嘴，你这个小混球。你不能预习下学期的课程吗？或者跟我去读《古兰经》，去市场帮你母亲干活，哪怕出去走一走也能锻炼身体。反正不要整天赖在床上。不要浪费真主赐予你的生命。"

对于我爱看电影的做派，父亲也不赞成。我小时候喜欢去电影院。对于马利姆·叶海亚来说，看电影象征着腐化堕落，是亵渎真主，有伤风化，还浪费钱。我只对浪费钱这一点表示同意。革命之后，政府在审查方面变得很讨厌。我猜这是受苏联和东德的影响。我们本来是傻乎乎的观影者，电影院放什么我们就看什么。原先电影院主要放的是好莱坞电影以及来自英国和印度的影片，牛仔片、谍战片、歌舞片、爱情片、人猿泰山之类。现在许多电影被审查者剪得支离破碎，不然就是在最后一刻遭禁，临时被换成另一部影片，或是老的新闻片以及动画片。即便如此，我依旧爱去电影院。

大家都知道谁是审查官，他是个高谈阔论却胆小如鼠的家伙。只要他认为当权者可能会不喜欢的内容，他就删掉。于是辛巴达、阿拉丁或阿里巴巴等题材的电影都没有了，因为喜欢这些故事的电影制作人无法想象剧中人物不带包头巾，而包头巾则有让人回想起被推翻的苏丹统治者的嫌疑。同样道理，丝质长袍、络腮胡子、吻指尖礼也不能在电影中出现。惊悚的谍战片不能放映，因为在这类影片中俄国人总是坏蛋，而现在俄国人是政府的朋友。帝国探险片也不行，因为片中的英国人高高在上，瞧不起人，总能打败深色皮肤的敌人。黑人赤身裸体的镜头也不许有，那会让人觉得他们像野蛮人。取而代之的是源源不断的印度歌舞片。这些影片充满传奇色彩，每隔几分钟女主人公就会突然来一段活力四射的舞蹈。还有刺耳的中国戏曲片，片中的年轻女人又矮又瘦，浓妆艳抹，咿咿呀呀地尖叫几个钟头。除此之外，还有意大利人拍的希腊神话片，影片中的人穿得很少，还有些荒谬的特技效果。不是所有电影都是平庸劣作，但确实许多都是粗制滥造，还有好多影片让人看不懂或者没完没了（一般是俄国电影）。可我还是喜欢去看电影。看电影虽然费钱，但所费不多。我喜欢电影院的环境，像一个黑暗的地洞，里面射出几道光柱。看电影时，我可以从一个世界穿越到另一个世界，然后一两个小时后，再回到自己的世界中。

父亲不光反对我看电影。他也不喜欢我交的朋友，或者说我在逃避宗教活动时的玩伴。这些人在大街上闲逛时吵吵嚷嚷，走起路来趾高气扬，放声大笑，不守礼数。父亲称他们是小流氓。其实他们不是流氓，只是扮作一副流氓的样子，惹是生非，假装成坏人。令父亲真正生气的是，他们不去清真寺，这倒是事实。或许父子之间难免会心生芥蒂，如果当初我多明白一些事理，我会在心里想，这种事最后双方会一笑了之。但我那时不太明白事理，是个十七岁的年轻人，还生活在一个父辈对晚辈严加管束的地方。我十分清楚身为人父，同时作为一个品德高尚的人，父亲有强烈的自尊心，希望我对他完全服从。我认为上述就是我们父子关系的真实写照，也是天下父子关系的真实写照。

我拒绝和父亲对抗，连想都没想过。公然反抗父亲对我来说是无法想象的大不敬。但我找到一些办法，躲闪逃避他对我的要求。我躲着他，对他撒谎，表面上朝清真寺方向走，但半路溜进一条通往电影院或餐馆的小路。我想他对我的行为心里有数，但不愿费力戳穿我，而我则小心翼翼地实施躲避，外表却对父亲足够恭顺从命。所以当父亲召唤全家人去海湾地区时，我的违抗就成了前所未有的大胆之举。我直接拒绝离开。如果当着父亲的面，我可能还不好这么直接，但现在父亲不在场，我可以对母亲说，我就是不想去，没有什么可以改变我的主意。我告诉母亲，这是我的国家。我不想像个无家可归的游子浪迹四方，向那些我连语言都不通的外国人摇尾乞怜。异国他乡有什么好，值得我放弃熟悉的一切？我要待在这里，等生活恢复正常。我母亲和妹妹们等了我整整一年，等我毕了业，希望我能回心转意，不要再犟下去。她们向我转述当时流传的说法，海湾地区的生活如何如何美好：那里的人们恭敬虔诚，轻而易举就能找到工作、买房买车，旅馆酒店灯火通明，商店里人头攒动，还有许多新奇的玩意，良好的学校，慷慨的政府。她们自己深信这些说法。不知道是涉世未深还是贪图欲念，她们不怀疑这些可能是跨国劳工臆想出来的白日梦。她们向我转述这些事，拿这些事向我施压，希望我改变主意，和她们一起走。但我不愿意，即使当时局势充满恐怖暴力。我不想走还有一个原因，就是你的母亲。

* * *

当父亲说到这里，我忍不住笑了。"我早就等着母亲走进你的故事里。"我说。

父亲举起手，掌心朝外，好像要我别插嘴。耐心点。

"她从未谈起过你们俩之间的事，"我说，"她什么事都不告诉我。"

父亲看上去很吃惊，思考了一会儿。"我爱你母亲，"他说，"她成为你母亲之前我就爱上了她。我这样说话，不让你感到困窘吧？"

我摇摇头，父亲也笑了。但我能看出由于激动，他的眼睛泪汪汪的。我等他继续往下讲。

* * *

　　她是我不想离开的理由之一。不过我没对任何人说起过，甚至对你母亲本人也是。也就是说，当年家人让我去迪拜时，我没对她说。我不知道该怎样对她说这种事。一想到和她说话，我就胆怯，气都喘不过来，更不要说这种话跟向她表白没什么区别。我说的一点也不夸张。我年轻时有这个毛病，一紧张舌头感觉就像肿了一样，把嘴塞得满满的，只会发出含混不清的声音。这种情况在和我父亲说话时出现过几次，有时和老师说话也这样。还有一次是我晚上骑自行车被警察拦下来，因为我的自行车没有车灯。我知道，如果对你母亲说的话，我还会犯这个毛病。

　　而且就算我最后克服障碍，成功把这些话说出口，我非常清楚她会是什么反应。是的，我估计她会用怜悯的眼神看着我，忍不住大笑起来。我当时是个一无是处的可怜虫，一个笨嘴拙舌、相貌丑陋的年轻人，没上过太多学，也没有什么前途，根本配不上她。我非常瘦，长着一双大脚，脚踝肥嘟嘟的，身无一技之长，而她却是个大美人。但我却舍不得赢得她爱情的机会，不想试都没试就放弃。我嘲笑自己，骂自己在做荒唐的白日梦，但我忍不住思念她。哪怕她不在，我也在心里向她倾诉衷情。这种与她交往的方式，不是我学来的，也不是我从别人那里听来的，是她身上的某种东西偷偷地溜进我身体里，和我契合得完美无间。我知道这种默契永远不会离开或消失。

我和你母亲是在党的青年联盟组织的一次辩论会上遇到的……噢，这个你知道啊！看来你母亲还是对你讲了一些事情……你肯定很清楚，青年联盟这种组织和活泼有趣甚至有些叛逆的年轻人风格压根不沾边。青年联盟喜欢自诩为一支激进政治队伍，是革命先锋队……他们爱用这套唬人的话语。青年联盟里全是些鲁莽的理论空想者，有些人也不年轻了，他们的语言里充斥着强迫、对抗、嗜血和残忍。他们发表各种宣言声明，要揭露、指控、构陷并号召逮捕党和国家的敌人，这两者是同一类人，没有区别。只允许一个政党存在，当时许多非洲国家觉得这样很省事，可以放开手脚做事情，不会再有来自帝国主义走狗、社会不满分子以及性变态者们讨厌的质疑和反对。

几位自称民族大救星和国家捍卫者的高官已经为一党制的国家制度准备了思想框架。只有非洲文明的反对者才会试图质疑这些是独裁主义的做法。各种选举定期举行，但总统和政府永远不变。干吗要变呢？总统和政府都不能赢得选举，那你想让谁赢？难道是那些没工作的同性恋者吗？还是打着改革旗号的入室窃贼？那些诋毁者顽固偏见的根源在于不理解非洲文化的复杂性：非洲人喜欢一党制国家，由一个强有力的领袖来统治。

其中一位高官，就是总统阁下本人，宣称一党制国家是非洲精神的真正体现，是基于全体一致原则的传统统治的延续。也就是说，既然他是总统，所有人都要无条件服从他，所以再搞一个政党有什么意义呢？另一位在业余时间喜欢写一些治理国家诗篇的高官则认为，所有公民都支持一党制国家是完全合乎情理的。一党制国家不需要一个反对派来引起竞争和争端①。国家鼓励人们进行对话，保持团结，发扬以社会联合和服从为特点的非洲文明。这种文明令全世界都羡慕。这位诗人高官喜欢服从，将服从视为一种伟大的品德。

同样道理，青年联盟也只允许有一个。它在当时组织的最重要的活动之一就是学校之间的辩论赛，让更多年轻人参与到执政党资助的活动中，使年轻人树立民族团结感和责任感，激励他们发挥辩才和智识，服务民众。我所在的学校和赛伊达的学校正好在辩论赛中抽到一起，我们两人被选为各自学校辩论队的成员。我和你说过，我一紧张就会呆愣起来。而同时对几个人说话，我肯定会紧张。我们校长选我参加辩论会，是为我好，希望我能克服心理障碍，祛除心魔。你没有任何毛病，校长对我说，问题都出在思想上。我听你聊过天，当时你像抽了大麻的渔夫一样兴奋。这个校长以爱玩恶作剧著称，他用荒唐的恶作剧捉弄学生，代替惩罚。不是所有人都觉得他的恶作剧好玩，但我们还是宁愿他玩恶作剧，而不是詈骂、鞭笞我们。我们一般会赔着笑脸，换取一团和气。所以当校长鼓励我克服自己软肋时，他已经在为自己的这个恶作剧咧嘴乐了。我觉得他瞧不起我平时的沉默寡言，想看看我活跃一点的样子。校长对我说，实在不行，你站在那里闭上嘴，好像一口吞进去一整个小圆饼，那场面会让青年联盟的人乐开花。你这就算成功了。去吧，没事，给他们

---

① 此处的原文是 fitna 一词，是伊斯兰《古兰经》意义中的"争端"。

点厉害看看。

辩论赛在青年联盟的办公楼举行。这是一栋布局凌乱的三层建筑，靠近我们今天散步经过的市场。现在楼里面是些小商户、典当行和百货商店。在革命前，这里是另一个政党的总部。那时候楼里乱哄哄地挤满了人，到处都是标语和旗帜，人们进进出出，或者在楼外驻足打探最新的传闻。

辩论赛举行时，这里是青年联盟的总部，里面空荡荡的，几乎没有家具。楼本身就像古老的、快被遗弃的滑稽作品。政府将它变成青年联盟总部，就是为了报复那些手下败将，将他们心目中的庄严圣地毁掉。之前我去过几次，都是和同学尤素福玩康乐球。尤素福父亲是政府大人物。作为朋友，他人不错，在后面的讲述中我还会提到他，不过我可不指望你过去认识这个人。我和尤素福在一楼的游戏室玩。这里除了有康乐球，还有乒乓球和一个坏掉的落地扇。我从未进过其他房间，也没去过其他楼层。后来我看见赛伊达第一次走进楼里。她的样子显得很紧张。青年联盟有不容外人的恶名，喜欢羞辱挨它整的人。他们作恶有时完全是随机的，令人意想不到。更糟糕的是，正是这个组织杀害了赛伊达的父亲。所以她平时都避开该组织的活动。我猜她以为这栋楼里的墙上血迹斑斑，里面都是她认识的谋杀她父亲的人得意洋洋的面孔。

辩论赛本身完全不值一提。赛场在二楼一个房间，里面只有主持人、四名组织者和四名辩手。其中两名辩手来自男校，两名来自女校。我后来的大部分记忆都和赛伊达有关。我以前在街上见过她几次，但不认识她，只看出她是个戴着米黄色披巾的可爱女孩。当时流行戴这种披巾。但和她坐在辩论室时，我发现她长得很漂亮。这是我人生的重要时刻。轮到我开口辩论了……我是第二辩手，只要讲一分钟……我见她头歪向一侧，等我开口，像是取笑一个正在讲大道理的人。我觉得受到稍许嘲笑，但我知道这只是个玩笑，于是我也把头歪向她，一方面作为回应，一方面等待舌头费力地从嘴的上颚松开。让我如释重负的是，言语终于从我嘴里结结巴巴地说出来，并一直把规定的时间说完。借着胡言乱语，我还对着仅有的八名听众即兴做出一个奔放的姿势。临近结束时，我又朝主持人微微鞠一个躬。我看得出来，赛伊达欣赏我的做法。她的眼神一亮，被我的风度逗乐了。于是我又再次装酷一把，面无表情地用力挥舞一下手臂，就是为了逗她笑。我俩的关系就这样开启了，通过这个荒唐的辩论会上几个小的动作和笑容。组织者的票数不偏不倚平分给两支队伍，没有胜者，也没有负者，正好体现了令人羡慕的社会团结精神。辩论会结束后，我们四位选手一起步行走了一会儿，大家都笑刚才参加的那场闹剧，然后各自回家。不过这时我知道了女孩的名字叫赛伊达。

从那之后，我就开始留意她，天天想她，陷进去了。我看见她时，她经常和同学一起，还穿着校服。有时我骑自行车从她旁边经过时，她会朝我微微挥一挥手。其他女孩子看见了就会笑话我们。我手足无措，不知道是否该做点什么，还是就这样干等，看看接下来会发生什么。我不知道现在的年轻人是什么情况，我们那时候受到的教育是，对一位非亲非故年轻的良家妇女主动搭讪是在侮辱她。这种事人们不会主动谈论，不会告诉你该如何处理。我曾在电影里见到小伙子看到姑娘时朝她们笑，露出亮晶晶的牙齿，还开着敞篷汽车带女孩兜风，甚至亲吻她们。但是在我认识的人当中，我没见过有人这么做。当时我想，我要等待时机，看看接下来会发生什么。我想了几个计划，但却没有勇气付诸实施。这些计划都很愚蠢。后来我得知她祖母做芝麻圆饼在市场卖。情急之下，我想去那里看看能不能找到赛伊达，或许能像其他顾客一样，和她说说话。但我还是不敢行动，那样就太明显了，她也许不喜欢。

　　我当时快十八岁了，在学校还有最后一年，抗拒着母亲要我离开、去迪拜和父亲团聚的恳求。我有自己的家，不想做个没有祖国的人，满世界乞讨。我反复对母亲说：我就待在这里，哪儿也不去，等生活恢复正常。其实我是不想离开赛伊达，某种程度上我也知道这个想法很荒唐。我把这个秘密藏在心里，也笑自己痴心，但我不能否认这是一种真实的存在。想起赛伊达，我就感到痛苦。一想到她要是知道我这样，肯定会嘲笑我，我还是痛苦。我暗自对自己说，我已经爱上她了。你听起来是不是感到很荒谬，白发苍苍的老父亲居然会这样说你母亲？我成天思念她，但又不得不克制自己，不去街头找她，担心被她发现，取笑我这幼稚的爱情。于是我把对她的相思病当作生活的一部分，一种在程度上还可以忍受的迷恋。除此之外，我不知道还能做什么。

　　等我中学毕业后，我母亲玛哈富达要我去迪拜，她从恳求变成了哀求。她不想留下我一个人。那样的话，我父亲会怎么说——她作为母亲居然抛下夫妻俩唯一的儿子？如果我生病了，谁来照顾我？谁给我做饭？我有没有想过这些事？到时我每天就得去小餐馆吃不干净的炖菜，最后肯定会生病。她说小餐馆的炖菜不干净确实没错，但她不知道我会喜欢上这种饮食。如果我遇到麻烦，该找谁求助？我会学坏。在这个危险的世界，我可能什么事都会碰到。我待在这个地方到底图什么？你能想象其他类似的话。母亲一对我说这些话，我就感到讨厌。她说话时声调变高，眼神痛苦，让我觉得自己自私残忍。当我试图向她解释时，她声音变得更大，那苦苦的哀求乃至最后的眼泪让我感到愧疚。有时我觉得她提高嗓门是故意的，好让邻居碧·玛亚姆听见。她听到后，会为母亲助阵，那样一来满世界都知道我不想离开。

我的两个妹妹也求我离开。她们希望亲爱的哥哥和她们一起走。如果我不去，情况会不同。我留在国内，她们将失去我。我听着她们的恳求，和她们一起落泪，感觉自己良心受到谴责。但我还是拒绝离开。我竭力进行解释，但不知道怎样才能让她们明白我的心思，我不想失去属于我的自由，我想怎么生活就怎么生活的自由。可惜我当时并不知道上述心思是我死活不肯走的理由。就算知道，我也不明白该用什么语言来表达。退一步讲，就算明白该用什么语言，我笨嘴拙舌，也无法将语言组织好，说出来让人明白。我也不能说，我不想再生活在父亲的专横威权之下，因为那样的话，我母亲和妹妹们会感到伤心。我也不能说舍不得赛伊达，因为我连话都没和她说过，也不知道她对我有没有意思。

当形势变得明朗，我铁定不会改变主意和她们一起走，我母亲生气了，两天都不和我直接说话。我妹妹们也沉着脸，只用尖酸刻薄的语气和我说话。但这也不是长久之计，最后我们大家都无奈地接受现实，相安无事。我帮她们办护照，整日地在移民局外面排队，最后总算获得一个面试机会。负责的官员问了我一些问题。这些问题本应该是问我母亲和妹妹们，但我被允许代替她们回答，因为我是男子汉。她们获得有效期为三个月的临时许可证，只能用于往返迪拜。如果在有效期内不回来，她们将不能进行旅行，还会被自动剥夺国籍。我很难理解这种作弊欺诈的卑下行径，更坚定了留下来的决心。我不想成为世界上一个无家可归的流浪者。

当机票到了后，我母亲把不能带走的物品分给街坊熟人。这几张机票是完全依靠人手相传，从迪拜传到我们家里。为什么呢？因为这样当局就不会得知我们的计划。你能想象，当年那些官员出于报复心理，可以在没有任何理由的情况下把机票撕碎。如果这些官员有点小聪明或了解门道，就会把机票转手卖给其他人。我父亲还给我送了些钱，这也只能通过值得信任的人亲手带过来，否则的话我永远收不到。母亲把嫁妆中剩余的首饰也留给我，既作为纪念，也让我妥善保管。一共有四个金手镯和一条金项链。母亲害怕那些邪恶的移民官在她们登机前搜身时，把这些首饰据为己有。出国时，你除了这一身皮囊和一些破烂玩意，要想带走其他一切都属于违法，属于偷走国家财产。所以你能想象那些移民官在履行职责时会检查得多么彻底。到了出发的日子，我们乘出租车前往机场。我站在那里，目送飞机消失，心里知道母亲和妹妹们是不会再回来了，永远也不会回来了。也许我将再也见不到她们。

* * *

在周围的一片静寂中，我能听见夜幕降临的声音。现在
肯定有十点钟了。远处的车辆声已经消失，餐馆里电视和广
播的声音也关掉了。除了游客之外，大多数人都要回家了。
父亲沉浸在自己的思绪中，没有说话。过了一会儿，他用询
问的目光看着我。

"是不是留你太晚了？你要回公寓吗？我们明天可以继
续，"他说，"蚊子是不是很讨厌？"

"没事，没事。"我撒谎道。

"我给房间里喷点灭蚊剂，"父亲道，"我们出去透一
会气。"

他站起来，关上窗户，让我在外面等着，他给房间喷灭
蚊剂。然后我们出去散一会步，让药物起作用。路上街灯亮
了，有几家商店还开着门，都是那种专门做穷人生意的，卖
一些劣质的食品杂货，像发霉的面包、鱼罐头、炼乳之类。
我们沿着路的一侧走过去，再沿着另一侧走回来，跨过垃圾，
还绕过街头小贩折拢起来的摊位。在一个门洞里，有个人蜷
缩着躺在地上，一团黑影，身上盖着一张席子。我们经过时，
他叫父亲的名字。他是这一溜店铺、小商贩货架、破旧零售
车的看护人。这个活是他主动揽下来的，以换取一个睡觉的
地方，那些店主们早晨开门时还会给他点零钱去买早点。我
们跳过一个泥泞的涵洞，穿过空荡的马路，不久又回到父亲
的房间。我坐在地垫上，靠着墙，等父亲继续讲他的故事。

＊　　＊　　＊

就在我母亲和妹妹出发前，我开始去水务局上班。当时我毕业才几个月，那是一个讲究为民族牺牲的时代。美国和它的盟友有和平队、英国海外志愿服务社、丹麦教会基金会等志愿组织，苏联人和古巴人有他们的青年先锋队，身穿统一制服游行，时刻准备服务党和国家。许多新独立的非洲国家也设立了本国的志愿服务方案，旨在发扬纪律和服务精神。我和我这一代人经历的志愿风潮是一个玩弄字眼的幌子，赋予那些雄心勃勃的工程一层庄严的色彩。这种国家志愿服务本质上是强迫性质的，强迫我们奉献。

政府给中学毕业生统一分配工作，这些工作有底薪，主要是去农村小学当见习教师，填补像我父亲这样有经验的老教师离开后留下的空缺。当教育部把配额用完，剩下的中学毕业生就会被分配到其他地方。城镇里的政府部门，或者把那些被认为政治可靠、身体结实的年轻人送去参军。如果这些人运气好、有关系的话，还会获得进一步培训。我运气好，因为有好友尤素福帮忙，就是和我去青年联盟游戏室玩康乐球的那个人。他的父亲有权有势，可以把我们的名字从教育部分配名单上划走。小事一桩。尤素福把情况对他父亲说了，他父亲打了一个简短的电话就安排妥当了。尤素福去了他父亲工作的外交部，准备在那里干一番事业。我被分配到水务局，虽然不是什么显赫的单位，但离我们家不远。

其实一个地方只要在镇上，说远也远不到哪里去，至少当时镇子的范围还没有朝农村蔓延扩张。但是在镇上，每隔两条街道就有一个不同的地名，而且人们一直坚持使用。这种地名迂腐无用，像诗歌一样名字起得越复杂越好，越详细越有味道，一旦记住了想忘都忘不了。地名起得这么精准却没有实际用途，因为在镇子里人们不可能迷路，至少对镇里居民来说是这样，就算一时找不到方向，也很快就能绕回来。游客一般只知道几个地名，大多数时候他们在纵横交错的小路构成的迷宫里会不知身在何处，何况大多数地名不出现在路牌上，也从来没有人用地图。这毕竟只是个小镇，如果你不知道自己在哪里，只要一直走就会弄明白，或者如果不怕被人笑话，也可以问路。

在政府部门上班意味着我每天可以穿一件干净的衬衫，因为如果干体力活就要头顶烈日，敞胸流汗，那就必须要把衬衫脱掉。我不用看承包商的脸色，忍受吆五喝六的命令，引得路人笑话。我也不用耐着性子等到一天结束才能领工资，还要问第二天有没有活干。我坐在离一扇敞开的窗户不远的办公桌旁，徐徐的海风透过窗户吹进来。在一天中最热的时候，当海水退潮，空气中会飘来阵阵臭味。这臭味来自我们办公室马路对面一个污秽的小港湾，有时也来自通往萨蒂尼的道路稍远处一个垃圾填埋场。还有些时候，空气中飘着不太好辨识的味道，让人觉得像木柴烟熏味或烧焦的兽皮味。涨潮时，阳光照在水面上晶莹发亮，映得我们办公室天花板也现出道道波纹，凉爽的海风借着潮水吹进来。

水务局这栋建筑是当年一位著名的苏格兰旅行家[①]居住过的地方。这位苏格兰旅行家来自一个名叫布兰太尔的小镇（一八八一年时已经有九千人居住）。他在这里住了几个月，为前往非洲内陆深处的旅行养精蓄锐。他希望去那里发现亟待拯救的灵魂，并找到一条古老河流的源头[②]。这两件事若成功了，将会给他带来永久的声名。那个时代就是这么傲慢自负，任何东西，一条河流，一个湖泊，一座山峦或者一只野兽，只有被一个欧洲人看见了，最好再给起个名字，这样才算数。那个苏格兰旅行家住在这里准备行程时，他要去探险的那条河流其实已经有一个古老的名字，只是河流的源头并没有被欧洲人确认过。涨潮时，当微风从波光粼粼的水面吹过来，我想象当年那个苏格兰旅行家坐在窗前，看着马路对面小小的蓝色清真寺，或者眺望通向大海的那个港湾，心中魂牵梦绕的一定是故乡和拯救。我无法想象当他闻到空气中飘来的恶臭味会怎么想。我怀疑他会想，自己主动选择的命运毫无价值和意义，就和这种气味一样浊臭逼人。

我们的办公室和当时的许多政府部门一样，充斥着刚刚从中学毕业的学生。他们肚子里既没有多少货，又无所事事，对领导毕恭毕敬，心存畏惧。每个人都怕领导，因为最近大家目睹了这些当权者厉害起来的样子，尤其对那些被怀疑不愿服从命令的人。当权者享受这种威风，乐此不疲。他们干着这种丑陋的勾当，好像没有人看见似的，或者没人会记住

---

① 应是指戴维·利文斯敦（1813—1873），苏格兰传教士、探险家，深入非洲腹地，是维多利亚瀑布的发现者。
② 此处指尼罗河。

谁在做这些丑事以及为什么而做。

在水务局里，我所在的工作组负责对城镇供水。和那些负责向农村供水的同事相比，我们的活要少一些。在农村里，政府要打井，铺设通往村子和基层行政区的管道，那些地方以前从来没有自来水。当我那些农村组的同事们忙着为民造福的工作时，很多时候城镇里却停水，原因五花八门，有时是因为停电，水泵没法工作；有时是水泵坏了，在等待维修；还有某些意料之外的原因，和上述倒霉事都不相同。水泵经常坏，有时一坏好几天，零部件需要派人从大陆甚至更远的地方取过来。人们都学会了应对之策：储存水，自己打井，或者没水时就将就一下。

配水系统十分老旧，大部分还是十九世纪八十年代巴加什苏丹统治时期修建的。那时阿曼统治接近晚期，英国人正急不可待地在我们这里——这个世界的幽暗角落——徘徊逡巡，伺机接手。在成为苏丹前，巴加什曾经试图从他哥哥马吉德那里夺取王位，结果被英国人流放到孟买。这种事在阿曼王子之间很常见，只要一有机会就抢班夺权。巴加什和马吉德的父亲就曾在十五岁时亲手杀死堂兄，成为苏丹。当时是在皇室一场宴会上，他用一把锋利的嘉比亚匕首 ① 刺中堂兄的胸膛，随后在乡下展开一场追捕，最后堂兄，也就是那位著名的篡位者瓦哈比，倒毙身亡。

本来这场兄弟阋墙之争和英国人没有关系，他们当时还没有将我们这个小地方据为己有，但他们还是卷进来了，

①　在阿拉伯地区流行的一种双刃弯刀。

因为他们想让世界按照他们的意愿运转，哪怕他们的意愿也不过是一时心血来潮。放逐这个，取代那个，吊死不满者，甚至轰炸整座市镇……为什么不可以呢？为了让一派上位，掌握权力，让另一派听命于他人，这样做是必要的。历史学家们总是事后才对政策提供长篇大论的解释。这些解释胡乱琐碎，把贪婪和毁灭描述得合情合理。马其顿国王亚历山大大帝因为世界没有可供征服的疆域而垂泪，但他不知道真正的世界有多大，其中又有多少需要匡正，要采取什么样的严厉手段才能匡正。他不知道群山背后，大漠那边，海洋对岸，都隐藏着美好的事物，更不知道还有一个新世界尚未被掠夺呢。

　　巴加什在孟买大开眼界，其中自来水尤其让他感到稀罕。当他的哥哥马吉德英年早逝，巴加什趁机回国成为新苏丹。他对他的臣民和自己施与了众多恩惠，修建了许多宫殿、花园和公共浴室。他还在所居住的小城安装自来水和抽水马桶。那时这种先进玩意在大多数欧洲城市都还闻所未闻，可能美国的旧金山、圣路易斯和纽约有，因为美国人想让全世界看看他们有多么发达。美国人当时还在考虑修建巴拿马运河，以及附属的人工湖和六个巨型水闸，以抬升和降低轮船，让船只可以在两个大洋之间穿行。既然这么大的工程美国人都能干，抽水马桶对他们来说更是如同儿戏。但巴加什苏丹统治的只是几个小岛屿，而不是一个大陆，甚至把他的所作所为用统治来形容都是抬举他。因此能够为一座小城提供自来水，对他来说已经堪称壮举。不管怎么说，巴加什苏丹这项惠民举措是一百多年前实施的。从那时到现在，时光流逝，世界发生了巨大变化，而他所在的小城也在成长扩张。老城区一些地下水泥管开裂，不时有渗漏发生，造成大量的自来水损失。这时就算使用水泵，也很难保持充足的水压。维修又没有钱，即使有钱也需要用在其他地方。那时我们在生活上和思想上还有很多其他问题，想一想就让人感到绝望。

所以我和其他人一样，做点力所能及的事。至于其他的麻烦，就管不了那么多了。在老城区，晚上经常有房屋由于破旧失修、不再坚固而倒塌。一旦石墙上的底灰开裂，雨水渗进砂浆里，无论墙壁有多厚，房子迟早会出现裂缝，最后轰然坍塌。对此谁也无能为力。我在市场的一个摊位有一点小股份，有时从中赚的钱比我正式工作的工资还高。我是用父亲从迪拜寄来的钱入股。其他人如果有机会也各显神通，寻找外快，补贴微薄的薪水。如果他的运气好，在某些政府部门上班，见识广，胆子大，就可以压榨那些穷苦的人。不仅仅政府职员可以这样做，就连教师也不总是在学校，因为他们还有收入更高的兼职，或者得到其他好处。学生们有时就处于无人管束的状态，开心地打闹、嬉戏，把上课的日子变成假期。在管理好一点的学校，学生会用打扫教室、学校厕所和校外马路来打发空闲时间。

* * *

我一个人住在我出生的房子里。过去我在这里和父母、妹妹们一起生活。在这幢房子里，我度过了这辈子迄今为止的每一个夜晚，直到母亲她们离开。我从来没有独自在这房子里睡过哪怕一晚，以为自己会被房间的空荡、寂静吓倒，无法克服从童年时期就有的夜晚恐惧。一开始我确实被房子的寂静吓一跳，而且来自房外的噪声对我来说别有一番感受，声音发闷，离我不远，有时带着点邪性。路人经过门前小巷发出的脚步声和清理喉咙的声音也让我紧张。我会屏住呼吸，一直等到啪嗒的脚步声逐渐远去。不过只要我插上门窗，缩到蚊帐里，用床单将自己盖住，我就感到安全、放松，觉得远离一切危险。

这幢房子是我家租的。但由于革命后当房东是非法的，所以房子主人没敢过来收房租。按照官方说法，房子现在属于政府，可由于政府用这种方式没收的房子太多了，负责接收房产的部门——接收在这里只不过是抢劫的好听说法——还在忙着登记管理，没来得及过来收租户的房租。如果房子是海滨豪宅，那就是另外一回事了。某个趾高气扬的大人物会毫不拖延地将之据为己有。而我们住的房子不过是位于一条黑暗小巷里只有两个房间的简陋小屋，所以只得等着政府慢慢来确认。这样一来对政府相关负责部门非常合适，它可以通过卖人情和徇私枉法获得多捞一点小钱的机会。

与此同时，我决定把房子彻底清扫一下。我母亲和妹妹在这里时，对于搞卫生我一个手指头都没动过，虽然我对油腻的墙壁、发霉的浴室和散发不洁气味的床铺也皱眉蹙眼。现在这座房子归我一个人住，这种肮脏的环境让我受不了。我把过去母亲和妹妹们住的那间大卧室的床搬空，清洗床单和蚊帐，还把床垫拿出去吹吹风。每天下午我回家后洗一些东西，晾在后院的绳子上，到了天黑一般就会干了。我把父亲留下的书、母亲没有送人的衣服，还有那些我不再喜欢的小玩意统统打包放进一个箱子里。我不知道该怎么处理这个箱子。虽然我巴不得这个箱子最好凭空消失，但还是暂时把它推到墙边，在上面蒙一块布。我把洗干净的床单被褥整齐地叠好，放到衣柜里。我还把母亲交给我保管的首饰打结扎牢，放在一起，藏在床下。我整理完大卧室，关上房门，再开始清理我睡觉的小卧室。

忙完这些后，我把厨房兼门厅的所有物品也清洁一番：碗橱里的锅碗盘子、火盆、煤油炉、地垫。我还从父亲随机票送来的钱中拿出一部分，雇了一位粉刷匠，粉刷墙壁和天花板。虽然石灰水只能让墙壁显得灰白，但我相信原先那些油烟、汗渍和浓烈的气味变得淡一些了。等这一切都完工，我就正式开启新的生活。房子变得清爽整洁，不再凌乱，污垢也少多了。

我的邻居玛亚姆夫妇带着善意的兴趣和嘲讽讥笑兼而有之的心态看我这一通忙活。我对此不以为意。我喜欢一个人独居时的自由自在。有时凌晨传来的小公鸡啼鸣声让我在睡梦中露出笑容。我仿佛以前从未在凌晨时分听过小公鸡的叫声。有时我晚上去电影院看电影。尽管现在审查严格，但我还是觉得影片足以让我不虚此行。我没想到一个人生活会这么惬意。我想和朋友们玩就可以去找他们，想在家也可以待在家里看书。

当时找新书不容易，但由于很多人离开时留下了书，二手书书店十分繁荣。我去位于姆库拉兹尼的一个年轻印度人开的二手书店。这个印度人名字叫贾法。几年前我和他弟弟是中学同学。在他弟弟被家里送往内罗毕一所私立学校之前，我们有过一段短暂的友谊。他们家族对他的弟弟抱有很高期望，在内罗毕的亲戚也接纳并帮助他。这个家族属于那种两边下注的，把某个儿子送到这里，把另一个儿子送到那里，以防某个地方的情况变糟。他们家族经营服装和缝纫用品生意，还拥有一家店面。但在革命期间，他们被洗劫一空。在惶恐不安中，留在国内的家人飞往内罗毕，去投奔之前已经在那里的儿子，留下贾法负责照看房子、家具，直到他可以处理它们为止。

于是贾法把家族经营的服装和缝纫用品店，变成一家二手书店，在曾经摆放布匹的货架上放上一摞摞的书，还把一些书按照旋转向上的形状摆在这家老店的柜台上。贾法向我表示，如果我凑够一箱，他会给我打折。于是我们两人绕着柜台来回转悠，甚至还到店铺后面看看。贾法喜欢他的书店，他一直梦想着开一家书店。他给我提供选书的建议和参考。他说话的样子，好像对店里很多书都亲自翻阅过，或者他有意无意又回到以前招揽生意的老套路上，假装很识货。我随心所欲地挑了一大堆侦探小说，一套四卷本沃尔特·司各特爵士的选集（因为以前看过电影《艾凡赫》），西部小说，神怪小说，删节本的《一千零一夜》，一套旧的儿童百科全书（这是贾法作为礼物送的），还有科林斯版《莎士比亚全集》。这本《莎士比亚全集》字很小，纸也薄脆，但整本书依旧厚重，至少书脊就有两英寸宽。

我以前从未读过莎士比亚戏剧，所以回到家好奇地打开这本大部头的书，心里满怀敬畏。我试读了几部著名戏剧的开头，有《裘力斯·恺撒》，因为我在一个学生选本中读过马克·安东尼的演讲；有《麦克白》，因为我以前读过这部剧的插图漫画版，知道里面有女巫和鬼怪；有《威尼斯商人》，因为里面一磅肉的情节太吓人了。但这几部剧我都只读了几页，浅尝辄止。接着我开始看另一部剧，毫不费力就被里面的情节吸引了。这部剧叫《维罗纳二绅士》，我一直读到深夜。一连几个月我都在读这部剧，认为它是写得最好的一部莎剧，同时我还读一些神怪小说和西部小说。对于那些我喜欢的作品，我读了又读。从这时开始，我一有钱，就从贾法那里成箱地买书。晚上我如果不出门，就拿土豆、萝卜和腌菜凉拌作为晚餐。要是手头没有杂事，我会一口气读好几个钟头。在这种寂寞平静的生活中，我找到一种意想不到的愉悦。

* * *

三个月的期限过去了，我母亲和妹妹们没有回来。她们平安抵达后不久，我曾收到母亲的一封信，把她们的邮箱号码告诉了我。在信中母亲说，我的两个妹妹都已经开始上学，她们和她一样，对新家、新环境都十分满意，我父亲也很好，他给我送来祝福，说我如果想去的话就立即过去和他们团聚。你会惊讶地发现，他们在那里认识许多人，所以你身边到处是朋友，会感到很安全。这封信是由我的小妹妹哈莉玛写的（早年父亲曾告诉我，"哈莉玛"意思是平静宽容），因为我母亲不会写字。信的结尾有母亲的问候语，说她很想我：你的母亲玛哈富达。下面还有一句附言：我们都很想念你，署名是苏菲亚和哈莉玛。我把信收进衣柜里，和首饰放在一起。一旦三个月的期限过了，旅行许可就作废，她们将被剥夺国籍。一股新的紧张和平静降临到我身上。我现在真的只能依靠自己了。

随着我的生活逐渐稳定，我的人生不知不觉也在流逝，赛伊达再次返回我心里。她又开始让我牵肠挂肚。现在当我看见她时，她显得比以往更惊艳。但我不能就这样眼馋地看着她。我必须有所作为，必须大胆一些。我必须把命运掌握在自己手中，成就自己的姻缘。这时运气也出现了。有一天我看见她站在邮局前排队，就也加入进去，装作随意的样子和她聊起天来。我需要行动起来，而且行动的时候胆子大一些。从那以后，我每次见到她，都会停下来攀谈一番，除非她和一群同学在一起。她问我妹妹苏菲亚的情况，因为她俩以前在同一所学校上学。我说现在只知道她们已经安全抵达，安顿下来了。我问赛伊达学校有没有什么新鲜事，她说唯一的新闻就是一名男子进入学校，指责一位男教师对妻子不忠，而那位男教师妻子则是他的妹妹。

"你都想不到当时场面有多尴尬。那个男的径直走进教室，"赛伊达边说边故作惊讶的表情，好像在重温当时的情形，"那位老师就站在那儿，目瞪口呆，那名男子厉声责骂他丢人现眼，并进行凶狠的威胁。他这样做出丑的是他自己。"

"大家都知道那个老师名声好。"我说。

"的确如此，他妹妹其实应该比谁都清楚。"赛伊达道。我点头称是，不过心里却在想，可惜这种理解总是来得太晚。

一天下午，我看见赛伊达独自一人在路上行走，于是跳下自行车，陪她一起步行十分钟，直到目的地。到了地方后，我们停下来交谈，朝对方露齿而笑，完全不顾路人投来会意的目光。赛伊达不可能看不出我已经倾心于她，但我还想再等等，等她给我更多的鼓励，向我发出明确的信号。其他人现在也知道我们的事，在我们之间传话。一个朋友的妹妹对另一个人说，这个人又对其他人说，最后消息传到我耳朵里：她觉得你人不错，或者反过来你也觉得她人不错。我还是不知道，这算不算足够的鼓励。

赛伊达长得很美，这令她名声在外。在街头人们对她指指点点，年轻人有时走在她身后嬉皮笑脸表示爱慕。那年月人们祖祖辈辈遵从的男女之防的各种规矩都不再讲了。政府的新主人和新官员目空一切，他们对看中的女人追求起来毫不害怕引起争端，或者他们也许故意想这样鲁莽、轻浮，挑起争端，用不尊重、不检点的方式对待被打倒的政敌的母亲、妻子和姐妹，让他们蒙羞。他们吹嘘自己的武功和抢劫来的财物，把民家庭院据为己有，对犯下的暴行肆无忌惮地大笑。对于女人来说，有时不可能拒绝，或者因为这些男的死皮赖脸地纠缠，或者因为他们对女人的家人进行威胁，给她们的家庭制造麻烦，而女人们又知道她们背负的责任。有的人发现自己女儿长大后变得比预想的漂亮，甚至认为这是祸根，人们一度为拥有一个美丽的女儿而忧心忡忡。但不是所有女子都是被胁迫的。对于有些女人来说，她们原先一辈子受管束监视，经历暴乱掠夺之后，仿佛体味到意想不到的自由。她们主动参与，没有想过前方会有什么。在这种放纵中，我们生命中的某些东西丧失了，反思力、慈爱心和同情心。

由于正处芳龄、美貌出众，赛伊达本应该是好色之徒的掠食对象。那些人的掠食方式刚开始会显得温柔，不那么直接，而她也会像大多数同龄女孩一样首先高傲地不理不睬，譬如拒绝顺路搭乘锃亮的政府公务车，不接受去酒店喝咖啡的邀请。不过她当时正在学校上最后一年学，即将毕业，准备找工作或进一步深造。如果有一位有权势的父亲或情人，这种事办起来更容易。那时对像她这样年轻女孩子的追求已经变得死缠烂打，放学时女校外停着许多汽车，等待接走那些幸运儿。这时赛伊达已经十分清楚我对她的爱慕，我猜和其他人相比，她也更喜欢我那撇嘴的笑容。但她不知道怎么具体处理这件事。

　　她的同学准备举行一个派对庆祝毕业。她们申请使用学校礼堂，这样她们的父母就知道活动一定程度上会受到监督。这些学生家长和监护人允许她们按照自己的计划来安排，只要她们的兄弟姐妹也可以参加。派对在下午举行，这样一切都发生在大白天。所有这些举措都是为了尽可能地减少伤风败俗的事情发生。大家借来一台唱片机，有人把自己或父母的唱片带过来。她们也获准邀请一些校外的朋友，也就是男孩子。我们再见面时，赛伊达请我做她的嘉宾。

　　"大家在一起就是放放唱片，跳跳舞，吃点零食。"赛伊达说。

　　"我很乐意参加。"我说。

　　我还从未跳过舞。一个多么美妙的主意！我将和谁跳舞，马利姆·叶海亚要是知道了会怎么说？于是我赶紧向我的朋友尤素福请教，他对这些事情在行。他教我如何随着广播上的音乐扭动身躯。尤素福看我笨拙费力的样子，笑得眼泪都快出来了，这让我更受不了这种练习。"不要紧，就这么随便扭。你只要这么做就行了。这不是那种你将她搂在怀里的舞会，"尤素福对我说，"这不过是小孩子们玩的游戏罢了。"

派对那天，我到达现场时，发现里面挤满了各个年龄段的青少年，像开斋节集市一样热闹。大家吃着，叫着，互相推搡打闹，唱针划出的背景音乐声显得微弱。跳舞的地方非常小，被几个爱出风头的人占据着。他们围在唱机周围。唱机里汤姆·琼斯[①]卖力地唱着"没有什么特别的"，而雷·查尔斯[②]用哀怨的歌喉演唱"解开我的心结"。赛伊达和我找一面墙靠着，我俩的手有意无意地碰到一起。这只能算是偷偷摸摸地牵手，却足以将一切都挑明了。我们分手时，她摘下手链送给我。"这只是锡的，涂成了金色。"她说。我郑重地接过这个礼物，仿佛它是贵重金属制成的。

当我再次见到她时，我偷偷塞给她一张纸条。我在上面写着，她的美貌赛过明月，她是我的生命之光。我当时刚读完《罗密欧与朱丽叶》，从里面学到"她的美貌赛过明月"这个句子。而那句"她是我的生命之光"则是我自己写的。再下次见面时，她也给我准备了一张纸条，说她喜欢我温柔的嗓音，有时在睡梦中都能听见。年轻人的爱情就是这么美好。我们几乎每天都见面，但见面时间经常很短暂。由于见面的机会来之不易，所以这样的邂逅就更加甜蜜。每当我们

---

① 英国歌手。
② 美国灵魂乐歌手。

觉得没人注意我们，我们就牵手，如果地方足够偏僻，我们还接吻！只是分开的嘴唇迅速碰一下，接着笑着闪开，但感觉甜蜜而大胆。我在给她的一张纸条上写道，她的气息充满芳香。我独自有一所房子，但我不敢邀请她来访。如果我邀请她的话，她会觉得受到侮辱，认为我缺乏尊重，还会误解我的动机。我从来没想过她会同意过来。有时我设想和她共处一室，想到这里，我就兴奋得晚上都想干家务活，假装她在床上等我。

　　一天，我按照事先约定，前往她在基瓦里尼的家，好让比比看看我。通常来说，一般应该由姑妈或类似身份的人出面来处理这类敏感事宜，但我没有亲戚帮忙，只得自己亲自前往，接受检查。比比仔细端详我一番，和善地和我聊起来，在聊天过程中，她插问了几个关于我和我家庭的具体问题，她知道我父亲，那个大名鼎鼎的马利姆·叶海亚，也听说过我母亲，但不记得见过我两个妹妹。或许以前也见过，只是她们当时太小了。真主赐福她们前往阿拉伯人的土地了吗？如果真主同意的话，她们会过上幸福的日子，嫁给一个富裕的阿拉伯人。现在的年轻女孩子不都是这么想的吗？这时赛伊达在一旁表示强烈反对。现在的女孩子想过她们自己的生活。比比咯咯地笑起来，调皮地噘起干瘪起皱的嘴唇。如果我现在还年轻的话，我会给自己找一个有钱的阿拉伯丈夫，她说。这次见面之后，我和赛伊达就算订婚了。我给父母写了一封信，请求他们的赐福。过了两个月，我收到一封信和一笔钱，还是通过中间人层层亲手传递过来的。在信里，我父母表达了他们的祝福，并邀请我们夫妻俩在婚礼之后前往迪拜和家人们团聚。我把这封信和上封母亲的来信放在一起，又从父亲寄来的钱中拿出一部分，增加我在市场摊位的股份。

* * *

父亲躺在床上，笑眯眯地回忆往事，我也微笑着想象他和我母亲当年的快乐。说到这里，父亲停留了一会儿，我也不着急。我知道父亲正在重温那段时光。他忍不住想把那些事详细描述一番。我就让他想怎么说就怎么说好了。

这时已经很晚了，我觉得再待下去，他会累得讲不动了。但他的双眼闪着光芒，我猜我要在这里待一夜了。

* * *

我们结婚时还很年轻，像刚长大的孩子，但按照当时的标准，我们也算不上特别小。婚后头几个月，我们像是生活在自己的天堂里。没有人打扰我们。比比每隔些日子专程来看望我们。碧·玛亚姆用她那多管闲事的方式显示自己的存在。赛伊达在一家挪威的机构里获得一份临时工作。这个机构据说在研究我们的教育体系，天知道是什么玩意。她以前的一位老师受雇于挪威人，后来想去挪威深造，于是她推荐赛伊达接替她的工作。所以我们那时候钱虽然不多，但和大多数人比起来，日子过得很舒服。阿米尔也经常过来，他那时和比比住一起。不过我听赛伊达说，阿米尔觉得和比比住一起很难受，想搬过来和我们一起住。但赛伊达说服了他，说比比需要他在身旁。

你绝对想不到比比有多好。人人都说她是天使。她那时已是风烛残年，挣扎着活下去。赛伊达说，比比已经挣扎好几年了，每天晚上疼得直叫唤，到了早晨要花好几分钟才能爬起来。她们把房间一角做了一个隔断，单独给阿米尔住。比比和赛伊达住在另一边。赛伊达睡绳床上，比比睡地上。她们每天把床搬到后院太阳底下暴晒，这样就把床上的臭虫都晒死了。她们还把椰子壳床垫换成木棉芯垫子。每天早晨赛伊达都被比比痛苦的起床声叫醒。比比拒绝赛伊达的帮助，说这是真主的意志，让她的身体变得这么僵硬、虚弱。别人劝说她去看大夫，她统统挥手拒绝。只是身体有点僵硬罢了，会慢慢消失的。当赛伊达搬过来和我住，她觉得自己像一个遗弃者，一个忘恩负义的坏蛋。但比比不愿听任何赛伊达拖延不搬的解释。我想看我的孙子，比比说，我有个帅小伙在这里照顾我。

这个帅小伙就是阿米尔。比比不知道阿米尔是多么不想和她住一起。阿米尔向赛伊达抱怨，睡觉时比比叫唤、打鼾，无法控制身体。随着体质越来越虚弱，比比的叫唤声更频繁。阿米尔说他简直不知道该怎么让她停下来。她还总忘事，连厕所的位置都不记得了，有时把身体弄得一团糟。

阿米尔对赛伊达说，去世对比比来说是解脱。住嘴，赛伊达对阿米尔说。这样说话没良心。但比比还在坚持：她在等你出生，这是她自己说的。我们尽了最大的努力，一年之后，在经历了早期的一些小波折之后，赛伊达怀孕了。比比又坚持了一段时间，直到你出生。几天之后，她去世了。她一直等到你降临人世，才悄然安详地在黎明前撒手人寰。真主突然迅速地将她带走。愿真主保佑她的灵魂，人们都这样说。但人们不知道的是，她已经忍受了那么长时间的痛苦虚弱的折磨。将死未死真是让人丧失尊严的事。

比比去世后，阿米尔搬过来和我们住。他快十七岁了，相貌英俊，性格友善，充满欢乐。他向别人微笑时，所有人都还以笑容。他的笑容很灿烂。赛伊达告诉我，阿米尔和她们的父亲有着同样优雅的外表和白皙的肤色，但个子更高，体型更瘦，笑声更爽朗。他不管穿什么都合身。父母去世后，他缓了好长一段时间才又恢复到现在的状态，赛伊达对我说。从过去那个紧张、恐惧的男孩变成友善、自信的青年。不过即使是神经紧张的小男孩时，你也能在他身上看到一股朝气。他喜欢做事，而且行事果断，充满活力，即使哭泣流泪也无法掩盖这点。他还拥有赛伊达。悲剧让这对姐弟更紧密地相互靠近。赛伊达对弟弟有种近乎偏执的保护欲，对弟弟向她提出的任何请求完全接受，从不拒绝。阿米尔对赛伊达索取时毫不犹豫，而赛伊达对阿米尔的给予也同样毫不犹豫，因为在赛伊达眼里，阿米尔如此娇弱，需要她的保护。为此她更加怜爱他，尽量不拒绝他的请求。姐弟俩知道，维系他们关系的是一条悲伤的亲情纽带，这条纽带将恒久不变。赛伊达过去总说，她愿意为弟弟做任何事。

阿米尔也同样拥有比比。比比经常提醒赛伊达和阿米尔，他们要永远记住并爱戴逝去的双亲，同时两人也要学会正直、诚实地生活。这是我们所有人都必须承担的责任，过一种有用的人生。

这些都需要时间。但比比的教诲对阿米尔的影响比赛伊达更深。赛伊达有时还不免于沉浸在悲伤的记忆中，哪怕在往后的日子里也依旧如此。当阿米尔在学校或外面玩耍时遇到不开心的事，他的姐姐和比比就倾听他的讲述，安慰他，对引起他痛苦的缘由予以谴责。阿米尔就在这种爱的环境下成长，变得坚强。当他搬过来和我们住时，已经成为一个沉着、开朗的年轻人。他善于和同龄人或年长者交往，哄他们高兴，令他们开心。对别人说的俏皮话和玩笑话，他会立刻报以大笑。老师跟他讲话时，他毕恭毕敬地聆听，至少当他们的面如此。别人需要帮忙，他会立刻施以援手。他办事既漂亮又利索，颇具魅力。他体育好，歌唱得也好，还能在不引起朋友反感的情况下表达一些激烈的观点。总之，从外表看，他是个相貌英俊、朝气蓬勃的青年。

对我来说，他像个受宠的弟弟。他说话时，我面带微笑地听着。他有时笑得过于夸张，努力想取悦于我，但我把这视作他的天真稚嫩，总是回以微笑。今后总有一天他会明白，自己不必这么做作。当阿米尔哀叹房子里没有音乐声，我给他买了一台二手收录机。其实要是价格能接受，我会给他买一台全新的。凌晨时分，阿米尔会搜索波段，把广播上他喜爱的音乐录下来，主要是英美流行歌曲，然后一遍遍地在他房间里播放，有时一连播放几个钟头。如果遇到家庭气氛合适，他会唱歌给我们听，还教我们一起唱，把歌词写出来给我们看，像乐队指挥一样领着我们一起唱。他还开始在学校学习吉他，是在一位老师组织的非正式学习班上。这个老师名叫玛利姆·艾哈迈德，他本来是教生物的。要是他能有一把吉他在家练习该多好，可惜这超过了我们的能力范围。不过我还是拿出一小笔钱给阿米尔当零花钱。他攒起来买衣服。音乐和服装是他两大爱好。

他对学校功课就没那么大的劲头了，但考试却总是考得不错。每当我劝他完成作业或考试前进行复习时，他就拿这个做挡箭牌。没问题，他说，那些东西我都懂。有时赛伊达帮他完成作业，因为她实在受不了在这件事上费口舌唠叨。阿米尔在学校时总是迫不及待地等着放学，还对认真听讲的学生也这么说。组织吉他班的那位老师有一天问阿米尔，想不想去他担任吉他手的乐队排练。其实他的乐队并不缺吉他手，但急需一位歌手。他问阿米尔想不想来试一下？这样的话，他还可以跟着其他人提高吉他水平。顺便说一下，这个老师的乐队名叫埃迪，不叫玛利姆·艾哈迈德。但阿米尔这个名字很好听，听起来有股娱乐味道。他把他和老师的谈话转述给我和他姐姐时，特意强调去了以后他的吉他技能会大有长进。他不是想去玩，而是想提高吉他技能。当说到自己名字有娱乐味道时，他咧着嘴得意地笑了。这个乐队每逢周末就在一家舞厅表演。经过排练，阿米尔应邀在下一场演出时去舞厅和乐队合演。

"可你还是在校学生？"我对他说，"你应该等考完试再去吧？"

他向我做个鬼脸，朝他姐姐望去。姐姐也做个鬼脸，两人相视一笑。他俩的表现是告诉我，我专横武断，多管闲事。我想起过去我父亲立的那些规矩禁令，就不再多言语了。这样的事时不时出现，姐弟两人对视后一起反对我。我总是受不了赛伊达在这时候反对我，不过我尽力装作不伤心，提醒自己在赛伊达的感情世界里，我只是后来者。不管怎么说，阿米尔已经十八岁了，如果他想去，他可以星期六晚上去乐队唱歌。他后来一直在他老师玛利姆·艾哈迈德的乐队唱歌。当他半夜回家时，就敲打我们卧室的窗户，我去给他开门。一切棒极了。他每次都对我这么说。

其后的几个月里，阿米尔成了乐队的固定歌手，每周花几个晚上进行排练，唱的都是他最喜爱的那些英美歌曲。他还是深更半夜回家，敲我们卧室窗户，让我给他开门。赛伊达总是装睡，故意不想知道时间已经多么晚了，怕听到我抱怨。回来得晚确实让人担心，因为时间不定，让人不安。不过除了这一点之外，其他也没什么可抱怨的，我在心里劝自己。在校的最后几个月，阿米尔出勤还算正常，他也尽力约束自己并完成了考试。对于功课，他不想假装很有热情，但该做的他也做了。考完试，他就正式毕业了。他说这话时，神气活现。他现在是一名乐队歌手，但并不是说他会轻易拒绝任何在学业上深造的机会。

给所有中学毕业生包分配公办、有底薪的工作，这项举措已经不再实行了。公立部门没有空余位置。阿米尔从乐队挣一点钱，所以他也算是有收入。我给他提供市场摊位上的一些活干，但他拒绝了。他需要时间进行排练，不管乐队给他的酬劳多么少。有些晚上他不在家里睡觉，有时又早晨不起床，一直睡到午餐时间，打着哈欠，笑话自己起得这么晚。他的衣服散发着一股烟酒味，不过我没闻到他嘴里有酒味。我向赛伊达说起阿米尔，结果只是成功地激怒了她。

"他是在浪费生命，"我说，"挺好的一个小伙子，可惜路走歪了。"

"你什么意思，浪费什么？"她质问我，其实心里知道我是在指什么，"除了在市场帮你卖秋葵，他现在也没什么可做，还不如让他在乐队玩玩，又有什么害处呢？"

"他也许能成为音乐天才，但我不希望他成为那种违法短命的音乐天才，"我试图缓和气氛，也知道赛伊达多么宠爱阿米尔，"所以我才这样做，想在成长过程中管管他。不过我确实不喜欢他这种夜不归宿的行为。我担心他，没法装作不在乎。"

赛伊达默默地点点头。在这件事上，我们暂时到此为止。后来我也跟阿米尔说了。我说的时候，阿米尔一开始也默默点头，接着他说他知道我为什么担心他，不过真的没必要。他晚上不回来一般都是在婚礼或类似场合演出，由于路途遥远赶不回来。况且也没什么急事需要着急回来，是不是？今后要是可能的话，他会提前给我打招呼，不过这种事很难讲，有时经常要搞到很晚。"不要担心，我不会做有辱你门风的事。"他笑着说。我觉得他在讥讽我。

在这次谈话后的一段时间里，阿米尔星期六晚上不回来，但其他时候都会回来。赛伊达和我尽量恢复以前大家在一起时那种随和的氛围，问问乐队的情况，夸赞阿米尔的唱功。但这种欢乐愈来愈少。我们现在都对自己的嘴管得更严，对那些不能说出口的话更加小心。我开始隐约有种不祥的预感。

或许我只是在担心钱方面的问题，我在心里想。住房部已经把我们住的房子交还给以前的雇主。他现在正谈论这些年来积累下来的未付房租。已经有几位前房主通过向当局提供好处费，说好话，成功地把房产要回来了。当房主向我提及房租时，我对他说，做人要讲道理。他指望我现在去哪里搞到这笔钱？他是有权利要回拖欠的房租，而我同样有权利拖一拖，谈一谈。不过这件事终究是个麻烦。我对这位房主保留很强的戒心，他是哈达拉毛人①，据传他借高利贷给几位房主，最后当他们无法偿还借款时，就让房主们用房子抵债，从而将几处房产据为己有。现在他已将主业转移到达累斯萨拉姆，在那里投资一个饮料厂，显然发财了。他留一个儿子在达拉贾尼负责照看一家干货店。在他来源众多的商业利润中，这家店一直以来都是明面上的。这个房主巴不得我们离开。如果我们离开的话，他会减免一些欠款，这样他就可以按照现在的市价再把房子租出去。

　　关于房租的担心搅得我心绪不宁。赛伊达在那家挪威机构的工作也结束了。我在水务局当职员的工资养活不了一家人，更别提有多余的钱偿还以往的房租。我不知道如果坚持不付房租的话，在法律上能否站住脚。我也知道如果房主真想的话，他可以花钱把我们赶走。我对赛伊达说，应该把母亲留给我保管的首饰卖掉。母亲本来给我也是让我应急时用。赛伊达说不行，金手镯即使卖也卖不上价。我们应该坚持一下，争取渡过难关。直到生活恢复正常，我说道。听了这话赛伊达也笑了，因为每当情况不好时，我总这么说。

---

① 阿拉伯人的一支，主要生活在也门地区。

或许正是这种逼近的危机意识，让我生发出不祥的预感。这些年来由于缺东少西，我们的生活中一直有不安的感觉，但现在这种不祥的预感比平时的不安更强烈。自从小时候起，我就过着勉强果腹的生活。我父亲没出国前，赚的钱从未让我们过上舒适的生活。就算传闻是真的，他现在在迪拜收入可观，对我也于事无补。由于生活必需品匮乏，生活成本上升，我挣的钱几乎不够花。阿米尔挣的钱都自己留着。我肯定不会要他的东西，可是我内心倒是情愿他能主动提出帮我分担一下，因为那样的话会让我觉得生活负担轻一些。不过我真怕阿米尔遇到倒霉事，那样会给赛伊达造成痛苦。她对阿米尔承担了太多责任，无条件地、经久不衰地对他尽义务。我没有和赛伊达说过这事，也没有劝阿米尔找一份固定工作。在乐队唱歌让他出了名，令他兴奋异常，也许干这行能弄出点名堂。他们乐队已经成为一档广播直播节目的亮点。但我既害怕又不敢说出来的是，按常理来说阿米尔现在过的日子和我们已经大不相同，而我对这种生活方式排斥反感。我能闻到这种生活在他身上散发的味道，看到这种生活令他的眼神都变得冷酷，有时看人的目光充满轻蔑，暴露出他内心的情感。当我把自己的担忧告诉赛伊达，她很生气，为阿米尔辩护。我讨厌这种交流过程中出现的恶言恶语，从此以后几乎不敢在她面前提阿米尔的名字。阿米尔也一定感受到家里的气氛，猜到和他有关系，不过这已是另外一回事，我们也不谈论。

　　不过就在那段时间，我们进行了一次关于电视的交谈。虽然老百姓食品短缺，住的房子摇摇欲坠，从香皂到干辣椒等生活中的正常消耗品都缺乏，但政府却决定现在到了在全国开展电视业务的时候了。不仅要推广电视，而且我们还要做撒哈拉以南的非洲第一个播放彩色电视节目的国家。这当然是总统的心血来潮，一方面拒绝给予国民其他日常消费品，一方面却又让他们有电视看，还可以借机嘲笑南边和北边爱吹牛的邻国，嘲笑它们还没有彩色电视。对很多人来说，这件事是那个艰苦年代里的一场闹剧。但阿米尔却鼓动我们买一台电视机。

"我们没有钱买电视，"赛伊达说，"现在连大米、洋葱、面粉都没有，糖像金粉一样贵重，他们却搞起电视这档子事。我们马上就要像山羊一样吃草了。"

"你可以让你父亲从迪拜给你寄一台电视过来，"阿米尔没理赛伊达，直接对我说，"我听说那儿的电视很便宜，而且都是质量顶级的日本货。你家人去那边时，你干吗不一起去？我听说在那些酋长国，人人都过着奢华的生活。"

我能听出来阿米尔在讽刺我，激怒我，但这个问题他以前从未问过我，没这么直接地问：你家人去那边时，你干吗不一起去？因为我不想像一个异乡人那样生活，在他国做一名游子。我不想生活在连他们的语言都不会说的人当中。这些人会仗着有钱瞧不起我，神气活现地对待我。我想待在这里，在这里我知道自己是谁，知道自己该做什么。

这时赛伊达也重复一遍阿米尔的问题。"你家人去那边时，你为什么不一起去？"她故意问道，还朝她弟弟看一眼，和他一起笑。

是因为你。以前我已经告诉她这个答案。但这次我却不想说。我怔怔地坐在他们跟前，舌头像打了结一样。而他俩又相互对视，大笑起来。过了一会儿，也许是见我不想回答，他们又继续说别的。我内心的恐慌渐渐退去。我觉得自己很傻，遭到厌弃，不知道该怎样解释这样的窘境。当阿米尔和他姐姐相视而笑时，我觉得自己在他眼神里看到一种厌恶之情，一种鄙视的目光。

到了二十世纪七十年代中期，又发生了许多变化。那位总统在七十年代初遭刺杀，再也不能亲眼见证他向国民力推的彩电业务了。新总统的任命一开始并没有减少国内肆意妄为的暴力行为。新总统一上台主要致力于缉拿刺杀者，他们中的很多人是已故总统的前盟友，也有一些人是该总统一直积极迫害的政敌。接下来举行了装模作样的审判，发布了驱逐出境令，惩戒性的流放，也勉强有一些从宽的举措。新总统性格相对温和，他以前是一名教师，还是童子军领袖，以虔诚笃行著称。

他领导的政府逐渐推行一些变革，对人民施以小恩小惠。这些对于生活在更幸运国度的人民看来简直是微不足道。譬如允许人民旅游，允许他们汇款和收款（主要以收款为主）；允许那些早年被驱逐出境的人回国。政府的专制统治也稍微放松一点，允许公民参与地方事务。政府还宣布进行选举，允许进行竞选集会，人们可以发表火药味浓厚的演讲，虽然最后的计票结果不允许改变现状。国内出现新的商业，但规模不大，有些是以前的企业小心翼翼地重新营业，但更多的是过去几年靠掠夺起家的家伙们投资新建的：精品时装店、咖啡馆、旅行社和酒店，主要做那些从大陆蜂拥而来的团体游客生意。

在新总统带来的新气象影响下，阿米尔在一家旅行社也找到了工作。他本来靠唱歌就颇有名气，现在这个工作则令他锦上添花。赛伊达说阿米尔的工资不高，所以让他拿钱贴补家用太小家子气。出于息事宁人考虑，我也同意了。不过据我观察，阿米尔这份工作很不错。他上班时穿着白色短袖衬衫，打着黑色领带，领带上还有个银质扣针，形状是一架正在起飞的飞机。他接的电话有时是从内罗毕总部打来的，发电报经常发往亚的斯亚贝巴和香港。人们求他帮忙确保旅行安排，因为旅行计划似乎经常无缘无故地受旅行社人员和官员们奇思异想的影响。他回家时带回来许多故事，譬如基加利如何混乱，途经基加利前往布鲁塞尔的旅客经常要延误二十四小时；或者前往开罗的航班只有七名乘客。我能看出来，从嘴里说出这么多旅客目的地的名字，让阿米尔很快活。和这些地方有工作联系，让阿米尔在我们面前显得高大精明。

你上公立学校那一年，赛伊达说她也要去找工作。因为之前她流产两次，所以第二个孩子不一定会生下来。你上午去公立学校，下午去《古兰经》学校，只是中午在家里吃午饭，把两个学校的校服换一下，而我则替她去市场做各种杂务。我在家里除了做饭、洗衣和睡觉，什么事也没有，她说。一位朋友告诉她，宪法事务部有一个岗位空缺，她决定去探听一下。

那年你正式在公立学校上学。从第一天起，你就展露出自己是一名有天赋的学生。阿米尔在旅游界新认识的一位朋友在尚加尼开了一个做游客生意的酒店。酒店名叫珊瑚礁，由国际基金资助。人们说那家酒店是黑社会的洗钱工具：贩毒、回扣、卖淫、奴役劳工。也许这背后是同一批金融大亨，那些人正把肯尼亚的许多地方变成欧洲旅游团的麇集地。我们没有人知道这里面的详情。也许是某个高层人士拿佣金、吃回扣，所以不能问敏感问题。整个世界都是这么运转的，不单单在我们这个小泥潭是这样。

阿米尔被任命为酒店的助理经理，负责社交活动：安排音乐和乐队，举办活动，管理游泳池员工，组织前往乡间的风情旅游。当告诉我们这些事时，他说这是一份适合他的工作。从事该工作的人要有个性风度。他那时二十五岁，是个相貌英俊、讨人喜欢、懂得人情世故的年轻人，而且自视甚高。他说，这仅仅是开始。他一回来就让房子充满欢声笑语。对我来说，他好像和我们已经分开很多年。他喋喋不休、自命不凡的谈吐逐渐消磨我对他的好感。我倒是希望他能多谈谈租房子一个人住这件事，但我不敢说出来，尤其不敢对赛伊达说，她会对我沉下脸来，骂我自私小气。

* * *

讲到这里的时候，父亲已经在床上躺下了。过了一会儿，他转过身子，脸对着墙。我听出他的嗓音苦涩疲惫。不久我从呼吸声中推测他快睡着了。我也感到疲倦，坐在地板上让我觉得身体僵硬。不过如果父亲想继续讲下去，我还是能坚持的。我关掉电灯，走出房间。阿里，这个在商店打工的年轻人睡在门口的一个角落里。他开门让我出去，然后再把门锁上。我往基蓬达走去，街上十分安静。我一直沿着大路走，避开晦暗隐蔽的小巷。

10
第二夜

　　我本想早晨睡个懒觉，但已不习惯长时间在床上赖着。有时我在床上干躺几个钟头等待天亮好起床。虽然昨夜我睡得很晚，但四点钟时我还是听到穆安津[①]呼唤晨祷的声音。之后我又断断续续小睡了一会儿，父亲昨晚对我讲的那些事，幻成画面在我脑海中不断闪过。接着房前小广场传来的喧闹声让我不可能再睡下去。有三条小巷通向这个小广场，所以这里算是一个十字路口：对面的杂货店已经开门营业，楼下裁缝店传来嗡嗡的机器声，路人边走边大声交谈，骑自行车的人摁响车铃，两车交错时和熟人大声打着招呼。这种环境并不让人觉得不适。我能想象父亲是多么喜欢这里，喜欢生活在其中。

　　当来水后，我拧开水泵灌满水箱，冲个淋浴，还洗了几件衣服。我走到海边散一会步，然后早晨其他时间都用来读书。我想给父亲留点自己的时间。我不知道他是否需要时间，但从半夜他不再说话，我便感觉到他心中的苦涩。我知道还有难以启齿的事没有说。傍晚时分，我专程前往商店，发现父亲和卡米斯坐在外面。父亲已经穿戴整齐，准备好傍晚的

———————————

[①] 清真寺宣礼员，负责每天按时呼唤穆斯林做祷告。

散步。一开始我们穿行在热闹的街道，最后往旧监狱和兵营方向走时，人越来越少。

"昨晚我留你太晚了。"父亲说。

"您睡着了。"我笑道。

"没有，"他说，"我只是讲累了。"

我们在姆库拉兹尼的一家小餐馆前停下来，喝一杯茶，顺便听听人们闲聊那些世上并不鲜见、纷纷扰扰的尔虞我诈和阴谋诡计。接着我们又前往父亲最喜爱的那家苍蝇馆子吃饭。这里离他住的地方更近一些。我知道他要一直等到回房间后才会重新开讲。我觉得他的这种自律中透着珍视。他想让他的讲述具有一种仪式感，不希望我听的时候心不在焉。过了一会儿，我克服不耐烦情绪，甘愿等待他。当我们回到他房间后，他继续开始第二夜的谈话。

*   *   *

一天傍晚，传来敲门声。我下班回家没多久，刚冲完澡，躺在床上，赛伊达边熨烫衣服边跟我说她面试宪法事务部岗位的事。你还没从《古兰经》学校回来。当时你每天下午还去《古兰经》学校。敲门的是一名年轻男子，他一手扶着自行车，一边和我握手。因为即将要告诉我们消息的缘故，他的眼睛亢奋得闪闪发亮。

"我在珊瑚礁酒店上班。"他对我说。当时阿米尔也在这家酒店工作。这个年轻男子身材单薄，神情紧张，也许是吓坏了。"阿米尔被带走了，"他说，"我亲眼看见的。一辆挂政府牌照的日产达特桑^①。他们是今天下午过来的。"

"带到哪里去了？"虽然我听懂他的意思，但还是又问了一句。我故意装没听懂是一种策略，想从他那里套取更多细节。"请等一下。"那人正要骑上自行车离开，我伸手阻拦道。"干吗这么着急？"我说，"请等一下，先别走。谁带走他的，带到哪儿去了？"

这个小伙子犹豫了片刻，耸耸肩，不相信我没听懂他的话。他朝我身后扫一眼，又把视线移开。我猜赛伊达肯定出现在我身后。也许她已经听到阿米尔的名字。

"他说阿米尔被带走了。"我转过身看见她站在我身后，手上还在整理肯加布^②。我低声向她透露，好像在传递敏感情报。"但他没说谁带走了阿米尔。开的是一辆挂政府牌照的白色达特桑。"

小伙子点点头，现在很满意自己要传递的消息都传递到了。众所周知，挂政府牌照的白色达特桑是安全部门的车，所以干吗还要问是谁把他带走的？可能是由于焦急或想得到更满意的解释，所以我才显得这么傻。

"你要告诉我们的就这些吗？"赛伊达问，"这件事在什么地方发生的？你能再多说点吗？"面对这么多没有意义的问题，这个年轻人摇摇头，又骑上自行车。"你是阿米尔的朋友吗？"赛伊达问他。

这个年轻人说："我在酒店外面干活，在花园里。两个男

---

① 日产汽车下的子品牌，以小型车为主，现已停产。

② 东非一种印有彩色图案带饰边的织品。

的走过来对阿米尔说话，然后就把他带到车里去了。我想其中一个人身上有武器。他把手放在口袋里，就像这样。"他边说边将口袋撑出鼓鼓囊囊的样子。由于讲述这些细节，他的眼睛又闪闪发亮。

"谢谢你来告诉我们这个消息，"赛伊达看这个年轻人骑车要走便说道，"请问你叫什么名字？"

"巴卡里。"这个小伙子有些犹豫地说道。

巴卡里骑车走了，一溜烟工夫就消失在小巷拐弯处。赛伊达默默地在桌旁坐了一会儿。我坐在她对面，等待着。这个消息令我震惊，一时不知该说什么，该做什么。有人被拘留，然后获释，但也有人没有获释，一般被关几年。但以前我身边从未有人被抓走过。虽然以往什么事都发生过，但从未有人站在我面前，威胁说要逮捕我。对于强权，我们早就学会胆小驯服地顺从。为什么要逮捕阿米尔？说来奇怪，有时即使在危险时刻，你也能沉下心来细细思索，因为我当时就是这样，把这起事件和我了解到的关于阿米尔的一切放到一起通盘考虑，想推断出他可能触犯了什么，仿佛现在还有时间去进行认真的分析。

"我想起了当年他们来抓我父亲的事，"赛伊达终于开口了，"那时我们知道他们正在抓反对党里的重要人物。那是革命。可是阿米尔会做什么事惹恼这些人？"

我摇摇头表示不知道。"我想还是有什么事情，"最后我说道，"他肯定做了什么兴奋刺激的事情。我曾想过他在酒店的那份工作。他对这个工作很兴奋。不过我现在又觉得他可能卷入到我们不知道的某些事中。"

"会是什么事？"赛伊达有气无力地说。她不想听任何不利于阿米尔的话。"你总是想把他往最坏的地方想。"她说。

我又摇了摇头，因为这不是真的。"不要这么说，"我说，"我对这些事情一无所知。他或许卷入到政治中。我们其实并不认识他交的那些朋友，以及诸如此类的事情。也许他得罪了某个人，那些人都是惹不起的，都是有权有势的人。"

我们又讨论了一会儿，关于接下来该怎么做，最后决定由我先去酒店看看能不能探听到更多消息。我一般从不去酒店、酒吧、俱乐部这些地方。那里都是给外国人和那些想过外国人生活的人开的。至少当时是这样。如今这些做游客生意的地方太多了。无论什么人，想去哪里去哪里。所以当我说要去酒店探听一下消息，我并不知道自己该怎么做，因为这些游客酒店对我来说很陌生。巴卡里说他在花园干活，那就说明他是园丁或者是做清洁的工人，肯定无权无势，害怕被人发现是这个消息的传播者。从他那紧张的神情看，他很看重手头这个工作，不愿意再多向我们透露相关消息，以免丢掉饭碗。不过他居然来向我们通风报信，这已经足够令人惊讶了。也许阿米尔曾经帮过他，这是巴卡里的回报方式。

不管怎样，我决定前往酒店，看看从其他人那里能不能了解到什么情况。我曾在电影里见过——我跟你说过，我年轻时看过很多电影——酒店的客人不高兴，总是会去找经理，所以如果其他招都不行，我就试试这一招。我问前台那名男子，知不知道我兄弟阿米尔出了什么事。这个男的说，他对阿米尔发生什么事一无所知。我以前见过这个男的。由于他耷拉着眼皮，所以很醒目。但我不知道他的名字。我说我们获悉，阿米尔被两名开一辆白色达特桑来的男子带走了。这个男的问我谁告诉我们这个消息。我说是一个邻居听别人谣传的。那个邻居来询问我们更多情况，我们却是第一次听说。我没有提巴卡里的名字。这个耷拉眼皮的家伙颇有兴趣地打量我，在心里估摸我是否认识某个大人物。他走进前台后面的一间办公室，过了一小会儿，我被带进经理室。

经理是个三十多岁、面孔冷漠的中年人，不是本地人，唇髭修剪过，下巴很尖。他虽然面部光洁细嫩，身上喷着香水，但眼神像匕首一样。体格和举止暴露出他属于狠人那一类。这种人镇定冷酷，能干脏活。他垂着眉眼看我，坐在原位和我握一下手，然后指着椅子让我坐下。从这些表现来看，我明白自己接下来会被这个脏钱金主手下的忠实马仔给镇住。因为即使像我这样的人都看出来，这个面色不善之徒不可能干篡改账目、签写支票的活。经理说他只知道有两个人开一辆政府的车把阿米尔带走，但除此之外他不清楚进一步的情况。这些人也许是阿米尔的朋友，来接他去郊游也说不定。事发时经理不在场。他会等政府的情况说明。同时他真诚地希望一切都能得到圆满解决。他肯定关心自己的员工，但也有担心，希望这件事不要对酒店的正常营业造成不利影响。如果有他可以进一步帮忙的地方……说完这些，他站起身，和我握手送客。经过接待区时，现在已经没人了，那个耷拉眼皮的家伙不见了。我能看见游泳池的一部分，几个欧洲的孩子在戏水打闹，在阳光下尽情玩耍。我也不知道为什么，反正直到现在，过去了这么长时间，那一幕也让我反感。

在回家的路上，我遇到一些熟人，有人已经知道这事了。这种事传得特别快，接下来就是各种谣言和说法，慢慢地过几天就有目击者爆料，说这个倒霉鬼在哪里被抓的，甚至因为什么被抓。有时正是这些传闻以及伴随这些传闻而来的疯狂揣测，才会让人记住。对于别人好奇的询问，我尽量礼貌地避开。毕竟我确实什么也不知道。不过阿米尔被捕一事如此广为人知，也令我感到欣慰，这样一来会更安全一些。

当得知什么消息也没打听到，赛伊达变得六神无主。"你什么也没打听到。"她的话让我觉得自己懦弱无能。她肯定看出这话伤了我的心，伸手过来摸摸我的手，叫我亲爱的。"谁带走他的，因为什么原因，带到哪里去了，这些我们全不知道，"她说，"这太让人受不了了。我们不能就这样干坐着，什么也不干。难道我们就没有什么认识的人吗？"

你瞧，在过去，情况就是这样。无论什么时候，当遇到困难时，人们总是问有没有可以求助的人，能出手帮忙的人。现在情况依然如此。我说我去找尤素福，看看能不能帮我们探听到消息。你记得他吧？我们小时候是同学，也是好朋友。我在骑车前往尤素福父亲家的路上，心里在打鼓，要不要先打电话。路上有个商店，我可以停下来打电话。尤素福父亲现在是政府实权人物，外交部副部长。尤素福自己也成了外交部低级职员。我有时能见到他，在路上开一辆亮闪闪的红色本田车，戴着太阳镜。看他开车的样子像电视上的人一样，我就觉得好笑。他要是看到我，总是会挥一下手，这让我觉得我们之间的老交情多少还在。我们要是在城里偶遇，会停下来打个招呼，聊一聊。上次我们见面时，我调侃他现在当上外交官了。尤素福说预计不久能被派到华盛顿去。他是故意拿这个来开玩笑，进行自嘲，但这并不意味着他无足轻重。权贵的孩子也会接班成为权贵。这是家族的安排，至少可以保证他们劫掠来的财富安全。这就是现实。

尤素福和妻儿住在他父亲豪宅的厢房。想象一下这个宅邸有多大，不但能住下这个高官和他的配偶，就连厢房也能容纳他的孩子们和各自的家庭，还有供仆人居住的外屋、狗舍以及车库。如果我先打电话，电话可能会被监听。这种监听不是为了刺探副部长大人，而是为了让他和他的家人免受骚扰和攻击。所以任何打电话的人都会被追踪到，并为他们的无礼而遭受惩罚。如果电话内容被监听，尤素福就会变得谨慎。如果我再问一些鲁莽的问题，他可能迅速把我拉入黑名单。要是我在电话中跟他说话，哪怕电话没被监听，他也可能会拉黑我，假装允诺帮忙，但什么也不做。毕竟在电话中拒绝比当面拒绝更容易。

另一方面，如果我贸然出现在副部长大人的豪宅外，很可能也不会被允许接触到尤素福。这座豪宅高墙上拉着铁丝网，大门口还有个岗亭，有一个武装警卫把守。我甚至可能被找个理由抓起来：破坏清静、形迹可疑、胆大妄为。现在还是傍晚时分，我觉得这个时间段或许比较有利，显得我是事先约好来的，而不是在他们一家休息时过来打扰。我想我可以借助对待访客时老派的礼节规矩。如果不行的话，我就给尤素福打电话，约他第二天在办公室见面。我骑自行车去找他的路上，脑子里尽是焦急地盘算这些事情。

副部长的宅子远离主干道约五十米。车道两侧的地面上种着木槿、九重葛、夹竹桃、美人蕉，还有其他一些我不认识的植物和灌木。这些植物可以使宅子不被淘气的孩童注意到，同时边上的鸡笼铁丝网也可以阻止散放的山羊靠近。这座宅子位于城区边沿，所以有人到这里放羊。我说的已经是二十五年前的事了。现在那片区域已经盖满房子了。不过你还是能看到，那里有带着大花园的豪宅。

当我拐到副部长家的车道时，我看见高高的绿色大门门口有两名士兵。其中一名士兵全副武装，另一名士兵却没有戴贝雷帽，好像他已经下班，在一旁随意地站着，心不在焉地挠着头。我在距离大门还有数米时就下了车，推着自行车朝他们走去，好让他们有充足的时间注意到我在靠近。我平生从未碰过枪，也没和穿军装的人接触过，虽然这两者在生活中无所不在。我希望自己说话时嗓音不要打战。这两个警卫看见了我。当我靠近时，那个武装警卫认真地调整一下贝雷帽，好像他朝我开火时要表现出最帅的样子。当我距离他们只有几米远时，那个没戴贝雷帽的说道："站住，别动别动，大人 ①。就在原地停下，先生。"

"您好！②"我说，看到这两名士兵毫不犹豫地给我回应后，我松了一口气。得到立即的回复总是让人放心不少，因为犹豫意味着你打招呼的人不喜欢你。真主教导我们，当一名穆斯林对另一名穆斯林表示友好的祝福时，对方一定要还礼问候（如果是不信教者主动打招呼，可以不必回礼）。"我

---

① 此处原文为斯瓦希里语。
② 此处原文是特指穆斯林教徒之间的问候。

来找尤素福大人。"我说。

那个没戴贝雷帽的警卫——我已经看出他是两人中职位更高者——看上去对我的话无动于衷。

"干什么?"他问。

我恭敬地垂下眼睛,这个动作既尽到礼数,又表明我的来意不能跟他讲。这些有权有势的人总是做一些不该做的事。我想如果我装作是为副部长的儿子干脏活的,士兵就不会过多盘问。当我再次抬起头来,看见那个没戴帽子的警卫去岗亭拿贝雷帽。他先用帽子扇了几下,然后再戴上。他扫了一眼手表,仔细地审视我一番,又前往岗亭拿起一个看上去很沉的黑色电话。他把电话握了一会儿,头歪着,好像勉强做出一个决定。他对自己不得不做的事不很高兴。他问了我的名字,退到我听不到的地方去打电话。

让我十分惊讶的是,尤素福没过几分钟就到大门口来了。我本以为还要等,或者另约时间。但他就在那里,让我进去,好像不想让我们被人从路上看见。他在院子里停下来,大门开着,警卫在视线内。他肯定猜出我遇到麻烦才来这里,因为以前我从未来过这里,也不敢无事轻易造访。我们握手时,他安慰性地拍拍我肩膀,好像一个老师在面对紧张的学生。

"欢迎。有什么需要我帮忙的吗?"尤素福说。

"我兄弟阿米尔被两个人抓走了,他们开一辆挂政府牌照的白色达特桑汽车。"我说话的声音很小,虽然附近并没有人偷听。接着我升高语调,用正式的方式说:"我们认为他被捕了。但不知道是什么原因,也不知道被带到哪里,不知道该去问谁。所以我来请你帮忙。"

我和尤素福从小学就认识，我们那时互相比赛，分享书籍，当然后来也一起玩康乐球。有一阵子我们长得有点像，大眼睛，笑的时候撇着嘴，肤色也差不多黑。后来我一下子蹿个子了，而尤素福还是矮胖身材，我们才不再相似。我说完后，尤素福点点头，说道："阿米尔是你老婆的弟弟。"

　　"我老婆的弟弟就是我弟弟。"我说。

　　"他犯了什么事？"尤素福问。

　　"我不知道。我对此一无所知。"

　　我们看着对方，沉默了好一会儿。两个从小相识的年轻人，现在依旧能感到一点儿时友谊的余绪。反正我有这种感觉，我想尤素福也一样，因为他点点头，说道："我会尽力去搞清楚。我不知道能不能办成，但我会尽力。我得对父亲说。明天你来我办公室，在那里说话方便一些。"

　　"什么时间？"我像尤素福一样，用公事公办的口气问。

　　"就定在下午吧。给我多留一点时间。"他说。

　　我俩就站在尤素福父亲豪宅内的院子里。我能看见宅邸的整个正面，连同窗户、阳台和吊着的花篮。车道一直延伸到宅子左侧，最后通向车库、池塘或花园。我不知道这座豪宅后面还有多大，有多少间附属的厢房和外屋。这是个和我市井生活完全不同的世界。在我生活的世界里，都是些狭小拥挤的房间，破旧不堪的家具以及各种去除不掉的难闻气味。

　　在带着这个消息回家的路上，我把和尤素福见面的过程在脑子里又过了一遍。他是不是有点不友好？冷漠？他本可以说帮不上忙，但他却没有那么说。他说起阿米尔时语气中是不是带有一点反感？他纠正说阿米尔是我老婆的弟弟，不是我弟弟，是什么意思？这个意思是不是说，你是我朋友，所以对于你兄弟的事我会管，但你老婆兄弟的事我就不管了？尤素福不知道，赛伊达就是我的一切，她的事就是我的事。或许阿米尔曾经得罪过尤素福这样的人。

第二天我前往外交部，在接待区等候指示。接待员坐在一张硕大的桌子前，桌子上有一部电话和几张纸片。在她身后的墙上是一张航空公司的野生动物日历，日历上面是一排照片，正中央是总统，两边是一群达官显贵。她身旁那扇带栏杆的大窗户开着，将阳光和马路上的热风从窗户放进来。我只要稍微发出一点动静，她就抬头看我在干什么。其实她根本不必这么警觉。她的目光故意透着恫吓的味道。我坐着的时候尽量不发出声响。或许由于我坐着很拘束，感觉过了很长一段时间，尤素福才出来。他穿一件白衬衫，没有穿外套。他面带笑容地和我握手，举手投足之间一副青年外交官的样子。当他合上办公室的房门后，他的笑容消失了，神色严峻起来，甚至可以说显得不高兴。他没有坐下，也没让我坐下。这次见面注定会很短暂。这个房间在楼上，面积不大，通风很好，可以看见大海。通过开着的窗户，我可以听见楼下的车水马龙声。我心想这个房间作为办公室真不错。我打量房间时，尤素福走到窗户旁站定。

他说："你兄弟被捕是因为强奸了一名未成年女学生。"说完他等我回答，脸上挂着讥讽厌恶的表情。我什么也没说，因为我被他的话惊呆了，一时语塞。见我没说话，他继续说道，"还不仅仅是一般的未成年女学生，她是副总统最小的女儿。反正他们家准备对外这么说，因为他们家人现在很生气。他们会说他强奸她，不过有可能这其中并没有胁迫，两人是你情我愿的。这就是我知道的内容。这事十分棘手。我只能帮你帮到这儿。我不知道更多的情况，也不想和这件事扯上任何瓜葛。"

我只冒出一句话："你说的是阿米尔？"

"是阿米尔。"尤素福说。

他从窗子旁走开，坐到桌边，双手放在臀部，很生气自己被扯到这件事中。我明白了他的话，强奸副总统的女儿？但这个指控很不真实，毫无根据，十分疯狂，像是某个奇思异想的产物。与此同时，我感受到尤素福的话在我身体里产生的冲击，搅起一阵剧烈的恐惧，担心阿米尔将遭遇不测。我也想知道尤素福为什么这么生气，也许他觉得探听这件事让他蒙羞。接着他和我握了握手，朝门口走去。"这一天忙乱得要命，"他说，"我现在得回去工作。"

我知道这是在下逐客令，没有更多可说的了。事情已经牵扯到大人物了，我该走了。"谢谢你的帮忙，"我感激地和他握手，"我们真不知道……"

"你总这么说。"尤素福打断我，同时将握手的时间稍微延长一点。"你兄弟名声在外。"他说。我当然能看出来，他说你兄弟时，脸上再次露出讽刺的表情。

"我一点不知道。"我说。

"嗯，老朋友，你估计是城里唯一不知道的人了，"他说，"不好意思，我要回去忙那些文件。"

"他被关在哪里？我们能做什么？"我问。

尤素福耸耸肩，一副无能为力的样子。他打开办公室的门，领我出去。我出大楼时，那个一直密切留意我的接待员说，请代我向赛伊达问好。我说我会的，可忘了问她的名字。

回到家后，我把和尤素福的谈话内容告诉赛伊达。赛伊达也震惊得一时不知道该说什么好，接着她说："我不知道。"

"尤素福说，整个城里就我们两个不知道。"我说。

但赛伊达的这句话是另有所指。她说："我的意思是，我不知道他和这么有权有势的人来往。副总统的女儿。他在哪里能遇到这样的人？或许在酒店。那些人去酒店休闲。他绝不会强迫她的。"赛伊达说，故意避开那个字眼。"不管怎么说，在校女学生并不意味着她就是孩子。"

"尤素福说的是，她是个未成年的在校女学生，"我说，"我不知道法定意义上的未成年是多大，也许是十六岁。过去人们十四岁就可以将女儿出嫁，也没问题，而丈夫的年龄可以从十五岁到五十岁。我都不知道现在法律上还有未成年这一说。也许一直都有，但没人注意。"

"好了，好了，"赛伊达不耐烦地说道，不愿听我唠叨个没完，"我们必须找出他现在在哪里，"她说，"这样才能知道具体发生了什么事。我想实际情况肯定不是那样的。强奸？阿米尔？我不相信他会干出那种事。我就只有这一个弟弟，无论如何我们必须把他救出来。不管其后会发生什么。"

我问："你说不管其后会发生什么，是什么意思？"

"我的意思是，无论他真是什么样的人，或变成什么样的人，"她说，"他们抓走我父亲时，我们什么也没做，然后眼睁睁地看我母亲悲惨地死去。现在我们必须尽一切可能，想方设法在阿米尔受到伤害前把他救出来。"

"那时和现在不一样，"我说，"我们现在到底能做什么？"我说这话也许是害怕所致。当权者对老百姓肆意妄为，已经把我们吓怕了。

她说："我们可以去求那个女孩的父亲。"

我们静静地坐着，思索这个大胆的提议。接着我说道："那样可能会让女孩的父亲更生气。也许我们再等等，看看有没有进一步的消息。或许事态会冷却下来。"

但赛伊达摇摇头说道："我不等了，明天早晨我去副总统办公室试试，看看阿米尔到底怎么了。你要是想去就一起去，或者你等事态冷却下来。"

一整天邻居和朋友都来家里打听有没有消息，我们说没有。我们只知道阿米尔被带走了。我们不想把丑事公开。

第二天赛伊达和我一同前往副总统办公室，我内心忐忑，因为估计接下来的见面会很不光彩。我甚至想，我们将压根不被允许见到这位大人物，门口的卫兵和保安就会把我们轰走。门口那名武装警卫和我想象的一样，脸上带着鄙夷的神色，拒绝我们进入楼内。到底有什么事？他问道。赛伊达说这是一件事关重大、不宜外扬的家庭事务，我们想预约和大人见面。警卫很固执：这是处理国事的场所，不处理家事。我不知道他是不是想收礼，还是收礼反而更坏事。我不知道该怎样应对这种事。不过我对此很好奇，如果警卫真想收礼的话，该怎么操作。

"好吧，"赛伊达最后对警卫说，"你最好确信自己知道什么属于国事，什么属于家事。如果我们没能见到大人，由此引发的严重后果将由你来承担责任，到时你就知道这件事属于哪一类了。"

警卫看上去不高兴，我以为他会朝赛伊达大吼，要她别用这种方式威胁他。不过或许他另有顾虑，沉思片刻后，他让我们去和接待员说。警卫朝里面瞥了一眼，看见有人经过就叫起来。警卫向我们解释说，此人正好是负责预约的秘书，可以告诉我们大人是否有时间。警卫既然决定帮忙，现在态度显示出讨好的意味。这也向我们展示了权力的喜怒无常。这位负责预约的秘书等我们走近后，示意我们跟他走到接待区的一张桌子旁。他穿一件短袖白衬衫，一条卡其布裤子，一副低级职员或教师的装扮，在这样一位高官的官邸里显得出人意料。他冷静地看着我们，眼神中透着镇定阴险，和他谦卑和善的外表颇不吻合。他询问我们有什么事。不知为什么，我感觉他已经知道我们是谁，为什么来这里。

"是家庭私事。"赛伊达说。

秘书摇摇头，于是赛伊达补充道，这事和她弟弟阿米尔·艾哈迈德有关。秘书沉思片刻。是阿米尔·艾哈迈德·穆萨吗？他问。赛伊达点点头。秘书身体前倾，手放在电话上，但并没有立即拿起电话。当赛伊达说出阿米尔的名字时，我看见他的眼神轻轻一闪。他拿起话筒，拨了一个号码。他对话筒说，阿米尔·艾哈迈德·穆萨的姐姐在这里，想要见大人。简短地听了答复后，他站起来，朝身后的办公室叫人。他说，我们要上楼，让我和赛伊达跟着他。我们上了两段台阶，在一间挂着"首席礼宾官"牌子的办公室前停下来。这位秘书先敲门，等了几秒，将门打开。他开着门，让我和赛伊达进去，然后再把门从他身后合上。

办公室很大，有空调，离门的远端放着一张写字台。写字台后坐着一个威严的光头男子。离门稍近的地方按长方形摆放着椅子和沙发。这是用来接待贵客的高级官员的办公室。这名男子穿着浅绿色裤子，大翻领的衬衫。这种式样的衬衫深受当年显贵们的青睐。如今他们都穿西装、打领带了，因为这样显得像从政的样子。而那时候，人人都想穿得像游击队员。

他从桌后绕出来，慢慢朝我们走近。靠近我们时，他用手指了指沙发和椅子。接着他停下来，回头朝写字台看去。秘书朝我和赛伊达点点头，指了指沙发和椅子，然后朝一侧迈步，好像照相时要将自己从镜头中避开。与此同时，首席礼宾官又转过身，再次朝我们走来。他这种走路的架势是想向我们证明，他对局面有完全的掌控力，我们在他面前毫无力量。不过这点我们都懂。我俩并排坐在一个小沙发上，他在几英尺外停下来。沙发很矮，令膝盖不得不弓起来，让我感觉整个人都蜷缩起来。首席礼宾官站在我们面前一言不发，时间好像过了很久。我感到房间的氛围里有种东西，一种战栗和不安，一股寒意，接着我感到由于恐惧，全身不由自主地打个寒战。当我瞥一眼秘书时，我见他的目光里闪着幸灾乐祸的高兴劲儿。

我俩都立刻认出了这位首席礼宾官，如果他真的从事该工作的话。我刚才向你所做的那番描述，是想让你对当时的情景和双方的对峙有个印象，但其实我们一走进房间，就认出了他是谁。他是副总统的儿子，我们在电视新闻简讯中见过他几次，一般板着脸站在他父亲身后，或者在重大场合坐在观礼台第二排。我们都知道这些人，他们有着光鲜的头衔和靓丽的妻子。一周当中他们的形象和名字都会通过重播的音乐会、讲演和悼念仪式在我们面前出现几次。现在此人却以一个被强奸者的哥哥身份出现。他本是个暴力铁腕之人，生性残忍，擅长行伍那一套，健壮体魄，武器枪支，大声命令。他的名字叫哈基姆，我估计你知道，这个名字的寓意是智慧博学的人。

"嗳，嗳。"他说。怎么了。他用的是提问的口气，要求我们主动说明来意。他说话的时候，眼睛盯在赛伊达身上。即使当我向他说明我们此行的目的是请求面见副总统大人，他的目光也没有从赛伊达身上移开。最后他简短地扫视我一眼，又很快转向赛伊达。"你们要见大人干什么？"他问赛伊达。

我开始解释我们得到的消息，但这位首席礼宾官却突然发出蛇吐信般的嘶嘶声。在这间开着空调的房间里，这声音不啻一声令人震惊的巨响，饱含着斥责、警告和愤怒。"我们来是想知道我们的兄弟阿米尔现在在何处。"我执意说道，不想被他吓倒，虽然我觉得自己都能听出说话时嗓音有些发颤。

"她的兄弟。"首席礼宾官再次瞥向我，用故意夸张的柔和口吻说道，好像在对一个不知道危险近在咫尺的傻瓜说话。他眼露凶光，警告我不要试图挑战他的忍耐力。接着他又转向赛伊达，说道："你是来替你弟弟求情，对不对？你知道他为什么被捕吗？你不知道，是吗？他被捕是因为强奸了一名十五岁女孩。这个女孩家境良好，还是在校学生，深受她的兄弟和亲属喜爱。你兄弟的行为无耻卑鄙，不可原谅。几十年来，像他这种人所犯的这种凌辱我们姐妹的事，一直可以免于惩罚。但现在时代不同了，他必须为他的行为付出代价。他将为自己犯下的罪行接受应得的惩罚。"

听了这一通装腔作势的大话，我突然不自觉地嗤之以鼻，表示不信。你所谓的像他这种人是什么人？你们自己又是什么人？你们这种人一直以来所犯的罪行，和阿米尔他们据说所犯下的罪行有什么区别？这是我原本想说的话。我也差点就说了出来。这些话在我脑海中早已存在，我现在不知道当时我说出了其中的多少。在此之前，我从未接近过有权有势的人，不知道他们的套路，也不知道他们脑子是怎么想的。我不知道是该奴颜婢膝，还是义正词严。就在我可能要发作之前，赛伊达用手紧紧摁住我的膝盖。我不知道当时我是否笨嘴拙舌、不甚连贯地说了一点和噪声差不多的东西。我不是个勇敢的人，甚至连愣头青都不算。但我无论说什么，并没有先想到害怕，虽然那时候处处充满恐惧。哈基姆看向我，好像等着我继续往下说。但我注意到那双冷酷的眸子露出警告的意味。

"我们可以知道他现在在哪里吗，这样可以听他讲述一下事情的始末？"赛伊达问，"我们想看看如何帮帮他？"

"不，不可以。"首席礼宾官哈基姆说道。

"你不允许我们见他，为他辩护提供帮助，这是不对的，"赛伊达说，"至少让我们见他一面，看他是否还好，听听他自己怎么说？"

"不，不可以。"首席礼宾官哈基姆又重复一遍。我好像听到那位秘书在一旁暗自发笑。"你是否适合见到你兄弟，或者何时适合见到你兄弟，"哈基姆继续道，"相关部门将会通知你。"

"我们可以和大人亲自见面，请求他的帮助吗？"赛伊达又问道，"我不能相信你对我弟弟的指控。事情不可能像你所描述的那样。"

"不，你不可以，事情就像我所描述的那样，"哈基姆说，"这不是我对你弟弟的指控，而是那个女孩对他的指控。不过最重要的是，你没法见到大人，因为他即将出国进行为期四周的亚洲之行。"说着，他首席礼宾官转身向写字台走去，背对着我们说道："你们现在可以走了。"

"我弟弟会怎么样？难道连审判都没有吗？"赛伊达问，语气第一次变得尖厉绝望。"你不能就这样把我们打发走，好像我们是看热闹的路人。他是我弟弟，摸摸你的良心问问，姐姐担心弟弟的安危，是一种什么样的心情。"

首席礼宾官在桌前坐下，没有回答赛伊达。秘书打开房门，伸出手臂示意我们离开。他做这个动作时，头体贴地歪向一边，好像让我们走是为我们好，但这个动作带着讥讽和炫耀，他对此也无意掩饰。当我们回到接待区，他记下我们的名字和地址，表示如果有需要或者有任何消息，会和我们联系。他告诉我们，他叫阿卜杜拉·哈吉。我发现他眼里还残留着兴奋的光芒，我不太清楚这是为什么。是得意自己可以接触到官场权力？是高兴看见首席礼宾官在我们面前官威十足地威胁警告？还是仅仅作为帮凶参与作恶而感到兴奋？

我们一路默默地走回家。回家后，我们又把整件事梳理一遍。他们会怎么处置阿米尔？他们声称阿米尔犯下的罪行将会让他受到什么样的惩罚？我说我不知道。肯定是哈基姆下令逮捕阿米尔的。他作为兄长非常生气，觉得受到冒犯，这件事有辱门风。你没听见他刚才说"像他这种人"那段话吗？或许随着时间的推移，他的怒气会逐渐消掉，我说。不过我又觉得他这样的人，什么狠事都能干出来。等他父亲回国后看看，也许他会更仁慈一些。

　　不，我不觉得这件事毫无希望，赛伊达说。他或许只是想吓唬我们。那个秘书会通知我们阿米尔的下落，不然他干吗要记下我们的地址？他一两天后就会给我们消息，到时我们去看阿米尔，给他带点吃的和干净的衣服。

　　好的，我说。我的嗓音一定透着怀疑，因为赛伊达看上去很受伤，并没有马上答话。接着她准备列一个单子，上面写着事情解决前，阿米尔在监狱中需要用到的东西。我听她说着，考虑要不要拿一张纸记下来。这个单子听上去很长。看来赛伊达正着手做长期等待的准备。我还是觉得，我们现在最好能做的，就是等待，希望这件事冷却下来，并祈望那位副总统，等他亚洲之行归来后会宽恕阿米尔。据说他是个通情达理的人，可惜才华虚耗在身不由己的公务上。他当初是兽医出身，在农业研究部门工作。后来政治主动找上门来，让他身居高位。也许我们现在只能祈求有关他的传言是真的，他会是个有同情心的人。我觉得哈基姆不太可能有同情心，不过阿米尔要是真的强奸了那个女孩，那么指望人家发慈悲是不可能的。我没有把这个想法告诉赛伊达，因为她现在列了一份长长的阿米尔所需物品的清单后，情绪似乎好了一些。我不想再打击她。不过我确实不认为首席礼宾官会心软，以他的身份位置来说，也没有理由考虑这么去做。

"他们会怎样处置他？"一段长时间的沉默后，赛伊达问道。我觉得就算有审判，一时半会儿也不会举行，我们的政府对审判这类玩意不会太在意，我觉得阿米尔会一直关在监狱之类的地方，直到哈基姆由于这件令他家族蒙羞的事引发的愤怒屈辱逐渐消退。我觉得如果哈基姆不依不饶——我觉得他会这样——副总统大人也不会管他。不过或许尤素福是对的，这其中不存在胁迫。尤素福用厌恶的口吻说阿米尔名声在外，这是什么意思？到底是什么样的名声？勾引无知少女？和不三不四的女人交往？好色成性？尤素福也说，他觉得阿米尔和副总统女儿清楚他们的所作所为。我希望情况如此，这样就成了小情侣之间你情我愿的事。那个女孩——那时我还不知道她的名字——暂时保持低调，等她哥哥的气消一些，说不定她会等父亲回国后向他求情，解救自己的情人。这是我们所能希望的最好结果，反正我是这么认为的，当然在这过程中，阿米尔不免会受些皮肉之苦和各种羞辱。

*　　*　　*

父亲的眼睛在发亮。他的语速变缓，音调变硬，带着一点怨气。我感到我们马上要到揭伤疤的时刻了。父亲伸手去拿阿里为他准备的一大保温杯咖啡，给我俩各倒了一小杯，为又一夜的长谈做准备。

"第二天我在上班时，发生了后续的事情，"他说，"所以接下来，我跟你讲的我所了解到的情况，是赛伊达事后告诉我的。我不知道她是否告诉我全部实情。事情已经过了这么久，再加上我自己对这些事也想了很长时间，所以我可能会忘掉某些重要细节。这种事不太好讲述。下面是她告诉我的，我在水务局上班时，发生的那些事情。"

*　　*　　*

上午九十点钟的时候，副总统那位负责安排接见的秘书阿卜杜拉·哈吉派人给我们家捎来口信。捎口信的人站在门口说："要你过去，有新消息。我已经把车停在街的拐角处，会在那里等你。"

"我马上就来，"赛伊达不假思索地答道，"很快就到。"

她换下平时居家穿的破旧衣服，匆忙出门。车子停在一棵树下，附近已经围了一小群人，好奇地瞧这辆车来接谁。车身印有"副总统办公室"字样和国玺图案。赛伊达当时希望不坐车，自己走着去，这样不会引起这么多注意。那个传信的人把她放在办公室门外，好像她是个贵客。当她从那位武装警卫面前走过时，昨天还拒绝她入内的这个家伙，今天居然稍微挺直身子，以示敬礼。她一进入接待区，秘书就从敞开的房门看见她了。他微笑着从办公桌边站起来。打过招呼后，他示意赛伊达跟在他后面上楼。他敲了敲首席礼宾官办公室的房门，短暂停顿后打开门，往边上一站，示意赛伊达进去。接着他合上房门，没有跟进去。哈基姆朝她缓步走来，她感到前一天的愤怒今天在他身上已经消退，不过他还是板着脸。他示意赛伊达坐下，自己也在她对面坐下。

"嗳，嗳。"他和上次一样，用这种方式开头，但语气中没有了恶意。他今天穿得更休闲，是一件长袖白衬衫，上面带点淡淡的条纹，衬衫料子近乎透明。

"我听说您有消息。"赛伊达说。

他看了她片刻，然后摇摇头。"我还是难以相信会发生这种事。你弟弟居然敢做出如此野蛮无礼的事来。他肯定有错。你承认吗？"

"如果能证明您说的话是真的。"赛伊达倔强地说。

他笑了，开始用调戏的口气说道："你的意思是，我在撒谎？不过如果是真的，你会承认他做错了，不再寻求为他辩护？"赛伊达事后说，当时就到这里，他对她嬉皮笑脸的样子，让她开始感到害怕。

"那你会停止为他辩护吗？"他又问一遍，等着赛伊达，直到她做出屈服的动作，一个小小含糊的点头，可能表示的意思是：如果你非要这么坚持的话，不过我想看看接下来会怎么样。

"你会接受权力机关对他丑恶行为所做出的惩罚吗？"哈基姆继续追问，依然嬉皮笑脸，坚持要赛伊达进一步屈服。但现在他太阳穴上的青筋由于说话时生气而跳动，但也可能不是由于生气，而是来自其他强烈的情感。他身体向前微倾，赛伊达透过那件纤薄、宽松的衬衫看到他脖子健壮，胸肌发达。"在本案中，权力机关就是我，"他说，"落到我手上，他会为自己的所作所为受到惩罚，这也是他应得的。至少在昨天见到你之前，情况是如此。但现在见到你之后，我不再那么确定完全没有救你弟弟的办法。你听懂我说的意思了吗？"

赛伊达自觉完全听懂了他的意思。她坐在这个外表强壮的男人面前，不敢相信自己领悟出的他的言下之意。

"现在只有你能救他，"哈基姆说，"你是个美丽的女人。刚才你一进门，我激动得感觉血都涌进胸膛。我以前从来没有对哪个女人有过这种感觉。这辈子都未曾有过。我对你已经把话说得很清楚了，让你清楚地知道我想要你。我想移开你戴的薄纱，脱掉你的衣服，全面占有你的肉体。我想你把肉体献给我，我想控制它，随心所欲地处置它。我对你满怀饥渴的欲念。我不想伤害你，或给你造成痛苦。你明白我的意思吗？我想向你求欢，不是那种一次性的，而是要顺遂我的心愿。我现在就是这么想要你。作为回报，我会释放你弟弟。"

他并没有试图去抚摸她，而是依旧板着脸，没有笑容。说完这些话，他靠在椅子上，缓缓后仰，镇定地等她开口。

她说："你是在凌辱我。我是个已婚女人，一个母亲。我爱自己丈夫甚过爱世界上任何其他人。我不会给他家门蒙羞，也不会给我儿子家门蒙羞。"

哈基姆又将身子前倾，这次笑了，笑容里带着挑逗的乐趣。"我以前就觉得你是个守妇道的女人，刚才的话证明你确实如此。我不想伤害你或侮辱你。我想要你，但不想轻慢你。我只想让你把身体献给我，仅此而已。如果想赎回你弟弟，你别无选择，只能照我说的做。早年你父亲因为叛国罪被枪毙，现在你弟弟除了强奸未成年女孩的罪名，也已经有相关的嫌疑。你一定要明白，没有什么可以救他，除了按我说的做。没有人会管这件事，就连副总统也不会管，因为大家都知道，我作为兄长，有权力对这件事做最后定夺。我会给你几个小时的时间考虑。这次谈话结束后，我会安排你去见你弟弟，到时你就会发现他一切都好，连皮都没破……不过，明天结束之前，我要你的答复。至于面子上的事，我会把一切安排得妥帖谨慎。这样你和你的家庭会尽可能少遭遇尴尬。我想让你知道，我不希望伤害你或凌辱你。"

　　哈基姆说到最后，脸上还带着笑意。接着他站起来，回到办公桌边。过了一会儿，阿卜杜拉·哈吉出现在门口，听了哈基姆轻声发出的指示后，他陪赛伊达下楼。他也面带笑容，赛伊达猜测他全程知道首席礼宾官要告诉她的事情。阿卜杜拉叫了一辆车，送她去监狱。当她在等车时，她看见等待区的钟表还没到十一点钟，所以刚才她在首席礼宾官的办公室只待了十分钟，但感觉好像过了好几个小时一样。过了一小会儿，她又坐上汽车，前去看望阿米尔。司机把车停在监狱大门前面，敲那扇木制大门。木制大门内置一小块嵌板。赛伊达和出现在嵌板旁的武装警卫简单沟通一番后，被允许一个人进去。另一名看守陪她穿过一条宽大黑暗的过道。过道里很凉爽，还出奇地宁静，像是某座古宅的门厅。这和赛伊达预想的不一样。她被指示进入一个小房间，房间里有一台担架车、一张小桌子和一把椅子。房间有一股怪味。她猜测这里是医务官来访时的检查室。她觉得这气味是痛苦的味道。到现在为止，她还没见到放风场所或牢房的标识，也没听到事先想象中的犯人呻吟声或看守的怒吼声。她本以为会被搜身，但陪她过来的看守只是指着椅子，告诉她坐着等。接着他锁上对着她的那扇门。

阿米尔过来了。他看上去衣冠不整，好像刚睡醒似的，头发没有梳，衬衫全是褶，眼睛浮肿，但除此之外，没有受到伤害的迹象。正如哈基姆所说，他的皮都没有破，看守拉开门，没再关上，在外面等着。赛伊达拥抱弟弟，问了一些急切关心的问题。阿米尔回答得有些不情愿，显得愤愤不平。赛伊达觉得阿米尔长得真像他们的父亲，可性格又是截然不同。阿米尔鲁莽苛求，爱耍性子。两人默默地坐了片刻，赛伊达在想如何开口。

"发生什么事了？告诉我发生什么事了？"她问。

"他们说发生什么事了？"阿米尔反问道。

赛伊达竭力揣测他这句话的口气：猜疑、谨慎、盘算该向姐姐透露多少实情。赛伊达原本以为弟弟遭到逮捕后吓坏了，感到莫名其妙，但他似乎保持惯有的戒心，只泄露出一点情绪，心里还在计划盘算。

"我想先听听你的说法，"赛伊达说，"没有人告诉我们太多，哪怕在你被捕之后。只知道你从珊瑚礁酒店被抓走。我们只好四处打听……到底发生什么事了？"

她看见阿米尔脸上依旧是算计的表情，在思忖姐姐的话，决定该告诉她多少内容。"没有人告诉我被捕的原因，"他说，"两名男子来到酒店，让我进汽车。其中一人还佩枪。"说到这里，他的声音夸张地升得很高。但赛伊达听出来，他是在故意演戏，假装出激动的样子。"他们把我带到这里，关进一间单人牢房。我已经在这里待了两天两夜，简直像地狱一样，热死人，蚊子多得要命……用的还是便桶。你能想象吗？那味道……我不知道我做了什么，也不知道他们准备怎么处置我。没有人对我说任何事，连你都不对我说。你都问谁了？知道哪些情况？"

"我们被告知你强奸了一位未成年女学生。"赛伊达简短地答道。沉默片刻后，阿米尔轻蔑地哼了一声，一副不相信的样子。赛伊达继续说道："还是副总统最小的女儿。"

"我没有……做这件事，"阿米尔的声音降下来，小到像对人耳语，"是谁说的？"

"她的哥哥哈基姆。"她说。

"他去找你了？"阿米尔问道，还是耳语声，但显得难以置信。

"我们试着去见女孩的父亲，向他求情，但他出国了，"她说，"你是怎么认识这些人的？"

"小声点，"阿米尔道，朝半掩的房门点头示意，"他说什么了？"

"他准备惩罚你，"她说，"是他下令逮捕你的，他很生气。所以我想听听你的说法，看看他们说的是否属实。"

阿米尔摇摇头。"我当然没有强奸阿莎，"他说，"我对她的年龄一无所知。我和她见过几次面，彼此印象不错。她来酒店参加一个派对。"阿米尔说到这里停顿一下，在考虑措辞。"我没有强迫她。那次派对之后，她又来酒店找我三次。她想让我做她的男朋友。"

赛伊达点点头。"她哥哥说你强奸她，说她还没成年。显然这是阿莎对他说的，两桩罪名。既侵犯了她，也侵犯了他的家庭。"

"没有，"阿米尔轻声说道，用手无力地在面前挥了一下，"你怎么能相信这种话？我绝对没强奸她。她来了酒店三次……这是她的主意。她想让我给她看一个套间。这是她的主意。你怎么能说这种话？"过了片刻，他问："那接下来会怎么样？你怎么得到许可见我的？"

"是哈基姆安排的，"赛伊达说，"他想让我见到你没有受到伤害……不过你认识他吗？他也是你新交的朋友吗？"

阿米尔点点头。"我知道他。他是个狠人。他喜欢装成那个样子。我们能不能想点办法？他有没有说别的？"

赛伊达也点头回应。"他说具体怎么惩罚你，全由他做主。他向我提出一个侮辱性的请求。如果我屈服于他，他就释放你。你明白吧？我陪他睡觉，让他尽兴，他就释放你。"

"噢，真主，这个猪猡。"阿米尔道。说完他沉默了很久，在心里盘算赛伊达的话。然后不出赛伊达所料，他问道："你愿意吗？"

"噢，阿米尔，你真是铁石心肠。"她说。

"他们会在这里折磨我，"他恳求道，"也许会把我关几十年……可能更糟……甚至会杀了我。你不知道这个人有多狠。救自己弟弟的性命能有什么错？无论他怎么想，你都可以说自己做了一件高尚勇敢的事，救了弟弟一命。"

"马苏德呢？我怎么向他解释？"她问。

"他不必知道，"阿米尔现在露出了得意的笑容，认为她同意了，"所有人都不需要知道。这样的事人们一直都在做。"

＊　　＊　　＊

那天我回家后，还不知道这件事。过了一会儿，也依然蒙在鼓里。晚上当赛伊达在心里权衡该怎么做，该对我透露多少实情时，我问她今天有汽车来接她是怎么回事。这是邻居碧·玛亚姆告诉我的，一辆挂政府牌照的小汽车过来把她接走了。那个帅小伙有消息吗？帅小伙是碧·玛亚姆对阿米尔的称呼。赛伊达开始向我讲述当天发生的事。她一旦张口，就把一切全说了，事情的前前后后，反复地说，直到我感到恶心憎恶，仿佛自己当时就在现场。

我对她说："不要做这种事，千万不要做。"我求她求到半夜，我抓住她的手腕，轻轻地摇晃着，我还哭了。但我说的越多，她的态度越明确，觉得没有什么能和她弟弟的性命相提并论。"他不会有性命之忧，"我说，"假如他说的话都是真的，那个女孩会救他出来，那个畜生会把阿米尔关几天甚至几个月，但之后那个女孩会求她父亲放了阿米尔。不要白白地把我们的生活变成噩梦，蒙羞受辱。他不会有性命之忧。"

但她无法说服自己，只想着她已经失去了父亲和母亲，现在又要失去弟弟。而她如果屈服于那个男人，弟弟就能得救。"你必须帮助我，马苏德，"她对我说，"你必须陪在我身边。你一定不要抛弃我。你一定不要让我伤心。没有你的同意，我不能做这种事。他想见我几次，接着一切就结束了。不会有人知道的。"

"不，"我说，"不会结束的。那个男人对你说过，他要你屈服于他，一直到他满意为止。不会只有几次就结束。他不把你玩够，羞辱够，是不会罢休的。"

但我的所有哀求都没用。几天后的一个下午，一辆挂私人牌照的小汽车停在那棵树下，赛伊达按事先的约定上了车。那天晚上她回家时，我和你正坐在桌旁喝姜茶，吃从小餐馆买来的圆饼。赛伊达径直走进浴室冲洗、更衣。我和她都没有谈及她下午去哪里了。一连几天，除了必须要说的话，我们什么也不提。这一周的周末，阿米尔从监狱里放出来了，满面春风，兴奋不已，仿佛参与了一场好玩的恶作剧。第二周的一个下午，赛伊达按约定又离家去哈基姆那里。事前她让哈基姆不要像上周那样派车来接。她自己步行前往那个她被迫要去的地方。

她走后，我取出母亲让我保管的首饰，她到迪拜后给我写的信，我和赛伊达结婚时我父亲寄给我的信。我把它们和衣服放进一个包里，离开了家。我骑自行车漫无目的地游荡了大约一个小时，没想好是否要离开家，也没真正做好准备舍弃她和我现在的整个生活。后来我又慢慢骑回家。当赛伊达第三次去哈基姆那里时，我清楚自己再也无法忍受住在家里，无法容忍赛伊达和她弟弟。我的心灵蒙受耻辱，我想阿米尔估计在咯咯笑着，嘲笑我的愚蠢、懦弱和耻辱。我不知道该怎么办。我这辈子每逢重大时刻从不知道该做什么。我总是这么无能。我不知道该怎么开口和赛伊达谈论她做的事。我被她做的事压垮了。我不知道她为什么还继续做。

＊　　＊　　＊

　　说到这里，父亲哭了，由于想控制自己，骨瘦如柴的身体一起一伏。我站起来，关掉电灯，坐在他床前的桌子旁。片刻的沉默之后，他说：“对不起，人越老越难控制住眼泪。”

　　“您想让我把灯打开吗？”我问。

　　“不用，”他说，“就这样挺好。”

＊　　＊　　＊

　　那一周，当赛伊达第四次下午出门时，我归拢自己选好的物品，没等她回家就骑车来到这里。我知道卡米斯会让我住下的。当年他受当局刁难时，我父亲曾帮过他。我知道他会帮我。他们让我住现在这个房间。我没想到我会在这里住这么久，但我实在无法面对那些相互指责和各种解释。第二天早晨阿米尔来水务局办公室找我，告诉我赛伊达想让我回家。我都没抬眼看他，继续读办公桌上的材料，或者假装在读。我听见阿米尔简短地叹口气，就离开了。那天傍晚，赛伊达亲自来到办公室，办公室离家很近，让我回去。我和她走到办公室外面，因为我怕在众人面前失态。

　　“我受不了再回去，”我告诉她，“我受不了你现在的所作所为。”她问我现在住哪里，我说在商店后面租了一个房间。店主夫妇住在后面另一个房间。我们共享一个院子和厕所。这已经足够了。

"回家吧。"赛伊达说。

我摇摇头,因为有些话我说不出口。她已经把一切都拿走了,那里没有属于我的东西。

第二天,我下班后回到住处时,卡米斯告诉我有人给我送东西。是一盘木薯和一片煎鱼。我把它们当晚餐吃了,第二天上班前把洗好的盘子放在商店。下班回来时,我发现赛伊达已经拿走盘子,留下一些米饭和菠菜。此后她每天给我送来吃的,放在商店里。后来这件事由你来做。有时我要是在房间时,卡米斯就叫我出去亲自去取食品篮,我取食物时会说几句客气话。每当我看见她,我都竭力克制自己,免得悲伤得要崩溃。我本该为了她而奋起抗争,但我没有力量去制服那两个掌控她生活的无耻男人。我都不确定,她是否希望我试着去抗争一下。冥冥之中我觉得,她已经对我放弃希望。她每天都给我送来食物,只是对她身不由己的行为做出的补偿。

我离开她之后,一连几天都说不出话来。接着过去了几周、几个月,我感到一种深深的、难以言表的自我厌恶。我生性懦弱、自怜、没有骨气,活该受到蔑视不屑。但即使我像别人那样厌恶鄙视这个人,我逐渐学会对他忍气吞声,我合上了通往与他有关的外界的大门。我想用这个办法来对待失败,安之若素,学会体面地容忍失败。我不知道该怎样换个角度看待自己,怎样不要把自己太当回事,不把人生太当回事。我在脑海中想象他们拥抱亲昵的样子,饱受折磨。我夜复一夜地设想自己去杀死那个人。可我是一条狗,我觉得自己像条狗。我想不出对此能做什么。你问我为什么不开口说话。我一开口，就只能谴责自己卑怯懦弱。我的人生空虚，没有欢乐，没有意义。我受不了赛伊达用这种方式抛弃我。失去她之后，一切都变得无足轻重。我迷失了自我，变成那个样子。我为我们遭受的飞来横祸感到羞耻，却又无力阻止。我没有精力去做任何事，要不是卡米斯和他那位现在已经去世的妻子，我当时连维持最基本的自尊都做不到。我现在也不知道，他们当初为何不嫌麻烦地帮助我，但他们确实帮了。他们对我的帮助，已经超过了我父亲当年对他们的恩情，但他们对我的关心却没有止境。

至于阿米尔，这件事过后他一切变得顺风顺水。这方面你知道的比我多。各种好处接踵而来，他也知道该如何最大限度利用这个好运气。接着就是他把你带去伦敦，我以为自己会再也见不到你。而赛伊达呢，哈基姆看来不满足于用她长期填补欲壑。他对她的态度，从原本的凌辱，变成割舍不了的强烈爱恋。我想他是爱上她了。说不定她也开始部分地回应他的爱恋，因为即使阿米尔安全了之后，她也没有离开他，后来他们有了女儿。人总是能顺应很多事情。再后来当我在吉隆坡时，她给我写信要求离婚，这样她可以再婚。其实她大可不必如此。我早就不要她了。我想，她写信是展现一种善意。我不知道她是怎么获得我在吉隆坡的地址。对我来说，吉隆坡是一个休养恢复之地，但我永远没有能力再去爱了，因为耻辱已经将我掏空，令我了无生意。有时在人生某个岁数，你不会懂得生命是多么地漫长。你觉得一切对你来说都已结束，但其实没有，还早着呢。你只是不知道身体维持活下去所需要的力量是多么的少。身体可以不由你的意志，自行运转下去。

多年来我一直等待有机会告诉你这些，虽然其中有很长一段时间，我是抱着错误的理由这样想的。我想让你知道，在这件事中谁该受到责备。但你那时还小，我也没有力量去做这件事。最后我想，你或许已经选择了立场。现在不是我想让你知道，而是你自己主动想知道。是我父亲教会我用这种方式说话。我过去不理解他，直到他回来接我去吉隆坡后，我才逐渐理解他。我们有些人喜欢认为人心不古，过去的人是好的，后来变坏了。但我把这点套用在父亲身上，却犯了错误。他为我祈祷，我一开始对此并不感恩。但渐渐地，我开始发现，他是一个永不言弃的人，一个有信念的人。我误解他很多年，因为我原先认为他思想狭隘。

他在吉隆坡一所伊斯兰学院担任学者，教授、讲解他毕生研究的那些宗教文献。但在业余时间，他自己掏钱创办了一所孤儿学校，让孩子们接受免费的小学教育。虽然在吉隆坡，教育是免费的，但上学依然不便宜。家长在考试、书本、作业和校服上都要花钱。我父亲的学校给这些孤儿提供一个起点。他做这些事都是在履行一名伊玛目的职责之余做的，其他志愿者也来这所学校教书，有伊斯兰教会的会众，也有他的学生。我也在那里教书，开始是帮忙性质，后来在做事过程中，我得以把自己的心灵从长期的麻痹痛苦中解脱出来。我没有成为一名宗教学者，也不具备他那种虔诚，但我尽我所能去令他高兴。过去长久以来，我除了让他感到失望挫败，什么念想都没有。我感激他专程回来，将我从忧伤中带出来。我在吉隆坡不再感到失望羞辱，开始觉得自己的力量在恢复。

我渐渐开始接受，对过去落在我身上的苦难和自己的所作所为，没有解除解脱之道。但我感到有些别的东西在萌生。

在吉隆坡我懂得了，我父亲不仅对宗教有信念，而且对人也抱有信念。我曾失去过信念，但在亲眼看见他如何践行自己的人生后，我对人生也有了新的认识，觉得人生是具有可能性的。几年前他去世了，马利姆·叶海亚。成百上千的人悼念他。而仅仅在一二十年前，对这些人来说，他还是个异乡人。在吉隆坡，数百人给他送葬。他留下充裕的钱供妻子在他身后过着舒适的生活。他的两个女儿也在吉隆坡成家。我是听我妹妹说赛伊达去世的，愿真主悲悯她的灵魂。我知道自己在那边也没什么用处了，于是想回来，度过余生。我来和你说说吉隆坡吧，这是个极其舒适宜人的城市。

11
怀疑会背叛我们

父亲问我是否想留下来。

我犹豫了一会儿，把话题岔开了。我给他讲了刚去伦敦时交的那几位朋友，雷沙特和马哈茂德。"雷沙特什么事情都能拿来开涮，"我对父亲说，"尤其是和那些崇高的字眼相关的东西。对正义、未来、责任这样的大词，他嘲弄讽刺得最厉害。你会讨厌和这样的人做兄弟，做旅伴，或者一同做需要信赖他的事情。不过一天中有几个小时听他胡说八道也是很好玩的。马哈茂德和他大不相同，总是面带微笑，是个和蔼可亲的朋友。还有其他一些人，我不太熟，他们来自印度、西印度群岛、马来西亚、伊朗。"

"我从未想到过你身边有这些人,"父亲说,"我以为你周围全是英国人,男人们都是板着脸不高兴的样子,女人都是高高在上的贵妇。"

"这种时候是有,但并不总是如此,"我说,"现实并不像他们对我们自我伪饰得那么简单,也不像我们偏听偏信的那样。英国人并不都是那副样子。他们中有吃不饱的,愚昧无知的,当然也有富于正义感的。"

"这个我懂。"父亲对我激烈的言辞报以微笑。

"从某种意义上说,伦敦囊括了整个世界,"我说,"英国人曾经让全世界的人不得安宁,把各国人们身上的好东西都压榨出来带回家。现在轮到衣衫褴褛的黑人和穆斯林来英国分享他们的所得。"

"和我说说马哈茂德,你那位和蔼可亲的朋友。"父亲说。

"我第一次见到马哈茂德……我们过去总叫他茂德……我不知道在塞拉利昂也有穆斯林。他告诉我,塞拉利昂四分之三的人口都是穆斯林,我一开始还不相信。我一直以为塞拉利昂是英国生造出来的一个国家,把被解放的黑奴送去那里,是一个传教居留地,那里的人都是虔诚的基督徒。我肯定是在书中读到的,或者就是在历史课上知道的,所以想象那个地方是专门腾空出来安置黑奴的。那时我读过的唯一一本关于塞拉利昂的书是格拉汉姆·格林写的。我记得书中除了叙利亚人之外——他们被所有的英国人用讽刺口吻谈论——没有任何提及穆斯林的地方。你我这样的人就是这样认识世界的,读那些鄙视我们的人写的书。雷沙特说,塞浦路斯四分之三的人口也是穆斯林，只不过希腊人和英国人伪造了人口数据，但他是在撒谎。雷沙特总喜欢这样夸大其词，哪怕你当场戳穿他，他也不过大笑而已，仿佛自己只是在开一个过分的玩笑罢了。"

我还告诉父亲姆盖尼先生和非统房的事。"我在那里居住过一段时间，"我说，"我们叫它非统房，因为居住在那里的人都是非洲人。姆盖尼先生住在隔壁。他来自马林迪……不，不是我们这里的马林迪，是肯尼亚的马林迪……但他也是说斯瓦希里语的，是我们自己人。同住的还有彼得和曼宁，后来到了布莱顿，和我同住的是巴兹尔和苏菲。不过我现在和他们全都失去了联系。"

"那你不想留下来？"父亲道。

我说我既想留，也想走。童年时，有些深更半夜我会听到犬吠嗥叫。我那时十分害怕，认为这是恶鬼在召唤同伴聚集作恶——小时候人们总爱给我们讲这些东西——如果我不把耳朵捂住，把头蒙上，就会被迫跟着这些恶鬼走。我现在就有类似感觉，虽然不是一模一样。假如我留下来，就要把我的耳朵捂住，头蒙上，这样我才不会被迫加入到依靠富人垃圾过活的食腐动物中。留下来会很悠闲，这是个让人不复有所求的地方，虽然也有剥削掠夺，但我可以走在熟悉的街道上，遇见的人都已经认识了一辈子，呼吸的空气就像闻到旧爱的味道。

"但我会失去获得机遇的自由，"我说，"至少是那些别人已经蹚出来的路所形成的机遇。对于这些机遇，我无从改变或施加影响。我的这种自由对别人无足轻重，从某种程度上来说，它也确实毫不重要，但却令我陷入左右为难的境地，不知是该留下，还是回去过一种萎靡不振的生活。那种生活会把我变得像姆盖尼先生一样。我觉得自己还是要回到那边，回到那未完成的生活中，直到它最后给我一个结果，或许也没有结果。这些年来我一事无成，基本上什么也没做。我不知道自己在等什么。当我得知妈妈去世以及您回来的消息，我也想回来。我回来想听您讲讲妈妈没有告诉我的事。当年您离开我们，我现在觉得她那时是别无选择，只能破罐子破摔，自己酿的苦果自己吃。我觉得在这件事上她永远有苦难言。"

父亲摇摇头。"不要把她想得那么坏，"他说，"她只是为阿米尔着想。她承担了太多的责任。"

"我没有把她想得那么坏，我也不认为这是因为她对阿米尔舅舅承载了太多责任。她只是束手无策，不知道该做什么。那些人用各自的方式压垮了她。"我说。说完，我沉默良久，因为我能看出父亲被我的话或者我说话的方式弄得有些不安。接着他叹口气，抬起头来，点点头，示意我继续往下讲。"她知道阿米尔舅舅是什么样的人。您说羞耻掏空了您的生命。阿米尔舅舅才没有工夫去考虑羞耻呢。对他来说，羞耻有种自怜、自私的味道，是一种软弱。他会把令他羞耻的东西视作一种袭击，像一个男人气势汹汹地予以猛烈回击。所以当受到攻击时，他就强迫她牺牲自己，去成全他的幸福。她只能照做，因为除此之外也没别的办法。"

"也许我们说的有相似之处，"父亲简单想了一下说道，"那么你是打算回伦敦了。"

我点点头。他耐心地等我继续往下说。看我不说话而是在笑，父亲便问："你笑什么？"

"妈妈一直都喜欢李子吗？我记得她爱吃李子，"我说，"有时她买一包李子回家，我们就坐在那儿一颗一颗地全部吃完。"

"是的，她一直都爱吃李子，但李子在这里不容易获得。"父亲说，"人们得等到大陆上到了季节，李子才会上市。"

"在英格兰吃到的李子和这里的味道有点不一样，"我说，"您多年前的那套《莎士比亚全集》还在吗？"

"还在。卡米斯把一切都保存下来，"一想起这个朋友，父亲就笑了，"他说他把这些书全保留下来，因为他相信我会回来的。他这个人肯定比我有识见。我记得读的第一个剧本是《维罗纳二绅士》。"

我问："您读过《一报还一报》吗？"

父亲摇摇头。"我想没有。我或许试着读过，但大部分莎士比亚戏剧对我来说太难了。里面的开场白充满了各种叹词、舞台指示、呼语、细致的介绍。我一般读了两三页就打瞌睡。"

我说："我第一次读到该剧时，仿佛听到一个伤心的回声。伊莎贝拉让我想起妈妈，因为在知道阿米尔舅舅的事情之前，我就一直猜测她的行为背后有一股力量在驱使她。我当时还不完全相信，世上竟有这样背信弃义的弟弟，会努力说服自己的姐姐屈服于安哲鲁大人，这个色胆包天的恶霸。身为弟弟怎么能做这种事？"

"跟我说说这部剧。"父亲道。

下面就是我对父亲说的。维也纳公爵想要考验一下他的副手安哲鲁大人，于是安排一次远行，让安哲鲁替他掌管城市。安哲鲁大人以品德崇高著称，但公爵本人对此肯定有所怀疑，因为他其实并没有离开城市，而是乔装改扮，躲在一个修道院里。安哲鲁大人狂热追求正直公正，总认为公爵在执法上心慈手软，对各种不当行为睁一只眼闭一只眼。当没有公爵的羁绊，可以放开手脚施政后，他做的首批事情中有一件就是下令逮捕克劳狄奥。此人和他的未婚妻朱丽叶僭礼同居，并使女方怀孕。安哲鲁下令以通奸罪处死这个年轻人，这种处罚在当时的法律中是允许的。您或许会认为，因为这件事就处死一个人，太野蛮了！但那时的维也纳法律只允许他做到这一步，要是由他的性子来，说不定他会做得更过分，一上来就开膛破肚，阉割去势。况且他只是逮捕克劳狄奥，判处他死刑。他本可以对朱丽叶施与同样的惩罚，不管她怀没怀孕。在某些重视贞洁和服从的穆斯林地区，人们处罚通奸者有一套办法，几乎都是处罚女方。（他们在地上挖一个坑，把女人推进去，正好到脖子，然后朝坑里填土，直至只露出头部在外面，最后用石头活活将通奸者砸死。）安哲鲁大人所做的只不过是将男的逮捕，下令处死，将女的贬为修女。然而就是这种惩罚，还是在法律允许的范围内，由于公爵大人的宽宏大量，现在也变得式微。

在被押解入狱时，克劳狄奥遇到一个熟人卢西奥。此人是这对已经订婚的佳偶的常客，爱玩恶作剧，是个大嘴巴，开起啰里八唆的玩笑没完没了。克劳狄奥把自己被捕的缘由对卢西奥讲了，要他去转告自己的姐姐伊莎贝拉，好让伊莎贝拉去向安哲鲁大人求情。伊莎贝拉正要宣誓做一名修女，但接到这个消息后，她同意按照克劳狄奥的要求去找安哲鲁大人，求他饶弟弟一命。和所有世人一样，她深知除非天生就拥有，否则想得到哪怕再微不足道的东西，也是需要恳请央求的。她被应允见到安哲鲁大人，后者告诉她，克劳狄奥明天一早将被处死：不要求情，巧舌如簧地辩解也没用，这是法律，不是儿戏。

伊莎贝拉毫不胆怯地对安哲鲁大人说话，一开始是谦恭地恳求，后来当她意识到安哲鲁是个冷酷无情、自以为是的人之后，她指责他残忍严苛得过了头。她觉得自己已经尽力了，因为她被允许第二天过来听训安哲鲁大人对她申诉的回复。这样至少延缓了死刑的时间，给她一丝救弟弟性命的希望。可她不知道的是，安哲鲁大人被她的美貌打动，而且吊诡的是，正因为她品行清白，他反而渴望她将肉体献给他。次日当她过来时，他用下面直白的语言告诉她：明说了吧，我爱你。如果她想救克劳狄奥的命，就必须屈从于他。伊莎贝拉，这位见习修女，被这残忍的诱奸请求吓坏了。她以为克劳狄奥和她一样，也会被吓坏。但当她告诉弟弟情况时，后者却竭力劝说姐姐同意安哲鲁的请求。死亡是可怕的。你为了救弟弟性命而犯下的罪孽，会成为一宗善事。这时公爵介入进来。他本来对安哲鲁大人是否适合做统治者就有看法，认为他是个肮脏的伪君子，但他需要当场抓住他滥权苛政的证据。通过实施一系列的计谋，公爵挫败了安哲鲁大人的罪恶行径，保全了伊莎贝拉的清白。他自己也正式向她求婚。毕竟这是一出戏。

我说:"在现实中,没有公爵为母亲这个伊莎贝拉伸张正义,也没有人能制约那个好色之徒,他一旦把她攥在手中,就绝不会再让她溜走。爸爸,在这部剧里没有您的角色,因为莎士比亚已经把女主角留给公爵了。"

"既然没有我的角色,我也就不去费心读这部剧了。"

"有时我想,事情的发生是否都是预先决定好的,还是阴差阳错,从头乱到尾。"

*　　*　　*

穆里娜考完试回来后,心情愉悦。她各门考得都不错。她给她爸爸打电话,报告这个好消息,并告诉他,我们傍晚时分会专程去看望他。我知道这次见面终究是免不了的。我对自己说,就当看在穆里娜的面子上吧。我不愿去看望她父亲,让穆里娜不高兴,仿佛我们之间还心存芥蒂。不过我早就向她宣称,事情不是这样的。我从父亲那里得知,我前往伦敦后不久,母亲就提出离婚,因为她想再婚。她肯定一直在等我离开,免得让我不高兴,或者还得忍受我的坏脾气。所以,总的说来,哈基姆就是她的正式丈夫,曾和她在某种程度上共同生活过,并给她举办了体面的葬礼,而我那时还正在福克斯通,和朗达正在颠鸾倒凤。

我和穆里娜前往哈基姆与他的原配家庭居住的豪宅。我们拐进车道时就听到狗吠声,一位瘦削的穿制服男子出现在宅邸靠近花园的一侧。当他看见穆里娜时,满脸堆笑,穆里娜也朝他挥挥手。一辆丰田陆地巡洋舰停在车道上,还有两辆汽车停在左边的车库里。我奇怪坐拥这么多财富，居然没有警卫，大门也不上锁，甚至连狗都被关在狗舍里。我猜这些人依仗的是人们的害怕心理。他们正是通过恐怖行为，让害怕成为国民的日常行为。谁敢冒着被抓以及其后的严重后果去偷这些恶人的财产？

穆里娜从宅子面向花园的那侧绕过去，回过头来笑着拉我一起过去。我听穆里娜说，哈基姆的另外两个女儿都在国外学习，一个在波士顿，一个在乌得勒支，她们都享受所在国提供的优厚奖学金。哈基姆的儿子在身边，有一天下午我们在城里闲逛时遇见他。他和穆里娜同岁，我们握手微笑后，他又忙着去做他的事情了。穆里娜没有敲门就进了屋，好像回自己的家一样。我被介绍给一位正在厨房忙乎的姨妈或表姐身份的人。我估计她是另一个碧·拉赫玛，是这家的穷亲戚，正好被招来干粗活。她告诉我们大娘在休息，但老爷在里面。穆里娜已经走过去了，大声叫着爸爸。她跨过玻璃门时踢掉脚上的凉鞋，下几个台阶，走进客厅。

我以前只在电视上见过哈基姆，也只在电话中听过他说话。我觉得他有六十五岁左右，眼睛被松弛的眼袋映衬着有些黯淡无光，粗壮的脖子开始下陷起皱。我们进来时，他将躺椅转向我们这面，站起身来。在我看来，他做这个动作丝毫不费力，虽然上了年纪，但还是个大块头、有力气的人。他刚才正在看欧洲冠军联赛决赛的录像，但把声音关了。他站起来时，随手关掉电视。他对穆里娜微笑，张开双臂，好像要拥抱她。但这个动作只是修饰性的，因为短短几秒钟之后，他就伸出手来让她亲吻。当穆里娜弯腰亲吻他的手时，他将另一只手搭在她肩膀上。我好像看见穆里娜的身体稍稍有些僵硬，像是不经意间被碰一下后的应激反应。也许他平时一般不这样摸她的肩膀。穆里娜站到一边，转向我，脸上洋溢着笑容。

哈基姆久久地看着我，表情镇定，没有笑。接下来他伸出手来，我跨步向前，接过他的手。在简短的握手过程中，我感到他的手肉乎乎的，但却光滑无比，让我联想是不是用昂贵香皂和乳膏用的。哈基姆指了指一把椅子，他坐到自己那把巨大的安乐椅上。穆里娜一直在说话，把我们落座时的时间都填满，不至于冷场。

"塞利姆，终于见面了，"哈基姆这时微笑着轻声说道，"你母亲见到这一刻会含笑于地下。"

安哲鲁大人，我在心里想。他看上去甚至比二十年前更强横。明说了吧，我爱你。要想赎回你弟弟，就把身体献给我，你这个婊子。我没有说话，全是哈基姆和穆里娜在聊。他们在讨论穆里娜将来的安排，是去哥伦比亚大学读 MBA 还是去伯克利读经济学？穆里娜希望能去意大利，但学会意大利语要花好几年的时间。意大利男人长得太帅了，她说。不过说实话，她也没下定决心。她更偏向美国，不过如果去伦敦的话，就能和我待一起了。说这话时，她瞟我一眼。哈基姆对这个想法嗤之以鼻，说我会留下来，对不对？既然回来了，我就不会再去其他地方。他朝我看过来，看我会不会开口答话。见我没说话，他继续说道：如果你决定留下来，肯定会有事做。这点我能保证。

见面时，我提到自己很抱歉没能及时赶回来，对他和阿米尔舅舅积极慷慨地张罗葬礼等事宜深表感激。和你一样，这也是我的责任，他说。当我离开时，哈基姆又和我握了手，说如果我决定留下，他说话算数。我点点头，显出一副感恩的样子，但内心的想法却是，即使我回来，也不做被你圈养的一只畜生。

＊　＊　＊

"你不打算留下来吗？"当我一个月的假期即将临近，跟穆里娜说要给旅行社打电话落实机票的事时，她问我，"再待一个月，好好想一想，先别走。"

"我回那边之后，再好好考虑。"我说。

"那边有什么非常吸引你的东西？是不是有人在等你？"她问。

"没有，"我说，"没有这种事。都是些鸡毛蒜皮的事要处理，生活琐事。"

"那好吧，先回去，等想好了再回来，"她说，"我知道你在伦敦有份好工作，但就像爸爸跟你说的，如果你想留下来，这儿也有适合你的工作。"

＊　＊　＊

我父亲也问了我同样的问题。"那边有什么非常吸引你的东西？是不是有你爱的人？是不是有人在等你回去？"

看着父亲问这个问题时由于尴尬而表现出的一脸苦相，

我不禁笑了。我们父子俩还不习惯这样的谈话，也可以说刚刚开始习惯互相交谈。我喜欢他这种问话方式：有人在等你回去，只在等你。我收起笑容，说道："没有，没有人在等我。您是指女人吗？以前我爱过一个女人。她的名字叫比莉。但我失去了她，她的家庭不同意。也许她对我也爱得不够深。"

"你要再去爱。"父亲说。

"您却没有。"我说。

我父亲说："你不能一个人生活。"

"您却一个人生活。"我说。

"我没有一个人生活。我和走入歧途的爱所造成的苦难共存，差点丢掉性命，"他说，"直到那位老人赶回来，把我带走。也许有时你必须被迫做对自己有益的事。或者要强迫自己。"

我摇摇头。"不是这样的，"我说，"我和您以前说过。我想亲眼看看落在自己身上的倒霉事会造成什么结果。我受各种不确定因素影响而蜕变。您再跟我说说上次我临走前，您对我说的话，关于赐福和爱的话。"

"我记不大清了。那些话我父亲过去能一口气说出来。像这样的：回想真主赐福的事，那是爱的源头，"父亲说，"他说的爱，是真主的爱，不是我们谈论的不洁之爱。也许这话现在还对那些罪孽之人有用。"

* * *

在回伦敦的旅程中，我紧张不安，心神不宁。我已经学会留意自己的这些感觉，好像某样东西在提醒我要留意。

在我登机飞往亚的斯亚贝巴后的几分钟，父亲去世了。我在亚的斯亚贝巴机场本来只有六个小时的中途停留时间，但当时我乘坐的航班取消了，我在度过痛苦的二十六个小时后，他们才又给我找个空位。我乘坐夜班航班前往伦敦，到达帕特尼比正常时间晚一天。那天快到中午时，我接到穆里娜的电话，说我父亲在我启程当天下午去世，第二天就下葬了。当天晚上给他念经时，我还滞留在亚的斯亚贝巴。父亲死于中风。他说他累了，想躺下，当卡米斯商店的小伙子阿里下午给他送咖啡去叫他时，他已经走了。

"你即使滞留在亚的斯亚贝巴，也不可能及时赶回来，"穆里娜说，"你父亲有点积蓄，他的老朋友卡米斯为他操办一切后事。他们两个像兄弟一样。"

我想起多年以前父亲过的那种生活，想起有时我怀疑那些沉默是专门为我保留的。对其他人来说，他像一个店主一样唠叨个没完。我想起父亲的眼睛，眼睛里有时仿佛流露出一种古老的忧伤。我记得有一次他盯着自己的双脚看了很长时间，然后说道，这些脚指甲，它们永不停歇地在长。它们让你一刻也不得闲。当年这样的痛苦折磨着可怜的父亲。但过往那个饱受摧残的男人，已经不再是我决定回英国前几天还和我待在一起的那个人。我应该留下来。像我这样的人在英国有什么用？但无论在哪里，像我父亲这样的人又有什么用？有些人在世上有用处，哪怕只是壮大人群，徒增声势；而有些人就是没有什么用。

译后记

　　长相酷似好莱坞著名影星摩根·弗里曼的英国作家阿卜杜勒拉扎克·古尔纳获得二○二一年诺贝尔文学奖。在此之前，大多数人对这位坦桑尼亚裔的英国作家一无所知。但其实这位非洲裔作家在当代英国文坛颇为活跃，是个典型的多面手。他不但创作的小说颇受文学界重视，并且还经常担任英伦各大文学奖评委。与此同时，他又长期在大学里讲授文学课，主编过《非洲文学论文集》，出版了《拉什迪剑桥研究指南》。自身的移民背景、丰富的跨界经历、学院派的文学训练，这些因素叠加起来自然赋予了古尔纳文学创作多重维度。

　　时下评论界通常给古尔纳贴上"非洲作家"的标签。但是从严格意义上说，古尔纳和早年获得诺贝尔文学奖的纯粹非洲本土作家，像尼日利亚的索因卡、南非的戈迪默并不完全一样。他的故乡桑给巴尔虽然在地理位置上位于东非，但是在文化上却是属于阿拉伯-印度洋的伊斯兰文化圈。在一九六四年革命前，桑给巴尔曾经是东非最大的港口城市，是该文化圈的中心城市，居住着大量的印度和阿拉伯富商。古尔纳的父亲和叔父就是从也门来东非做生意的阿拉伯商人。因此古尔纳身上有浓厚的中东阿拉伯文化烙印。在古尔纳的小说中经常出现迪拜、吉隆坡等印度洋文化圈的名城，他也好引用《古兰经》典故，这些地名和故事为小说赋予了东非印度洋沿岸的伊斯兰海洋文明气质，从而与惯常的非洲大陆文化保持一定的距离。

《砾心》主人公名叫塞利姆，小说也以传统的第一人称"我"作为叙事角度展开故事。作为一名典型的印度洋男孩，塞利姆童年时目睹了父母分居生活的状态，但母亲又坚持每天让他给独居的父亲送食品篮，父亲也安之若素地接受，这令年幼的塞利姆百思不得其解。作者在小说开头设置的这个悬念，也是构成小说情节的关键因素，直到小说结尾才解开这个谜团。其实谜团解开后，读者会发现其中的内核并不复杂。原来母亲和父亲属于自由恋爱，婚后本来感情甚笃。但为了营救自己闯祸的弟弟，母亲受到当权高官的胁迫，并为之怀孕生女。塞利姆的父亲对妻子的行为虽然一定程度上能够理解，在现实中却不堪其辱，愤而离家独处。小时候的塞利姆，在大多数时间里，面对的就是潦倒自闭的父亲和沉默痛苦的母亲，并蒙在鼓中。塞利姆父母婚姻的困境，始作俑者和最大受益者都是塞利姆的舅舅。他是一个野心勃勃、一心向上爬的年轻人，敢于跨越门第的鸿沟，和高官的妹妹谈恋爱。这位高官本来勃然大怒，想教训一下这个不知天高地厚的年轻人，但见到来给弟弟求情的姐姐——也就是主人公塞利姆的母亲后，被她的美貌和气质迷住。他向塞利姆的母亲提出交换，让她做自己的情人。作为回报，他同意自己妹妹和塞利姆的舅舅结婚。婚后，塞利姆的舅舅平步青云，官运亨通，成为驻英国的一名外交官。舅舅为了弥补良心的不安，顺带也将塞利姆带去英国留学，小说的情节从而顺理成章进入移民生活。

塞利姆在英国的经历，某种程度上可以看作是古尔纳的人生自传。其实从作家的文学创作规律来看，越是晚年写就的作品，越具有自传性质，这不以作家自身主观意志为转移。岁月的流逝、自身的经历、阅读的积淀，甚至家族的历史，都必然会渗透到作家的笔端，化作一种无法抑制的创作动力。在古尔纳的创作年表中，《砾心》出版于二〇一八年，距离他的第一部小说《离别的记忆》已经过去了二十多年。古尔纳长期在英国大学里执教，他对本土学生和外国留学生有着细致入微的观察。譬如对于标榜进步的欧洲"白左"学生，古尔纳一针见血而又语带讥讽的评论道："他们总爱讨论车臣战争、臭氧层、同性恋……他们以海报、运动和游行作为指导，要认领这世界上的一切不公……他们本来是幸运的人，却想拥有他人的不幸。"而对于在伦敦的下层黑人留学生，古尔纳也能用寥寥数笔刻画出他们的众生相。他们中有的人由于和离过婚的女人恋爱，而不敢和家里当阿訇的父亲吐露真相，有的年少时做过童军，经历过残酷的杀戮，心灵受到创伤，看待问题极端偏激，有的来自种族隔离的南非，在阶级上既非白人，又非黑人，而是有色人种，处于地位尴尬的两难境地。这些细节在古尔纳的作品中屡见不鲜，需要读者在阅读过程中放缓速度，慢慢品味。

　　作为一名学院派作家，古尔纳对各种文学传统了然于胸，各种叙事策略运用得心应手。譬如在《砾心》中，他创造性地将书信体小说的元素引入进来。书信体小说本来是一种古老的小说艺术形式，以人物往来的信件作为情节框架，通常以第一人称为视角，容易给读者认同感和现实感。书信体小说最鲜明的特征是具有"双重作者"和"双重读者"。小说里的人物既是信件的虚拟作者又是虚拟读者，而小说作者和小说读者才是信件的真实作者和真实读者。本来进入二十世纪之后，由于书信框架的限制，小说作者无法自由地直抒胸臆，书信体小说在欧美文学作品中逐渐式微。但是古尔纳在《砾心》中对这一古老的文体进行了改良。旅居英国的塞利姆给母亲所写信件的内容是小说第二部分的重要内容，古尔纳通过这些信件向读者揭示了塞利姆对英国生活的体验和对英国文化的观感。但是古尔纳在写作中，巧妙地将这些信件分成三类，一类是寄送出去、母亲收到的信件，一类是塞利姆写完后不满意，撕碎废弃的信件，还有一类是直接写在日记本里，压根不打算发出去的信件。这三类信件的内容，从某种程度上，分别对应塞利姆这个小说人物的本我、自我和超我。古尔纳娴熟地运用这三类信件，立体而丰满地构建了塞利姆这个人物在小说文本中的现实世界、心理世界和精神世界。

至于文学传统，莎士比亚和伊斯兰文学经典作品对古尔纳的文学创作有着深远的影响。在古尔纳的作品中，经常出现莎剧名言和桥段。大多数严肃文学作品都是用海量的语言包裹一个情节并不复杂的故事。小说《砾心》也同样如此，但它的核心情节却取自莎士比亚《一报还一报》，是一部向莎剧的致敬之作。在《一报还一报》中，道貌岸然的安哲鲁大人平日里满口仁义道德，视通奸为十恶不赦的罪孽，但当美貌的修女伊莎贝拉为了弟弟向他求情时，他却对纯真的姑娘产生邪念，试图用手中的权力和她做交易。在莎剧中，伊莎贝拉不像塞利姆的母亲那样，顺从地向强权屈服，而是为保存自己贞洁，去监狱劝服弟弟勇敢地直面死刑。在这点处理上，古尔纳没有遵循莎士比亚的创作思路，为小说也安排一个喜剧大团圆式的结局，而是对权力和道德的关系做了更符合现实的审视，展现了他作为一个当代作家，对政治生活、个人际遇、婚姻生活有着独立的判断和立场。他虽然很尊崇莎剧，但是在创作上还是选择了个性化的立意，讲述了一个自己版本的故事。小说《砾心》的英语原文 gravel heart，虽然也是取自《一报还一报》中的台词对白，但是古尔纳并没有套用莎士比亚赋予该词的涵义，而是用点睛之笔抒情地表达出，"我"的人生仿佛就像父母婚姻废墟上的一片瓦砾。

除了莎士比亚之外，伊斯兰文化经典《古兰经》和《一千零一夜》是古尔纳文学创作的又一大源泉。在《砾心》后半部分，作者用了整整两章、近八十页的篇幅，描写了主人公塞利姆和父亲的夜谈，通过父亲之口，将小说前半部分中各种未解的谜团一一解开。本来这两章的标题简单得不能再简单，分别就叫"the first night"和"the second night"。译者在初读原著时，对这两个标题也并未在意，随手翻译成"第一晚"，"第二晚"。可是通篇反复阅读之后，有一种恍然顿悟之感。原来古尔纳将父子之间的交谈刻意安排在晚上，并在标题上有意凸显，其实是对以《一千零一夜》为代表的阿拉伯民间故事传统的巧妙传承和回应。在人类的文明史上，夜晚和故事有着天然的交集，无论是北欧童话、中国神话还是阿拉伯的民间故事，大多都诞生在长夜漫漫之时，熊熊燃烧的壁炉边，瓜棚豆下的语丝中，苏丹富丽堂皇的宫殿里，许多经典故事就这样一辈辈流传下来。

　　和文学评论家关注作品的思想、风格、艺术特点不同，译者在翻译文学作品时首先要在技术层面解决语言问题。古尔纳在自己的文学作品中喜欢穿插使用一些斯瓦希里语。但是斯瓦希里语作为非洲一门主要语言，就像英语一样，存在许多变体。英语中有加拿大英语，澳大利亚英语，新加坡英语，同样斯瓦希里语也有许多地域分支。古尔纳所引用的斯瓦希里语中有许多阿拉伯语的词汇，这种巴别塔式的语言混乱，虽然对译者构成了翻译的难题，但却是作者坚守自己文化主体意识的手段。我不赞成用"文化移民"或"政治难民"这些一目了然的标签来界定古尔纳的小说作品。古尔纳本质上和世界上大多数作家没有不同，无非是通过文学创作寻找心灵寄托，用文字和故事缓解沧桑历史和个人生活之间的巨大张力。

　　最后作为译者，我要感谢我的同事吕慧琴老师，她积极帮我联系熟识的坦桑尼亚朋友，解决了翻译中若干斯瓦希里语难题。我还要感谢上海译文出版社长期以来对我的支持，尤其是黄昱宁副总编在文学翻译上对我的启发和引导，项目策划宋玲女士对我译笔的认可和信任，本书责编杨懿晶女士认真敬业的编辑，没有她们的帮助，我今天在翻译领域所取得的这些成果是无法想象的。

2021 年诺贝尔文学奖得主
阿卜杜勒拉扎克·古尔纳获奖演说

写　作

写作向来是一种乐趣。当年我还是个小男生的时候，课程表上的所有科目当中，我最期盼的就是上写作课，写一个故事，或是写我们的老师认为能激发我们兴趣的任何东西。这时所有人都会安静下来，伏在课桌上面，努力从记忆中或是想象中提取一些值得讲述的东西来。在这些青涩的作品中，我们并不渴望诉说什么特别的事情，或是回忆某段难忘的经历，或是表达个人坚信的观点，或是一诉心中的愤懑苦情。这些作品也不需要任何别的读者，只是写给催生它们的那位老师一个人看的，作为一种提高我们漫谈技巧的练习。我写作，因为老师让我写作，因为我在这样的练习中找到了如此多的乐趣。

多年以后，等到我自己也成了一名教师，我又重演了这段经历，只是角色颠倒了过来：我会坐在一间安静的教室里面，学生们则在伏案奋笔。这让我想起了 D. H. 劳伦斯的一首诗，我现在就想引用其中的几句：

引自《最好的校园时光》

我坐在课堂的岸边，独自一人，
看着身穿夏日短衫的男孩们
在写作，他们的圆脑袋忙碌地低垂着：
然后一个接着一个他们抬起
脸来看向我，
十分安静地沉思着，
视，而不见。

接着那一张张脸便又扭开，带着小小的、喜悦的
创作兴奋从我身上扭开，
找到了想要的，得到了应得的。

　　我所描述的以及这首诗所回忆的写作课，并非日后写作
将会呈现在我眼前的模样。它不像后者那样被驱动，被指
引，被回炉，被不断地重组。在这些青涩的作品中，我的写
作是一条直线，可以这么说吧，没有太多犹豫和修改，有的
只是纯真。写作之外我还如饥似渴地阅读，同样没有任何方
向指引，当时我还不知道这两者之间有着怎样密切的联系。
有时候，如果第二天不需要早起上学，我就会读书读到深
夜，我的父亲——他自己也算是个失眠症患者了——都不得
不来我的房间，命令我熄灯。哪怕你有这胆子，你也不能对
他说，既然他也没睡，凭什么你不行呢，因为你不能这样子
和父亲说话。再者说，他是在黑暗中失眠的，灯也关了，为

的是不打扰母亲，所以熄灯令依然有效。

与我年轻时那种随性的体验相比，日后我所从事的阅读与写作可谓有条不紊，但其中的快乐从来没有消失过，我也很少感到过吃力。不过，渐渐地，快乐的性质发生了改变。直到我移居英格兰以后，我才充分认识到了这一点。正是在那里，饱受思乡之苦与他乡生活之痛，我才开始深思此前我从未考虑过的许多事情。也正是在这一时期，在长期的贫穷与格格不入之中，我开始进行一种截然不同的写作。我渐渐认清了有一些东西是我需要说的，有一个任务是我需要完成的，有一些悔恨和愤懑是我需要挖掘和推敲的。

起初，我思考的是，在不顾一切地逃离家园的过程中，有什么东西是被我丢下的。1960 年代中期，我们的生活突然遭遇了一场巨大的混乱，其是非对错早已被伴随着 1964 年革命巨变的种种暴行所遮蔽了：监禁，处决，驱逐，无休无止，大大小小的侮辱与压迫。在这些事件的漩涡当中，一个少年的头脑是不可能想清楚眼下之事的历史与未来影响的。

直到我移居英格兰后的最初那几年，我才能够深思这些问题，琢磨我们竟能对彼此施加何等丑恶的伤害，回首我们聊以自慰的种种谎言与幻想。我们的历史是偏颇的，对于许多的残酷行径保持沉默。我们的政治是种族化的，直接导致了紧随革命而来的种种迫害：父亲在自己的孩子面前被屠杀，女儿在自己的母亲面前被侵犯。身居英格兰的我，远离所有这些事件，同时却又在精神上深深地为它们所困扰——这样的处境，比起继续同那些依然承受着事件后果的人一起生活，或许反倒使得我更加无力抵抗这种记忆的威力。但我同时还被另一些与这类事件无关的记忆所困扰：父母对子女犯下的残酷行径，人们因为社会与性别教条而被剥夺充分表达的权利，以及种种容忍贫困与依附关系的不平等。这些问题普遍存在于所有人类的生活中，并不为我们所特有，但它们并不会时时挂在你的心头，除非个人境遇迫使你认识到它们的存在。我猜这就是逃亡者所不得不背负的重担之一——他们逃离了创伤，自己找到了安全的生活，远离那些被他们抛在身后的人。最终我开始将一部分这样的反思付诸笔端，不是以一种有序的或是系统的方式，当时还没有，只是为了能够稍稍澄清一点心头的困惑与迷茫，并从中获得慰藉。

不过，假以时日，我渐渐认清了还有一件令人深感不安的事情正在发生。一种新的、简化的历史正在构建中，改变甚至抹除实际发生的事件，将其重组，以适应当下的真理。这种新的、简化的历史不仅是胜利者的一项必不可少的工程（他们总是可以随心所欲地构建一种他们所选择的叙事），它也同样适合某些评论家、学者，甚至是作家——这些人并不真正关注我们，或者只是通过某种与他们的世界观相符的框架观察我们，需要的是他们所熟悉的一种解放与进步的叙事。

如此，拒绝这样一种历史就很有必要了，这种历史不尊重上一个时代的实物见证，不尊重那些建筑、那些成就，还有那些使得生活成为可能的温情。许多年后，我走过我成长的那座小镇的街道，目睹了镇上物、所、人之衰颓，而那些两鬓斑白、牙齿掉光的人依然继续着生活，唯恐失去对于过去的记忆。我有必要努力保存那种记忆，书写那里有过什么，找回人们赖以生活，并借此认知自我的那些时刻与故事。同样必要的还有写下那种种迫害与残酷行径——那些正是我们的统治者试图用自吹自擂从我们的记忆中抹去的。

另一种对于历史的认识同样需要面对——这种认识是我在移居英格兰，接近其源头之后才渐渐看清的，比我在桑给巴尔接受殖民教育的时候看得更清。我们这一辈人，都是殖民主义的孩子，而在这一点上我们的父辈和我们的晚辈则并非如此，至少和我们不一样。我这话的意思并不是说我们对于父辈所珍视的那些东西感到生疏，也不是说我们的晚辈就摆脱了殖民主义的影响。我想说的是，我们是在帝国主义高度自信的那段时间里长大成人并接受的教育，至少在我们所处的世界区域是那样，当时的殖民统治使用委婉的话术伪装自我，而我们也认可了那套说辞。我指的那段时间，是在整个区域的去殖民化运动开始步入正轨并让我们睁眼看到殖民统治所造成的掠夺破坏之前。我们的晚辈有他们的后殖民失望要面对，也有他们自己的自我欺骗来聊以自慰，所以有一件事他们也许并不能看得很清，或是达不到足够的深度，那就是：殖民史彻底改变了我们的生活，我们的腐败和暴政从某种程度上讲也是殖民遗产的一部分。

这些问题中的一些我在来到英国后看得愈发清楚了，不是因为我遇到了什么人能在对话中或是课堂上帮助我澄清，而是因为我得以更好地认识到，在他们的某些自我叙事中——既有文字，也有闲侃——在电视上还有别的地方的种族主义笑话所收获的哄堂大笑中，在我每天进商店、上办公室、乘公交车时所遭遇的那种自然流露的敌意中，像我这样的人扮演着怎样的角色。我对于这样的待遇无能为力，但就在我学会如何读懂更多的同时，一种写作的渴望也在我心中生长：我要驳斥那些鄙视我们、轻蔑我们的人做出的那些个自信满满的总结归纳。

但写作不可能仅仅着眼于战斗与论争，无论那样做是多么的振奋人心，给人慰藉。写作不是只着眼于一件事情，不是为了这个问题或那个问题，这个关切点或那个关切点；写作关心的是人类生活的方方面面，因此或迟或早，残酷、爱与软弱就会成为其主题。我相信写作还必须揭示什么是可以改变的，什么是冷酷专横的眼睛所看不见的，什么让看似无足轻重的人能够不顾他人的鄙夷而保持自信。我认为这些同样也有书写的必要，而且要忠实地书写，那样丑陋与美德才能显露真容，人类才能冲破简化与刻板印象，现出真身。做到了这一点，从中便会生出某种美来。

而那样的视角给脆弱与软弱、残酷中的温柔，还有从意想不到的源泉中涌现善良的能力全都留出了空间。正是出于这些原因，写作对我而言才是我人生中一个很有价值且十分有趣的组成部分。当然，我的人生还有其他部分，但那些不是我们此刻所要关注的。经历了这几十年的人生岁月，我演讲开头所提到的那种青涩的写作乐趣如今依然没有消失，堪称一个小小的奇迹。

最后，让我向瑞典文学院表达我最深切的谢意，感谢他们将这一莫大的荣誉授予我和我的作品。我感激不尽。

（宋金　译）

Abdulrazak Gurnah
GRAVEL HEART
Copyright © Abdulrazak Gurnah, 2017
This edition arranged with ROGERS, COLERIDGE & WHITE LTD (RCW)
Through Big Apple Agency, Inc., Labuan, Malaysia.
Simplified Chinese edition copyright:
2023 Shanghai Translation Publishing House (STPH)
All rights reserved.

古尔纳获奖演说已获The Nobel Foundation授权使用
Nobel Lecture
Writing
By Abdulrazak Gurnah
Copyright © The Nobel Foundation 2021

图字：09-2022-186 号

图书在版编目（CIP）数据

砾心/(英)阿卜杜勒拉扎克·古尔纳
（Abdulrazak Gurnah）著；赵挺译. — 上海：上海译
文出版社,2023.7（2024.5重印）
（古尔纳作品）
书名原文：Gravel Heart
ISBN 978-7-5327-9271-9

Ⅰ.①砾… Ⅱ.①阿… ②赵… Ⅲ.①长篇小说—英
国—现代 Ⅳ.①I561.45

中国国家版本馆CIP数据核字（2023）第086083号

砾心
［英］阿卜杜勒拉扎克·古尔纳 著 赵 挺 译
策划/冯 涛 责任编辑/杨懿晶 装帧设计/张志全工作室

上海译文出版社有限公司出版、发行
网址：www.yiwen.com.cn
201101 上海市闵行区号景路 159 弄 B 座
山东韵杰文化科技有限公司印刷

开本 889×1194 1/32 印张 9.75 插页 6 字数 171,000
2023 年 7 月第 1 版 2024 年 5 月第 2 次印刷
印数：10,001—13,000 册

ISBN 978-7-5327-9271-9/I·5774
定价：78.00 元